世界经典文库

世界二十大名著

图文珍藏版

作品传承两百年 文字温暖全世界

安徒生童话

第十七册

[丹]安徒生⊙著

马博⊙主编 张斌⊙译

线装书局

图书在版编目（ＣＩＰ）数据

安徒生童话 / (丹) 安徒生著；马博主编. -- 北京：
线装书局, 2016.1 (2021.6)
（世界二十大名著）
ISBN 978-7-5120-2006-1

Ⅰ.①安… Ⅱ.①安… ②马… Ⅲ.①童话－作品集
－丹麦－近代 Ⅳ.①I534.88

中国版本图书馆CIP数据核字(2015)第258801号

安徒生童话

作　　者：[丹] 安徒生
主　　编：马　博
责任编辑：高晓彬
出版发行：线装书局
　地　址：北京市丰台区方庄日月天地大厦B座17层（100078）
　电　话：010-58077126（发行部）010-58076938（总编室）
　网　址：www.zgxzsj.com
经　销：新华书店
印　制：北京彩虹伟业印刷有限公司
开　本：710mm×1040mm　1/16
印　张：13
字　数：160千字
版　次：2021年6月第1版第2次印刷
印　数：3001 - 9000套

线装书局官方微信

定　价：4980.00元（全二十册）

目 录

导　读

　　安徒生(1805—1875),19世纪第一位赢得世界声誉的丹麦作家,也是世界上最负有盛名的童话作家之一。他一生用浪漫主义手法写过168篇童话,被译成80多种文字,受到世界各国儿童和成年读者的衷心喜爱,他也因此被誉为童话大师列于世界文学家之林。安徒生1805年4月2日出生于丹麦菲英岛欧登塞城的一个穷鞋匠家庭,由于家境清贫,没受过正规教育,从少年时代就独自谋生,他热爱艺术,曾幻想当演员,剧作家,在舞台上表现人生,在一些热心的艺术家的资助下,他于1829年入哥本哈根大学学习,1831年去西欧旅行。他一生都从事于童话创作,终身未婚。

　　安徒生是一个世界知名的儿童文学作家,童话是安徒生的主要创作。安徒生的童话可谓是全世界最风靡的系列童话故事之一,至今仍然是世界童话作品中的经典不朽之作。因为《丑小鸭》《卖火柴的小女孩》《海的女儿》《皇帝的新衣》等这些脍炙人口的童话故事,安徒生使丹麦冠上了"童话王国"的美誉。安徒生童话已成为丹麦人的骄傲,这些童话带给每个孩子无数遐想的空间,也让孩子们在童话世界里学到了真善美,也让丹麦这个童话王国充满了温馨的儿时回忆;有很多游客都会来到美丽的丹麦,回忆儿时听到的故事,欣赏故事中的情景,为新一代的儿童编织更动人的童话……其实,除了有享誉世界的安徒生童话之外,丹麦的大自然风光美景以及众多的人文景观更是在北欧国家中独树一帜,令全球的旅游爱好者们流连忘返。

打火匣

一，二！一，二！

一位挎着背包，腰佩长剑的士兵正在路上走着。他历经百战，久经沙场，但现在厌烦了战争，于是他退了伍准备返回他的家乡。

在回家的路上，他突然碰见一个老巫婆。这位老巫婆的面貌让人感到既厌恶又害怕。她的下嘴唇好像一条干巴巴的布条，一直垂到她的胸前。

"晚安，尊敬的士兵！"老巫婆一脸诚恳地说，"好漂亮的一把剑啊！还有一个硕大的背包！你肯定是个英勇无畏的士兵！那么你眼下想要多少钱，就会有多少钱了。"

"那可真要好好谢谢你了，老巫婆！"这位士兵说。

这会儿，巫婆指着旁边的一棵高耸入云的大树对士兵说："你看，就是那棵大树，那里面是空的，你爬上去，在树顶有一个洞口。你沿着洞口朝下溜进去，那样，轻松无比地就钻进树里啦。但是，这洞有点深。这样吧，我在你腰上系上一根绳子，当你喊我时，我就把你拉上来。"

"可是，我不明白，你让我到树底下到底去干什么呢？"士兵犹豫地问道。

"毋庸置疑？肯定是那些叫你发财的金银珠宝啦！"巫婆接着说道，"等你进去之后,你就会发现里面灯火辉煌,而且有一条宽阔的走廊出现在你面前。走廊里点着一百多盏明灯。当你走到走廊尽头时,那里有三个门,并且钥匙都在门锁里插着,你只要轻轻推一推,不费任何力气就把门打开了。第一个房间里,有一只大箱子,但上面有一只眼睛如茶杯一样大的狗在守卫着,不过你别怕它!我可以送你一个蓝格子布围裙,你把它铺在地上,然后赶紧走过去,抱起那只狗放在这围裙上。接着打开箱子,那些铜钱全部属于你的了!可是假使你想要银钱,就打开第二个房门,里面坐着一只眼睛有水车轮那么大的狗,你不要搭理它。只需把这只狗放在围裙上,接着取出钱就可以了。但是,假使你还不满意的话,就得去第三个房间,因为金子全都放在那里面。可是坐在这钱箱上的那只狗的一对眼睛,可有"圆塔"那么大啦。这才算得上一只真正的狗!但你依旧无须恐慌。它还是不会伤害你的,只要你和前面一样按顺序做就行了。那个箱子里的金子也都属于你了!"

"听上去还不错,"兵士说,"可我要如何谢你呢,老巫婆?我想你不会任何东西也不要吧?"

"不要,"巫婆说,"我一文钱也不要。我只要我祖母上次忘掉在那里面的一个旧打火匣。"

"好吧!你就快把绳子系在我腰上吧。"兵士说。

"好吧,"巫婆说,"带上我的蓝格子围裙。"

兵士灵活地爬上树,蛇一样的就溜进那个洞口里去了。正如老巫婆说的那样,他眼前就是一条点着几百盏灯的大走廊。

他轻而易举地打开第一道门。哎呀!一条眼睛有茶杯那么大的狗正坐在里面。

"你这个可爱的小玩意!"兵士说。于是他就按巫婆所说的一样把狗抱到了围裙上,接着把铜钱都放进了衣袋;锁上箱子,又把狗儿放回原处。接着来到第二个房间。天啊!这儿坐着的一只狗眼睛大得如同一对水车轮。

"别这样死看着我,"兵士说,"会弄坏你的眼睛啦!"他把狗儿抱到女巫婆的围裙上,老天啊!如此之多银币!于是他就把身上全部的铜币都换成了银币。接着他走进第三个房间——乖乖,简直太吓人了!在这只狗的脑袋上转动着的那两只眼睛竟然有"圆塔"那么大!简直好比轮子!

兵士说"晚安!"并十分滑稽地把手举到帽子边上敬了个礼,即便他之前从未看见过如此让人害怕的狗。他瞧了它一会儿,心里就想,"现在应该可以了。"于是把它抱下来放到地上,接着打开箱子。老天爷呀!那里面的金子多的吓人!多的可以买下整个哥本哈根,买下卖糕饼女人所有的糖猪,买下全世界的锡兵、马鞭、摇动的木马。的确,钱非常多——兵士倒掉衣袋和行军袋里的银币,把金子装进去。他的衣袋,他的行军袋,他的帽子,他的皮靴全部装满了金子,重得他差点连路也走不动了。眼下他是有钱人了。他把狗儿放到箱子上,锁好门,在树里朝上面喊:"老巫婆!拉我一把呀!"

"你没忘记打火匣吧?"巫婆问。

"坏了!"兵士说,"我把这件事忘得干干净净。"于是他连忙返回取出火匣。巫婆把他拉了上来。眼下他再次站在大路上了。他的衣袋、皮靴、行军袋、帽子,全都盛满了金币。

"你要这打火匣有什么用呢?"兵士问。

"这跟你没有任何关系,"巫婆反驳他说,"你已经拿了钱——只要把打火匣给我就好了。"

"胡说!"兵士说,"你立即告诉我它到底是干什么的。否则我就抽出剑,砍掉你的头。"

"我不会告诉你的!"巫婆说。

兵士一下子砍掉了她的头。巫婆死了!兵士用巫婆的围裙把全部的钱都包起来,如同一捆东西一样的背在背上,接着装好打火匣。

这是一个非常美丽的城市!兵士现在是一个有钱人了,因此他选了一个顶级的旅馆,开了顶级的房间,叫了他最爱的酒菜,替他擦皮靴的那个茶房认为,他这样一位富裕的绅士,穿这样一双皮鞋简直太可笑了。于是第二天他买了得体的靴子和大方的衣服。现在站在我们面前的俨然是一位改头换面的绅士了!大家都想把城里的所有事情告诉他,于是他清楚了许多关于国王的事情,还有那位十分漂亮的公主。

"在什么地方可以看到她呢?"兵士问。

"谁都见不到她,"大家齐声说,"那幢周围有好几道墙和好几座塔的宽大的铜宫就是她的行宫。只有国王本人才能自由进出,因为从前曾经有人预言,说她将会嫁给一个普通的士兵,这可叫国王无法忍受。"

"我倒想看看她呢,"兵士想。不过他得不到许可。

现在他生活得很愉快,常常去戏院看戏,到皇家的花园里散步,送许多钱给穷苦的人们。这是一种良好的行为,因为他自己深有体会,没有一文钱是多么可怕的事!现在他富了,可以穿华美的衣服,还交了很多朋友。这些朋友都说他是一个稀有的人物,一位豪侠之士。兵士听了这类话心里非常舒服。不过他每天只是花钱,却从不赚钱。所以花到最后只剩下两个铜板了。他只好搬出那间漂亮的房间住到顶层的一间阁楼里去。同时他也只好自己擦皮鞋,用缝针补皮鞋了。由于走上阁楼要爬很高的梯子,所以他的朋友没有一个来看他。

一天晚上房里一团漆黑,他穷得连一根蜡烛也买不起。这时他忽然记起,那个打火匣里还有一根蜡烛头——巫婆帮助他到那空树底下取出来的那个打火匣。他取出那个打火匣和蜡烛头。在火石上擦了一下,火星冒了出来,忽然房门自动开了,他在树底下所看到的那条眼睛有茶杯大的狗儿出现在他的面前。它说:

"有什么吩咐,我的主人?"

"这是怎么一回事儿?"兵士说,"这个打火匣真有趣。如果我能用它得到我想要的东西就好了!替我弄几个钱来吧!"他对狗儿说。于是"嗖"的一声,狗儿就不见了。一会儿,又是"嗖"的一声,狗儿回来了,嘴里衔着一大口袋的钱。

世界经典文库

世界二十大名著 安徒生童话

图文珍藏版

现在士兵才知道打火匣的用处。只要轻轻擦它一下，那只坐在盛有铜钱的箱子上的狗儿就来了。要是擦两下，那只有银子的狗儿就来了。三下，那只有金子的狗儿就出现了。现在这个兵士又搬回那几间华美的房间里去住，又穿起漂亮的衣服来了。他所有的朋友马上又认得他了，并且还非常关心他。

有一次，兵士想："人们都说那位公主很美，但却不能去看她，这也可算是一桩怪事。不过，假如她老是独自住在那有许多塔楼的铜宫里，那有什么意思呢？难道我就不能看她一眼吗？——这回我的打火匣可有用了。"他擦出火星，马上"嘘"的一声，那只眼睛像茶杯一样的狗儿跳出来了。

"现在是半夜了，"兵士说，"不过我很想去看一下那位公主哩，哪怕一会儿也好。"

狗儿立刻就跑到门外去了。让这士兵吃惊的是，它一会儿就领着公主回来了。她躺在狗的背上，已经睡着了。谁都可以看出这是一个真正的公主，因为她非常美。这个不折不扣的兵士忍不住吻了她一下。

狗儿又把公主送回去。天亮以后，当国王和王后正在饮茶的时候，公主说昨晚她做了一个很奇怪的梦，梦见一只狗和一个兵，她自己骑在狗身上，那个兵吻了她一下。

"这个故事真有意思！"王后说。

因此第二天夜里就有一个老宫女守在公主的床边，看看这究竟是梦呢，还是什么别的东西。

那个兵士非常想再看一次这位可爱的公主。因此狗儿晚上又出现了，背起她就跑。那个老宫女立刻穿上套鞋，以同样的速度在后面追赶。最后狗儿跑进一幢大房子里去了，老宫女想："现在我可知道这块地方了。"她就用白粉笔在这门上画了一个大十字。随后她回去安心睡觉了，不久狗儿把公主送回来了。不过当它发现兵士住的那幢房子的门上画着一个十字的时候，它也用粉笔在城里所有的门上画了一个十字。这件事做得相当聪明，因为所有的门上都有了十字，那个老宫女就再也找不到正确的地方了。

国王、王后、那个老宫女以及所有的官员一大早就来了，要去看看公主所到过的地方。

国王说："就在这儿！"他看到了第一个画有十字的门。

但是王后发现另一个门上也有个十字，所以她说："亲爱的丈夫，不是在这儿呀？"

这时大家都齐声说："那儿有一个！那儿有一个！"因为无论他们朝什么地方看，每个门上都有　个十字。所以他们觉得，再找下去，也不会有结果。

不过王后是一个非常聪明的女人。她不仅仅只会坐四轮马车，而且还能做一些别的事情。她取出一把金剪刀，把一块绸子剪成几片，缝了一个很精致的小袋，装进去很细的荞麦粉。她把这小袋系在公主的背上。一切准备好了以后，她就在袋子上剪了一个小口，好叫细粉都撒在公主走过的路上。

晚上狗儿又来了。它背起公主跑到兵士那儿去。这个兵士现在非常爱她，甚至很想成为一位王子，和她结婚呢。

面粉已经从王宫那儿一直撒到兵士那间屋子的窗上，可是狗儿一点儿也没有注意到，因为它一心背着公主沿着墙跑了。早晨，国王和王后已经知道女儿夜里去过什么地方。他们派人把那个兵士抓来，关进牢里去。

现在兵士坐在牢里了。嗨，那里面可够黑暗和闷人的！人们对他说："明天你就要上绞架了。"这句话听起来可真不是好玩的，更糟的是他把打火匣也忘在旅馆里了。第二天早晨，为了看他上绞架许多人涌出城来。鼓响了，兵士们开步走。所有的人都在向外面跑。其中有一个鞋匠的学徒。他还穿着他的围裙和一双拖鞋。他跑得那么快，连一双拖鞋也飞了，撞到一堵墙上。兵士就坐在那儿，在铁栏杆后面朝外望。

"喂，你这个鞋匠的小鬼！干嘛这么急呀！"兵士对他说，"我没有上绞架前，没有什么好看的呀。不过，假如你跑到我的住处取回我的打火匣就可以得到四块钱。但是你得使劲地跑才行。"这个鞋匠的学徒很想得到那四块钱，所以提起脚就跑，不一会儿就拿来了那个打火匣，同时——唔，我们马上就可以知道事情起了什么变化。

在城外面已经竖起了一架高大的绞架。许多兵士和成千上万的老百姓站在它的周围。国王和王后的座位，面对着审判官和全部陪审员。

现在兵士就站在梯子上。不过，当人们把绞索套到他脖子上的时候，他提出一个请求，一个罪人在接受裁判以前，可以有一个无罪的要求，人们应该让他得到满足：他的请求就是抽一口烟，而且这可以说是他在这世界上抽的最后一口烟了。

国王无法拒绝这个小小的要求。于是兵士取出打火匣，一——二——三！擦了几下火。忽然跳出三只狗儿——一只有茶杯那么大的眼睛，一只有水车轮那么大的眼睛——还有一只的眼睛简直有"圆塔"那么大。

"请不要叫我被绞死吧！"兵士说。

这时三只狗儿凶猛地扑向法官和全体审判的人员，拖着这个人的腿，咬着那个人的鼻子，把他们扔向空中有好几丈高，结果落下来时都跌成了肉酱。

"不要这样对付我！"国王说。不过最大的那只狗儿不理睬他，把他和王后跟其余的人一起乱扔，所有的士兵都害怕了，老百姓也都叫起来："小兵，你做咱们的国王吧！你跟那位美丽的公主结婚吧！"

结果，兵士就被大家拥进国王的四轮马车里去了。那三只狗儿在他面前跳来跳去，同时高呼："万岁！"小孩子用手指吹起口哨来，士兵们敬起礼来。那位公主终于自由了并且做了王后，她感到多么高兴啊！结婚典礼举行了足足八天。桌子上出现了三只狗儿，眼睛睁得比什么时候都大。

（1835年）

皇帝的新装

许多年以前有一位皇帝,他非常喜欢穿好看的新衣服。

他把所有的钱都花到衣服上去了,就是为了要穿得漂亮。他一点也不关心他的军队,不喜欢去看戏,不喜欢乘着马车逛公园,除非是为了炫耀一下新衣服。他每天每个钟头要换一套新衣服。人们提到皇帝时总是说:"皇上在会议室里。"但是人们一提到他时,总是说:"皇上在更衣室里。"

在他住的那个大城市里,每天有许多外国人到来,因为生活很轻松,很愉快。有一天来了两个自称织工的骗子。他们说,他们能织出谁也想象不到的最美丽的布。这种布的色彩和图案不仅非常好看,而且用它缝出来的衣服还有一种奇异的作用,那就是凡是不称职的人或者愚蠢的人,都看不见这衣服。

"那正是我最喜欢的衣服!"皇帝心里想,"穿上了它我就可以看出我的王国里哪些人不称职;我就可以分辨出哪些人是聪明人,哪些人是傻子。是的,我要叫他们马上织出这样的布来!"于是他叫他们马上开始工作,并付了许多现款给这两个骗子。

他们摆出两架织机来,上面什么东西也没有却还装作是在拼命工作的样子。他们接二连三地请求皇帝发给他们一些最好的生丝和金子。然后把这些东西都装进自己的腰包,却假装在那两架空空的织机上忙碌地工作,一直忙到深夜。

"我很想知道这神奇的布究竟织得怎样了。"皇帝想。不过,他立刻就想起了愚蠢的人或不称职的人是看不见这布的。他心里的确感到有些不大自在。他相信他自己根本用不着害怕。虽然如此,他还是觉得先派一个人去看看比较妥当。同时全城的人都知道这种布料有一种奇异的力量,所以大家都很想趁这机会来测验一下,看看他们的邻人究竟有多笨,有多傻。

"我要派诚实的老部长去织工那儿看看,"皇帝想,"他这个人很有头脑,而且谁也不像他那样称职,所以他一定能看出这布料是个什么样子。"

因此这位善良的老部长就到那两个骗子的工作地点去,他们正在空空的织机上忙碌着。

"这是怎么一回事儿?"老部长吃惊的眼睛睁得有碗口那么大。

"怎么什么也没有看见!"但是他不敢说出这句话。

那两个骗子请求他走近一点,同时指着那两架空空的织机问他,布的花色是不是很美丽,色彩是不是很漂亮。这位可怜的老大臣的眼睛越睁越大,可是他还是看不见什么东西,因为的确没有什么东西可看。

"我的老天爷!"他想,"难道我是一个愚蠢的人吗?我从来没有怀疑过我自己。我决不能让人知道这件事。难道我不称职吗?——不成,我决不能让人知道我看不见布料。"

"哎,您一点意见也没有吗?"一个正在织布的织工说。

"啊,美极了!真是美妙极了!"老大臣说。他戴着眼镜假装仔细地看,"多么美的花色!多么美的色彩!是的,我将要呈报皇上说对于这布我感到非常满意。"

"嗯,听到您的话我们真是太高兴了。"两个织工一齐说。他们把这些稀有的色彩和花色描述了一番,还加上些名词儿。这位老大臣注意地听着,以便回到皇帝那里去时,可以照样背出来。事实上他也就这样办了。

于是这两个骗子又要了很多的钱,更多的丝和金子,说是为了织布的需要。这些东西统统都被装进他们的腰包里,连一根线也没有放到织机上去。不过他们还是继续在空空的机架上工作。

过了不久,皇帝想知道布是不是很快就可以织好,就派了另一位诚实的官员去看看。他的运气并不比头一位大臣的好,他左看右看,但是那两架空空的织机上什么也没有,他能看出什么呢?

"您看这段布美不美?"两个骗子问。他们指着一些美丽的花色,并且作了一些解释。事实上哪有什么花色。

"我并不愚蠢!"这位官员想,"这大概是因为我不配担当现在这样好的官职吧!但是我决不能让人看出来!这也真够滑稽!"因此他就把他完全没有看见的布匹称赞了一番,同时对他们说,他非常喜欢这些美丽的颜色和巧妙的图案。"是的,那真是太美了,"他回去对皇帝说。

现在这美丽的布料成了人们天天必谈的话题。

当这布还在织的时候,皇帝就很想亲自去看一次。他选了一群特别圈定的随员——其中包括已经去看过的那两位诚实的大臣。这样,他就到那两个狡猾的骗子住的地方去。这两个家伙正在集中精神织布,但是一根线的影子也看不见。

"您看这不漂亮吗?"那两位诚实的官员说,"陛下请看,多么美丽的花案!多么美丽的色彩!"他们指着那架空空的织机,因为他们以为别人一定会看得见布料的。

"这是怎么一回事儿呢?"皇帝心里想,"我什么也没有看见!这真是太荒唐了!我难道是一个愚蠢的人吗?我难道不配做皇帝吗?这可是我从来没有碰见过的一件最可怕的事情。"

"啊,它真是美极了!"皇帝说,"我表示十二分地满意!"于是他点头表示满意。因为他不愿意说出他什么也没有看见,所以就装作很仔细地看着织机的样子。跟他来的全体随员也仔细地看了又看,但是,他们又能看出什么呢?不过,他们都齐声附和说:"啊,真是美极了!"他们建议皇帝用这种新奇的、美丽的布料做成衣服,穿上这衣服亲自去参加快要举行的游行大典。"真美丽!太精致!真是好极了!"每人都齐声附和着。都有说不出的快乐。皇帝赐给骗子每人一个爵士的头衔和一枚可以挂在纽扣洞上的勋章;并且还封他们为"御庭织师"。

游行大典第二天早晨就要举行。在头天晚上,这两个骗子整夜不睡,点起16支蜡烛。你可以看到他们为了完成皇帝的新衣正在赶夜工。他们装作从织机上取下布料。用两把大剪刀在空中乱裁了一阵子,同时又用没有穿线的针缝了一通。最后,他们齐声说:"请看! 新衣服缝好了!"

皇帝带着他的一群最高贵的骑士们亲自到来了。这两个骗子每人举起一只手,好像他们拿着一件什么东西似的。他们说:"请看吧,这是裤子,这是袍子! 这是外衣!"等等。"这衣服轻柔得像蜘蛛网一样;穿着它的人会觉得好像身上没有什么东西——这也正是这衣服的妙处。"

"一点也不错,"所有的骑士们都说。可是他们什么也没有看见,因为实际上什么东西也没有。

"皇上请脱下衣服,"两个骗子说,"我们要在这个大镜子面前为陛下换上新衣。

皇帝脱光了身上的衣服。这两个骗子装作把他们刚才缝好的新衣服一件一件地交给他。他们在他的腰围那儿弄了一阵子,好像是系上一件什么东西似的:这就是后据。皇帝在镜子面前转了转身子,扭了扭腰肢。

"上帝,这衣服多么合身啊! 式样裁得多么好看啊!"大家都说,"多么美的花纹! 多么美的色彩! 这真是一套贵重的衣服!"

"华盖已经在外面准备好了,只等陛下一出去,就可撑起来去游行!"典礼官说。

"好,我已经穿好了,"皇帝说,"这衣服合我的身吗?"于是他又在镜子面前转动了一下身子,因为他想叫大家看出他在认真地欣赏他美丽的服装。

那些将要托着后据的内臣们,都把手在地上东摸西摸,好像他们真的在拾后据。他们手中托着空气开步走——他们不敢让人看出他们实在什么东西也没有看见。

这样,皇帝就在那个富丽的华盖下游行起来了。站在街上和窗子里的人都说:"乖乖,皇上的新装真是漂亮! 他上衣下面的后据是多么美丽! 衣服多么合身!"谁也不愿意让人知道自己看不见任何东西,因为这样就会暴露自己不称职,或是太愚蠢。皇帝没有一件衣服得到这样普遍的称赞。

"可是他什么衣服也没有穿呀!"一个小孩子最后叫出声来。

"上帝哟,你听这个天真的声音!"爸爸说。于是大家把这孩子讲的话私自低声地传播开来。

"有一个小孩子说他并没有穿什么衣服呀! 他确实没有穿什么衣服!"

"他实在是没有穿什么衣服呀!"最后所有的老百姓都说。皇帝有点儿发抖,因为他几乎觉得老百姓所讲的话是对的。不过他自己心里却这样想:"我必须把这游行大典举行完毕。"因此他摆出一副更骄傲的神态,他的内臣们跟在他身后,手中托着一个并不存在的后据。

(1837 年)

飞箱

从前有一个非常富有的商人，他的银圆可以铺满一整条街，而且多余的还可以用来铺一条小巷。不过他没有这样做：他宁愿把钱花在别的地方，他是一个精明的商人——拿出一个毫子，必定要赚回一些钱。后来他死了。

现在他的儿子继承了全部遗产，生活得很愉快；每晚去参加化装舞会，用纸币做风筝，用金币——而不用石块——在海边玩着打水漂的游戏。这样做，钱是很容易花光的，他的钱就真的这样花光了。最后只剩下四个毫子，还有一双便鞋和一件旧睡衣。现在他再也不能跟他们一道逛街了，所以他的朋友们再也不愿意跟这个穷光蛋来往了，这些朋友中有一位心地很善良的人，送给他一只箱子，说："把你的东西收拾进去吧！"这意思是很好的，但是他穷得一无所有，所以他就自己坐进了箱子里。

这只箱子很神奇。只需按下它的锁就可以飞起来。瞧！它真的飞起来了。嘘——箱子带着他从烟囱里飞出去了，高高地飞到云层里，越飞越远。他非常害怕箱子底部发出的响声，怕它裂成碎片，因为这样一来，他的筋斗可就翻得不简单了！愿上帝保佑！他居然飞到土耳其人住的国度里去了。在树林里他把箱子藏进枯叶堆，然后向城里走去。因为土耳其人穿着跟他一样的衣服：一双拖鞋和一件睡衣，所以进城倒不太困难。他碰到一个领着孩子的奶妈。

"喂，您——土耳其的奶妈，"他问，"为什么城边的那座宫殿的窗子开得那么高，究竟是怎么一回事啊？"

"那地方住着国王的女儿呀！"她说，"有人曾经预言，说她将要因为一个爱人而变得非常不幸，因此谁也不能去看她，除非国王和王后也在场。"

"谢谢您！"商人的儿子说。他赶紧回到树林里，坐进箱子，飞到屋顶上，偷偷地从窗口爬进公主的房间。

沙发上躺着熟睡的公主。她多美丽啊！商人的儿子忍不住吻了她一下。于是她睁开眼睛，见到一个陌生男子在身边大吃一惊。不过他说他是土耳其人的神，现在是专门从空中飞来看她的。这话她听来很舒服。

这样，他们就挨在一起坐着。他给公主讲一些关于她的眼睛的故事。他说，这是一对最美丽的、乌黑的湖，思想像人鱼一样在里面自由地游来游去。他又讲了一些关于她的前额的故事。说它像一座雪山，上面有最华丽的大厅和图画。他还讲了一些关于鹳鸟的故事，它们送来可爱的婴儿。

是的，这些都是好听的故事！最后他向公主求婚。她马上就答应了。

世界经典文库

世界二十大名著 安徒生童话

图文珍藏版

"不过星期六你一定要到这儿来,"她说,"那时国王和王后会来和我一起吃茶!他们一定会非常骄傲,因为我能跟一位土耳其人的神结婚。不过,我的父母很喜欢听故事,所以你得准备一个非常好听的故事。我的母亲喜欢听有教育意义和特别的故事,而我的父亲则对愉快的、逗人发笑的事情感兴趣!"

"好吧,我就不带什么订婚的礼物,只带一个故事来就够了,"他说。然后他就骑着飞箱走了。就在分手之前公主送给他一把漂亮的剑,上面镶着金币,而这对他特别有用处。

他飞去买了一件新睡衣。于是为了编出一个故事来他整天坐在树林里。是的,要在星期六之前编出一个好故事真不是一件容易的事儿。

他总算把故事编好了,这已经是星期六了。

在与国王、王后和全体大臣们以及公主吃茶期间,他受到了非常客气的招待。

王后说:"请您讲一个故事好吗?讲一个高深而富有教育意义的故事。"

"是的,讲一个使我们发笑的故事!"国王说。

"好的,"他说。于是他就开始讲起故事来。现在请你好好地听吧:

从前有一捆出身高贵的柴火,他们为自己的出身感到特别骄傲。据说它们的始祖是树林里一株又高大又古老的树,叫什么大枞树。每一根柴火就是它身上的一块碎片。现在这捆柴火躺在打火匣和老铁罐中间的一个架子上。谈论起自己年轻时代的那些日子来。

"是的,"它们说,"当我们还是绿枝的时候,那才叫真正的绿枝啊!每天清晨和傍晚我们总喝珍珠茶——就是清新的露珠。我们整天沐浴在阳光中,只要太阳一升起来,所有的小鸟都跑来给我们讲故事听。人们心里很明白,我们是非常富有的,因为一般的宽叶树只是在炎热的夏天才有衣服穿,而我们家里的人不论在冬天还是夏天都有办法穿上绿衣服。不过随着伐木人的到来,一次大的变革发生了:我们的家庭就要破裂。家长成了一条漂亮的船上的主桅——这条船可以走遍世界,只要它愿意。别的枝子分散到各地去了。而我们的工作却只是为一些平凡的人点火。因此我们这些出自名门的人就来到了厨房里。"

"我和你们不一样,"站在柴火旁边的老铁罐说,"我一来到这个世界,就饱尝摩擦和煎熬!我做的是一件实际工作——严格地讲,是这屋子里的第一件工作。饭后干干净净地,整整齐齐地,躺在架子上,同我的朋友们扯些有道理的闲天是我唯一的快乐。我们总是待在家里的,除了那个水罐偶尔到院子里去一下。那位到市场去买菜的篮子是我们唯一的新闻贩子。他常常煞有介事地报告一些关于政治和老百姓的消息。是的,我可以告诉你,前天,有一位喜欢乱讲话的老罐子跌下来摔成了碎片啊!"

"你讲得未免太多了一点,"打火匣说。这时一块铁在燧石上擦了一下,散发出火星来,"为什么我们不把这个晚上弄得愉快一点呢?"

"对,我们还是来研究一下谁是最高贵的吧?"柴火说。

"不,我不愿意谈论自己!"罐子说,"还是开一个晚会吧!由我开始。我来讲一个大家经历过的故事,这样大家就可以欣赏它——这是很愉快的。在波罗的海边,在丹麦的山毛榉树林边——"

"多么美丽的开端!"所有的盘子一起说,"这的确是我所喜欢的故事!"

"是的,就在那儿,一个安静的家庭里,我度过了我的童年。擦得发亮的家具,洗得很干净的地板,每半月换一次的窗帘。"

"你讲故事的方式太有趣!"鸡毛帚说,"整个故事中充满了一种清洁的味道,人们一听就知道,这是一个女人在讲故事。"

"是的,人们可以感觉到这一点"水罐子说。她高兴地跳了一下,把水洒了一地板。

罐子继续讲故事。故事的结尾跟开头一样好。

所有的盘子都快乐得闹腾起来。鸡毛帚把从一个沙洞里带来的一根绿芹菜当作一个花冠戴在罐子头上。他知道这么做会使别人讨厌,可是他想,"今天我为她戴上花冠,那么明天她也会为我戴上花冠。"

"现在我要跳舞了。"火钳说,于是就跳起来。天啦! 这婆娘居然也能翘起一只腿来! 墙角里的那个旧椅套子为了看它跳舞连外衣都裂开了。"我也能戴上花冠吗?"火钳问。果然不错,她得到了一个花冠。

"这真是一群乌合之众!"柴火想。

现在茶壶开始唱歌了。但是她装模作样说她伤了风,除非在沸腾,否则就不能唱。是的,她是不愿意唱的除非在主人面前,站在桌子上。

老鹅毛笔坐在桌子边——女佣人常常用它来写字,这支笔常被插在墨水瓶中,除此以外并没有什么了不起的地方,但他对于这点却感到非常骄傲。"如果茶壶不愿意唱,"他说,"那么就让她去吧! 那只挂在外边笼子里的夜莺——他唱得蛮好,虽然他没有受过任何教育,不过我们今晚可以不提这件事情。"

"我觉得,"茶壶说,"他只能在厨房唱,同时也是茶壶的异母兄弟——听这样一只外国鸟唱歌是非常不对的。这能算是爱国吗? 上街的菜篮你来评判一下吧?"

"我有点烦恼,"菜篮说,"谁也想象不到我内心里是多么烦恼! 这能算得上是晚上的消遣吗? 整顿整顿我们这个家岂不是更好吗? 请大家各归原位,让我来安排整个游戏吧。这样,事情才会有所改变!"

"是的,我们来闹一下吧!"大家齐声说。

忽然,门开了。女佣人走了进来,大家都静静地站着不动,不敢说半句话。不过在他们当中,没有哪一只壶不认为自己有一套办法,自己有多么高贵。每一位都是这样想,"只要我愿意,今晚可以变得不同寻常!"

女佣人点着一捆柴火。天哪! 火烧得多么响! 多么亮啊!

"现在人们都可以看到,"他们想,"我们多么重要啊。我们照得多么亮! 我们的光是多么耀眼伟大啊!"——于是他们就都烧完了。"这真是一个出色的故事!"王后说,"我觉得自己好像就在厨房里,跟柴火在一起。是的,你可以娶我们的女儿。"

"是的,当然!"国王说,"你在星期一就跟我们的女儿结婚吧。"

他们亲切地用"你"来称呼他,因为他现在是他们家的一员了。

举行婚礼的日子就这样确定了。在结婚的头天晚上,全城灯火通明。饼干和点心都在街上随便散发给群众。小孩子踮起脚来,高声喊"万岁!"同时用手指吹起口哨。真是热闹极了!

"是的,我也应该让大家快乐一下才对!"商人的儿子想。因此他买了些焰火和爆竹,以及种种可以想象得到的鞭炮。他把这些东西装进箱子里,于是向空中飞去。

"啪!"放得多好!放得多响啊!

一听见响亮的炮声,所有的土耳其人就高兴地跳起来,弄得他们的拖鞋都飞到耳朵旁边去了。他们从来没有看见过这样神奇的火球。现在他们知道了,是土耳其的神要跟公主结婚。

商人的儿子坐着飞箱又落到森林里去,他想,"这到底产生了什么样的效果呢?我最好去城里看看。"有这样一个愿望,当然也是很自然的。

嗨,老百姓讲的话才多哩!每一个他所问到的人都有自己的一套故事。不过大家都觉得那是很美的景象。

"那位土耳其的神我看到了!"一个说,"他的眼睛像一对闪闪发光的星星,他的胡须像起泡沫的水!"

"他飞行时披着一件火外套,"另外一个说,"许多最美丽的天使藏在他的衣褶里向外窥望。"

是的,这些都是最美妙的传说。第二天他就要结婚了。

现在他回到森林里,想坐进箱子飞回去。可是哪儿有箱子的影子呢?原来箱子被烧掉了。焰火的一颗火星落下来,点起了一把火。箱子已经化成灰烬。他再也飞不起来了。

新娘子在屋顶上耐心地等了一整天。她现在还在那儿等着哩。而他呢,他在这个茫茫的世界里跑来跑去讲儿童故事;不过这些故事再也不像他所讲的那个"柴火的故事"一样有趣。

(1839 年)

丑小鸭

此时正值炎热的夏天,乡下呈现出一片美丽的景色。

小麦金灿灿的,燕麦绿油油的。绿色的牧场上干草堆成垛,鹳鸟用它又细长又鲜红的腿在散步,啰嗦地讲着从妈妈那儿学到的埃及话。一些大森林环绕在田野和牧场的周围,森林里有些深深的池塘。的确,乡间是非常美丽的,太阳光正暖暖地照着一幢老式的房子,几条很深的小溪在它周围流着。牛蒡的大叶子一直从墙角那儿盖满到水里。小孩子简直可以直着腰站在最大的叶子下面,因为它是那么高。如同在最浓密的森林里一样,这儿也是相当荒凉的。一只母鸭孤独地坐在巢里,她正在孵几个小鸭。这时她已经精疲力尽了。别的鸭子宁愿在溪流里游来游去,也不愿意跑到牛蒡下面来和她聊天。所以很少有客人来看望她。"噼!噼!"蛋壳响起来,那些鸭蛋接连不断地崩开了。现在所有的蛋黄都变成了小动物。他们迫不及待地伸出小头。

"嘎!嘎!"母鸭说。他们也就跟着嘎嘎地大声叫起来。妈妈让他们尽量地东张西望,于是他们在绿叶子下面向四周看。因为绿色对他们的眼睛有好处。

这些年轻的小家伙说:"这个世界太大了!"的确,比起他们在蛋壳里的时候,现在的天地真是大不相同。

"这并不是整个世界!"妈妈说,"这地方伸展到花园的另一边,一直伸展到牧师的田里去,那才远呢!我都没有去过那!你们都在这儿吧?"她站起来,"唉,我还没有生完。这只顶大的蛋怎么躺着没有动静?它还得躺多久呢?我真是有些烦了。"于是她又坐下来。

"唔,情形怎样?"一只老鸭子来拜访她。

"这个蛋费的时间真久!"坐着的母鸭说,"它老是不裂开。请你看看别的吧。他们真是一些最逗人喜爱的小鸭儿!都像他们的爸爸——这个坏东西从来没有来看过我!"

"我来瞧瞧这个老是不裂开的蛋吧,"这位年老的客人说,"请相信我,这是一只吐绶鸡的蛋。因为有一次我也同样受过骗,你知道,那些小家伙都不敢下水,这不知给我添了多少麻烦和苦恼啊!我简直没有办法叫他们下水。我说好说歹,一点用也没有!——让我来瞧瞧这只蛋吧。哎呀!这真是一只吐绶鸡的蛋!你尽管叫别的孩子去游泳好了,就让他躺着吧。"

"我还是在它上面多坐一会儿吧,"鸭妈妈说,"就是再坐它一个星期,也没有关系,反正已经坐了这么久。"

世界经典文库

世界二十大名著

安徒生童话

图文珍藏版

"那么就请便吧，"于是老鸭子告辞了。

"噼！噼！"最后这只大蛋终于裂开了。新生的小家伙叫着向外面爬。鸭妈妈瞧了他一眼。他真是又大又丑。"这个小鸭子大得怕人，"她说，"别的没有一个像他；但是他一点也不像小吐绶鸡！好吧，现在就检验一下吧！如果他怕水我踢也要把他踢下水去。"

第二天，天气晴和又美丽。绿牛蒡沐浴在温暖的阳光下，小溪边站着鸭妈妈和她所有的孩子。扑通！她跳进水里去了。"呱！呱！"她高声叫着，于是小鸭子就接连不断地跳下去。他们被水淹了，但是马上又冒了出来，真是游得漂亮极了。他们全都在水里，很灵活地划着小腿。连那个丑陋的灰色小家伙也一起游。

"唔，他不是一个吐绶鸡，"她说，"你看多灵活的一双腿，他浮得多么稳！他是我亲生的孩子！如果你仔细看看，他还长得蛮漂亮呢。嘎！嘎！跟我一块儿来吧，我带你们到广大的世界上去，给你们介绍那个养鸡场。不过，为避免被别人踩着，你们得贴紧我，你们还得当心坏猫儿呢！"

这样，他们就来到了养鸡场里。一阵可怕的喧闹声在场里响起来，原来两个家族正在为争夺一个鳝鱼头而战，结果是猫儿把它抢走了。

"世界就是这个样子你们看清楚没有！"鸭妈妈说。一点涎水从她的嘴里流了出来，因为她也想吃那个鳝鱼头。"现在划动你们的腿吧！"她说，"拿出精神来。如果你们看到那儿的一个老母鸭，就低下头，因为她是这儿最有声望的人物。她有西班牙的血统——因为她长得非常胖。你们看，她腿上的那块红布条。这是一件非常出色的东西，它说明了人们不愿意失去她，动物和人统统都得认识她，所以也是一个鸭子可能得到的最大光荣。打起精神来吧——不要缩腿。一个受过好教养的鸭子像爸爸和妈妈一样，总是把腿摆开的。好吧，低下头来，说'嘎'呀！"

他们按照妈妈的话做了。别的鸭子站在旁边看着，同时粗声粗气地说：

"瞧！又来了一批找东西吃的客人，好像我们的人数还不够多似的！呸！瞧那只小鸭的丑相！真看不惯！"于是马上有一只鸭子飞过去，在丑小鸭的脖颈上狠狠地啄了一下。

"请你们不要这样对他吧，"妈妈说，"他并没有伤害谁呀！"

"对，不过他长得太大、太特别了，"啄过他的那只鸭子说，"因此他必须挨打！"

"那个母鸭的孩子个个漂亮，"腿上有一条红布的那个母鸭说，"他们确实很漂亮，不过太可惜了，只是有一只例外。我多么希望能把它再孵一次。"

"那可不行，太太，"鸭妈妈回答说，"虽然他长得丑，但是他的脾气非常好。他游起水来也不比别人差——我还可以说，游得比别人还要好呢。他的模样有点不太自然，那是因为他躺在蛋里太久了，不过我想他会慢慢变漂亮的，或者到适当的时候，也可能缩小一点。说着，她在丑小鸭的脖颈上轻轻啄了一下，把他的羽毛理了一理。"此外，他还是一只公鸭呢，"她说，"所以关系也不太大。我想他很健康，将来总会找到出路的。"

"别的小鸭倒很可爱，"老母鸭说，"你在这儿千万不要客气。如果你找到鳝鱼头,请把它送给我好了。"

在这儿他们就像回到了自己家里一样自由。

不过最后从蛋壳里爬出的那只小鸭太丑了,在鸭群中到处挨打,被排挤,被讥笑,甚至连在鸡群中也处处受气。

"他真是又粗又大难看极了!"大家都这么说。有一只雄吐绶鸡生下来脚上就有距,因此他自以为是一个皇帝。吹得自己像一条鼓满了风的帆船似的,来势汹汹地走向丑小鸭,瞪着一双大眼睛,脸涨得通红。这只可怜的小鸭不知道该站在什么地方,或者走到什么地方去好。他觉得非常悲哀,仅仅因为自己长得丑陋,就成了全体鸡鸭的嘲笑对象。

头一天的情形就这样。后来简直一天比一天糟。大家都要赶走这只可怜的小鸭;连他自己的兄弟姐妹也对他生起气来。他们老是骂他:"你这个丑妖怪,希望猫儿把你抓去才好!"于是妈妈也说出让丑小鸭伤心的话来:"我希望你走远些!"他被鸭儿们啄,被小鸡打,被喂鸡鸭的那个女佣人用脚踢。

于是可怜的丑小鸭飞过篱笆逃走了;一见到他的模样,灌木林里的小鸟就惊慌地向空中冲去。小鸭想"我真是太丑了!"。于是闭紧眼睛,继续往前跑。他一口气跑到一块住着野鸭的沼泽地里。因为他太累了,太灰心失望了,所以在这儿整整躺了一夜。

天亮了,野鸭都飞回来了。他们诧异地瞧着这位新来的朋友。

"你是谁呀?"他们问。小鸭一下转向这边,一下转向那边,尽量对大家恭恭敬敬地行礼。

"你真是丑得厉害,"野鸭们说,"不过这对我们倒也没有什么大的关系,只要你不跟我们族里任何鸭子结婚。"可怜的小东西!他只希望人家准许他躺在芦苇里,喝点沼泽的水就知足了,哪里还想到什么结婚。

整整两天他都躺在那儿。后来有两只雁——严格地讲,应该说是两只公雁,因为他们是两个雄的——飞来了。他们非常顽皮因为刚从娘的蛋壳里爬出来。

"朋友,听着,"他们说,"你丑得可爱,连我都禁不住要喜欢你了。你做一只候鸟,跟我们一块儿飞走好吗?离这儿很近有一块沼泽地,那里有好几只活泼可爱的雁儿。她们都是小姐,都会说:'嘎!'虽然你是那么丑,但是你可以在她们那儿碰碰你的运气!"

"噼!啪!"天空中发出一阵响声。这两只公雁掉到芦苇里,死了,把水染得鲜红。"噼!啪!"又是一阵响声。整群的雁儿都从芦苇里飞出来,接着又响起一阵枪声。原来有人在大规模地打猎。这沼泽地的周围埋伏着狡猾的敌人,甚至伸到芦苇上空的树枝上还坐着几个人。蓝色的烟雾像云块似的笼罩着这些黑树,慢慢地在水面上漂向远方。这时,猎狗都在泥泞里扑通扑通跑过来,灯芯草和芦苇歪向两边。对于可怜的小鸭说来这实在是可怕的事情!他掉过头来,藏在翅膀里。正在这时,小鸭身边出现了一只骇人的大猎狗。它伸出长长的舌头,眼睛发出丑恶和可怕的光。它把鼻子顶到这小鸭的身上,露出了骇人的尖牙齿,可是——扑通!扑通！——它跑开了，没有抓走丑小鸭。

"啊，谢谢老天爷！"小鸭叹了一口气，"我丑得连猎狗也不想咬我！"

他静静地躺着听着芦苇里的枪声，枪弹还在不断地射出来。

直到夜幕降临，四周才静下来。可是这只可怜的小鸭还不敢站起来。他等了好几个钟头，才敢望一眼四周，于是他急忙跑出这块沼泽地，拼命地跑，向田野上跑，向牧场上跑。这时刮起一阵狂风，阻碍了他的奔跑。

他来到一个简陋的农家小屋的时候，天已经黑了。它残破的甚至不知道应该倒向哪一边——因此它也就没有倒下。狂风在小鸭身边凶狠地号叫着，他只好面对着大风坐下来。大风肆无忌惮地吹着。门上的铰链有一个已经松了，门也歪了，他有可能从空隙钻进屋子里去，于是他便钻进去了。

有一个老太婆和她的猫儿，还有一只母鸡在屋子里。她把这只猫儿叫"小儿子"。他能把背拱得很高，发出咪咪的叫声来；如果你抚摸他的毛他的身上还能迸出火花，母鸡的腿又短又小，因此叫"短腿鸡儿"。老太婆把她爱得像自己的亲生孩子一样，就因为她生下的蛋很好。

第二天早晨，小鸭被人们注意到了。那只猫儿开始咪咪地叫，那只母鸡也咯咯地喊。

"发生什么事了？"老太婆说有些糊涂了，同时朝四周看。不过她的眼睛有点花，所以她以为小鸭是一只肥鸭，走错了路，才跑到这儿来了。"这真是少有的运气！"她说，"现在我可以有鸭蛋了。不过，我们最好弄清楚，他是不是一只公鸭！"

这样，小鸭就在这里受了三个星期的考验，可是他没有生一个蛋。那只猫儿是这家的绅士，那只母鸡是这家的太太，所以他们一开口就说："我们和这世界！"他们以为自己就是半个世界，而且还是最好的那一半呢。小鸭觉得自己的看法和他们不同，但是，母鸡却无法忍受他的这种态度。

"你能够生蛋吗？"她问。

"不能！"

"那么你最好不要发表意见。"

于是雄猫说："你能拱起背，发出咪咪的叫声和迸出火花吗？"

"不能！"

"那么，你最好用心听有理智的人讲话，因为你实在没有发表意见的必要！"

小鸭默默地坐在一个墙角里，心情非常沮丧。这时他想起了新鲜空气和太阳光。他觉得有一种奇怪的渴望：他想到水里去游泳。最后他实在忍不住了，就把心事告诉了母鸡。

"你在想什么？"母鸡问，"你有这些怪想法，是因为你没有事情可干。你只要生几个蛋，或者咪咪地叫几声，你这些怪念头就会消失了。"

"不过，下水游泳是多么痛快呀！"小鸭说，"往水底一钻让水淹在你的头上，那是多么痛快呀！"

"是的，那一定很痛快！"母鸡说，"你简直在发疯。在我认识的一切朋友中，猫是最聪明的你去问问他吧——问他喜不喜欢在水里游泳，或者钻进水里去。先不提我自己你去问问你的主人——那个老太婆吧，世界上再也没有比她更聪明的人了！你以为她想去游泳，让水淹在她的头顶上吗？"

"你们不了解我，"小鸭说。

"我们不了解你？那么请问谁了解你呢？比起猫儿和女主人你决不会更聪明吧——我先不提我自己。孩子，你不要自以为了不起吧，你应该感谢上帝！现在你得到这些照顾。住在一个温暖的屋子里，有了一些朋友，而且还可以向他们学习很多的东西，不是吗？不过你是一个废物，跟你在一起真不痛快。为了你好，我才说这些不好听的话，请你相信我。只有这样，你才知道谁是你真正的朋友！请你虚心学习生蛋，或者咪咪地叫，或者迸出火花吧！"

"我想我还是应该走到广大的世界上去，"小鸭说。

"好吧，你去吧！"母鸡说。于是小鸭就走了。他时而在水上游，时而钻进水里；不过，因为他的样子丑，所有的动物都瞧不起他。秋天来了。风卷起树林里黄色棕色的叶子，带它们到空中飞舞，而空中是很冷的。云块沉重地载着冰雹和雪花，低低地悬着。篱笆上乌鸦孤单地站着，冻得一个劲儿地叫："呱！呱！"是的，你只要想想这情景，就会冷得发抖。这只可怜的小鸭甚至没有过一个舒服的时刻。

一天晚上，当太阳正在美丽的晚霞中落下去的时候，从灌木林里飞出来一群漂亮的大鸟，小鸭从来没有看到过这样美丽的东西。他们白得发亮，颈项又细长又柔软。这就是天鹅。伴随着一种奇异的叫声，他们展开美丽的长翅膀，从寒冷的地带飞向温暖的国度，飞向永不结冰的湖上去。

他们飞得很高——那么高，丑小鸭不禁感到一种说不出的兴奋。在水上他不停地旋转着像一个车轮似的，同时，把自己的颈项高高地伸向他们，发出一种响亮的怪叫声，连他自己也害怕起来。啊！他再也无法忘记这些美丽的鸟儿，这些幸福的鸟儿。当丑小鸭看不见他们的时候，就沉入深深的水中；但是当他再次冒出水面的时候，心里却充满了空虚。他爱他们尽管他不知道这些鸟儿的名字，也不知道他们要飞向什么地方去。但他并不嫉妒他们。他怎敢梦想有他们那样美丽呢？只要别的鸭儿准许他跟他们生活在一起，他就已经很知足了——可怜的丑东西。

冬天变得很寒冷，非常的寒冷！为了不让水面完全冻结成冰，小鸭不得不在水上游来游去。不过他游动的这个小范围，一天天在缩小。水冻得更厉害了，人们可以听到冰块清脆的碎裂声。小鸭拼命用他的一双腿不停地游动。最后，他终于坚持不住昏倒了，躺着动也不动，跟冰块结成了一体。

大清早，有一个农民从这儿经过。他看到了这只小鸭，就赶紧走过去用木屐把冰块踏破，然后把他抱回来，送给自己的女人。丑小鸭得到了温暖后渐渐地恢复了知觉。

小孩子们都想要跟他玩，不过小鸭以为他们想要伤害他。他一害怕就跳到牛奶盘里去了，溅得满屋子都是牛奶。女人惊叫起来，拍着双手。这么一来，黄油盆又变成了小鸭的第二个落脚处，然后是面粉桶，最后他从桶里爬出来。那个样子才好看呢！女人叫着，举起火钳要打他。挤做一团的小孩们，都想抓住这小鸭。他们兴奋地又是笑，又是叫！——幸好大门是开着的。丑小鸭赶紧钻进灌木林中新下的雪里面去。他躺在那里，几乎昏死过去。

要是只讲丑小鸭在这严冬所受到的无数的困苦和灾难，那么这个故事也就太悲惨了。当太阳又开始温暖地照着大地的时候，丑小鸭正躺在沼泽地的芦苇里。百灵鸟在欢快的歌唱——美丽的春天来了。

忽然间他举起翅膀发现：翅膀拍起来比以前有力得多，马上就把他托起来飞走了。不知不觉地他已经飞进了一座可爱的大花园。这儿苹果树正开着美丽的小花；紫丁香在散发着淡淡的香气，弯弯曲曲的溪流上它垂着细长嫩绿的枝条。啊，这儿充满了春天的气息美丽极了！三只美丽的白天鹅从树荫里一直游到他面前来。他们轻飘飘地浮在水上，羽毛发出飕飕的响声。小鸭心里感到一种说不出的悲哀，因为它立刻就认出了这些美丽的动物。

"我要飞向他们，飞向这些高贵的鸟儿！可是他们会弄死我的，像我这样丑的人，怎么敢接近他们呢？不过这没有什么关系！被他们杀死，要比被鸭子咬、被鸡群啄，被看管养鸡场的那个女佣人踢和在冬天受苦好得多！"于是他毫不犹豫地飞到水里，向这些美丽的天鹅慢慢游去。这些动物看到他，马上就竖起羽毛向他游来。"请你们弄死我吧！"这只可怜的动物等待着死亡，他的头低低地垂到水上。但是在这清澈的水上他看到了什么呢？他看到了自己的倒影。但那不再是一只粗笨的、深灰色的、又丑又令人讨厌的鸭子，而是——一只天鹅！

就算你是生在养鸭场里又有什么关系呢？只要你曾经在一只天鹅蛋里待过。

对于他过去所受的不幸和苦恼，他并没有放在心上。他现在很高兴并且清楚地认识到幸福和美正在向他招手。　许多大天鹅围在他周围，用嘴来亲他。

几个小孩子来到花园里。他们向水上抛来许多面包片和麦粒。最小的那个孩子喊道：

"那只新天鹅！你们看！"别的孩子也兴高采烈地叫喊起来："是的，又来了一只新的天鹅！"于是他们拍着手，跳起舞，向他们的爸爸和妈妈跑去。他们抛了更多的面包和糕饼到水里，同时大家都说："这新来的一只最美！那么年轻，那么好看！"那些老天鹅不禁在他面前低下头来。

这只新天鹅把头深深地藏到翅膀里面去，不知道怎么办才好。他觉得非常难为情，但又感到太幸福了，他一点也不骄傲，因为一颗美好善良的心是永远不会骄傲的。他想起他曾经怎样被人迫害和讥笑过，而现在却听到大家说他是美丽的鸟中最美丽的一只鸟儿。紫丁香在他面前把嫩枝条垂到水里去。温暖的太阳光洒满大地。新天鹅扇动着翅膀，伸直细长的颈项，从内心里发出一个快乐的声音：

"当我还是一只丑小鸭的时候，我做梦也没有想到会有这么多的幸福！"

（1844 年）

世界二十大名著　安徒生童话

没有画的画册

前记

说来也真怪！当我感觉最温暖最愉快的时候总不能表达和说出我内心所产生的思想。就好像我的双手和舌头被束缚住了,然而我却是一个画家。我的眼睛这样告诉我;看到过我的速写和画的人也都这样承认。

我是一个穷苦的孩子。住在最狭窄的一条巷子里的顶高的那层楼上,在这儿我可以看见阳光也可以望见所有的屋顶。在这儿我看不到茂密的树林和青山,只看到一片灰色的烟囱。初来城里的几天,我是那么郁闷和寂寞,因为在这儿我没有一个朋友,没有一个熟识的面孔和我打招呼。

有一天晚上我悲哀地站在窗子面前,打开窗扉,眺望外边。啊,真高兴啊！我总算是看到了一个很熟悉的面孔——一个圆圆的、和蔼的面孔,一个在故乡我所熟识的朋友:月亮,亲爱的老月亮。他一点也没有改变,那神情完全跟他从前透过沼泽地上的柳树叶子窥望我时一样。我用手向他飞吻,他直接照进我的房间里来。

世界经典文库

世界二十大名著

安徒生童话

图文珍藏版

他答应,每晚出来的时候,一定探望我几分钟。对于这个诺言他忠诚地保持了下去。可惜的是,他停留的时间是那么短促。每次他来的时候,就告诉我一些头天晚上或当天晚上他所看见的东西。

他第一次来访的时候说,"画下我所讲给你的事情吧!这样你就可以有一本很美的画册了。"

好几天晚上我遵守了他的忠告。我可以画出我的《新一千零一夜》,不过那也许是太沉闷了。在这儿我所做的一些画都没有经过选择,它们是依照我所听到的样子绘下来的。根据这些画任何伟大的天才画家、诗人或音乐家,假如他们高兴的话,可以创造出新的东西。在这儿我所做的不过是在纸上涂下一些大概的轮廓而已,当然我个人的想象也包括在里面;这是因为月亮并没有每晚来看我——有时一两块讨厌的乌云遮住了他的面孔。

第一夜

"昨夜,我滑过晴朗无云的印度天空。恒河水上映着我的面孔;尽量让光线透进那些浓密的交织着的梧桐树的枝叶——它们像乌龟的背壳,伏在下面。从这浓密的树林走出来一位印度姑娘。她轻巧得像瞪羚,美丽得像夏娃。这位印度女儿是那么轻飘,同时又是那么丰满。透过她细嫩的肌肤我可以看出她的思想。她的草履被多刺的蔓藤撕开了;但是她仍然在大步前进。在河旁饮完了水而走过来的野兽,都惊恐地逃开了,因为这姑娘手中擎着一盏燃着的灯。当她伸开手为这柔和的灯火挡住风的时候,我可以看到这柔嫩手指上的脉纹。她来到河旁,把灯轻轻地放在水上,让它飘走。微弱的灯光在闪动着,好像要熄灭了。可是它还是在燃着,这位姑娘一对亮晶晶的乌黑眼珠,隐隐地藏在丝一样长的睫毛后面,紧张地凝视着这盏灯。她很清楚:如果这盏灯在她的视力所及的范围内不灭的话,那么她的恋人就仍然活着;如果它灭掉了,那么他就是死了。灯光在微微的燃着,在轻轻地颤动着;姑娘的心也在燃着,在颤动着。她跪下来,念着祷文。睡在她旁边草里的一条花蛇,并没有使她害怕,因为她心中只想着梵天和她的未婚夫。"

"'他还活着!'她快乐地叫了一声。这时从高山那儿飘来一个回音:'他还活着!'"

第二夜

"这事发生在昨天"月亮对我说,"我看到下面一个四周围着一圈房子的小院落。1只母鸡和11只小雏在院子里。在它们周围一个可爱的小姑娘跑着,跳着。母鸡呱呱地叫起来,惊恐地展开翅膀来保护她的一窝孩子。这时小姑娘的爸爸走来了,责备了她几句。这时我走开了,再也没有想起这件事情。可是今天晚上,刚不过几分钟以前,我又朝下边的这个院落望。四周是一片静寂。那个小姑娘不一会儿又跑出来了。她偷偷地走向鸡屋,拉开门,钻进母鸡和小鸡群中去。我看得很清楚,它们大声狂叫,向四边乱飞。小姑娘在它们后面紧紧追赶。对这个任性的孩子我感到生气极了。她爸爸这时走过来,狠狠抓着她的手臂,更厉害地把她骂了一顿,我不禁感到心里有些舒服。小姑娘难过地垂下头,蓝色的眼睛里含着大颗的泪珠。'你在这儿干什么?'爸爸问。她哭泣着,'我想进去亲一下母鸡哎呀,'她说,'我只是想请求她原谅我,因为我昨天不小心惊动了她一家。可是我不敢告诉你!'"

"爸爸心疼地亲了一下这个天真孩子的前额,我呢,我亲了她的小嘴和眼睛。"

第三夜

"那儿有一条狭小的巷子——它是那么狭窄,我的光只能在房子的墙上停留一分钟,不过在这么短的时间里,我所看到的东西已经足够使我认识下面活动着的人世——我看到了一个女人。16 年前作为一个孩子。她在乡下一位牧师的古老花园里开心地玩耍。玫瑰花树编成的篱笆已经枯萎了,花也谢了。它们零乱地伸到小径上,把长枝子盘到苹果树上去。只有几朵玫瑰花还七零八落地无精打采地开着——它们已经称不上是花中的皇后了。但是它们依然还有绚丽的色彩,还有浓浓的香味。在我看来,牧师的这位小姑娘,那时要算是一朵最美丽的玫瑰花了;她坐在这个零乱的篱笆下的小凳子上,吻着她的玩偶——它那纸板做的脸已经被玩坏了。"

"10 年以后我在一个华丽的跳舞厅内见到了她,那时她是一个富有商人的娇美的新嫁娘。我真为她的幸福感到愉快。在安静平和的晚上我常去探望她——啊,谁也没有想到我澄净的眼睛和敏锐的视线!唉!正像牧师住宅花园里那些玫瑰花一样,我的这朵可爱的玫瑰花也变得零乱了。生活中天天都有悲剧发生,而今晚我却看到了最后一幕"。

"在那条狭窄的巷子里,她躺在床上,病得很重,快要死了。恶毒、冷酷和粗暴的房东——这是她唯一的保护者,一把掀开她的被子'起来!'他说,'你的这副面孔真让人害怕。起来穿好衣服!赶快去弄点钱来,不然,我就要把你赶到街上去!快些起来!''死神正在一点一点地嚼我的心!'她乞求说,'啊,请让我休息一会儿吧!'可是可恶的房东把她拉起来,在她的脸上随便扑了一点粉,插了几朵玫瑰花,随后就把她安放在窗旁的一个椅子上坐下,并且点燃一根蜡烛放在她身旁,然后走开了。"

"我伤心地望着她。她静静地坐着,双手无力地垂在膝上。风把一块玻璃吹下来跌成碎片。但是她仍然静静地坐着。像她身旁的烛光一样,窗帘在微微地抖动着。她断气了。在敞开的窗子面前,死神正在说教:这就是牧师住宅花园里的、我

第四夜

"昨夜我看了一出正在上演的德国戏,"月亮说,"一个小城市里的牛栏被改装成为一个剧院,也就是说,每一个牛圈并没有变,只是打扮成为包厢而已。彩色纸张贴满了所有的木栅栏。低低的天花板下吊着一个小小的铁烛台。为了要像在大剧院里一样,当提词人的铃声丁当地响了一下以后,烛台就会升上去不见了,因为它上面特地覆着一个翻转来的大浴桶。

"叮当!"小铁烛台上升一尺多高。人们知道戏快要开演了。一位年轻的王子和他的夫人也来参观这次演出,因为他们恰巧经过这个小城。小小的牛栏也就因此而挤满了人。只有这烛台下面有一点空,它像一个火山的喷口。谁也不愿坐这儿,因为蜡油在不停地向下面滴,滴,滴!我看到了这一切情景,屋里是那么燥热,墙上所有的通风口都打开了。在外面,男仆人和女仆人们都站着,贴着这些通风口偷偷地朝里面看,虽然里面坐着警察,而且还在挥着棍子恐吓他们。人们可以看见在乐队的近旁,那对年轻贵族夫妇坐在两张古老的靠椅上面。平时这两张椅子总是留给市长和他的夫人坐的。可是今晚这两个大人物也只好坐在木凳子上了,就像普通的市民一样。'现在人们可以看出一山还比一山高,强中更有强中手!'许多看戏的太太们私下所发出的这点感想使整个的现场气氛变得更愉快轻松。烛台在摇动着,墙外面的观众挨了一通骂。我——月亮——从这出戏的开头到末尾一直和这些观众在一起。"

第五夜

"昨天,"月亮说,"我看到了忙碌的巴黎。卢浮宫博物馆的陈列室里。我发现一位衣服破烂的老祖母——她是平民阶级的一员——跟着一个保管人走进一间宽大而空洞的宫里去。这一间陈列室正是她要看的,而且一定要看的。为了走进这里面,她可是做了一点不小的牺牲和费了一番口舌。她一双瘦削的手交叉着,她向四周环视,神情庄重而严肃,好像是在一个教堂里面似的。

"'就是这儿!'她说,'这儿!'她蹒跚地走进王位。富丽的、镶着金边的天鹅绒铺在王座上'就是这儿!'她喃喃自语,'就是这儿!'接着她跪下来,吻了这紫色的天鹅绒。我想她已经哭出来了。

"可是这天鹅绒并不是原来的呀!"保管人说,一个微笑出现在嘴角上。

"'就是这个地方!'老太婆说,'原物就是这个样子!'

"'是这个样子,'他回答说,'原来的东西早就没有了。原来的窗子被打碎了,门也被打破了,而且还有血在地板上呢!你当然可以说:'我的孙子是死在法兰西

的王位上！'

"'死去了！'老太婆重复了这几个字。

接着他们都沉默了，然后很快就离开了这个陈列室。黄昏的微光消逝了，我的光亮照着法兰西王位上的华丽的天鹅绒，比以前更加明朗。

"你想这位老太婆是谁呢？我告诉你一个故事吧。

"在七月革命前夕。群众在攻打杜叶里宫。甚至还有许多妇女和小孩在和战斗者一起勇敢地作战。那时每一间房子是一个堡垒，每一个窗子是一座护胸墙。他们攻进宫的大殿和厅堂。一个半大的穿着褴褛的工人罩衫的穷孩子，也在年长的战士中间参加战斗，终于他倒下了，因为他身上有好几处很重的刺刀伤，而他倒下的地方恰恰是王位的所在地。大家把这位流血的青年抬上了法兰西的王位，用天鹅绒裹好他的伤。他的血染到了那象征皇室的紫色上面。这才是一幅感人的图画呢！光辉灿烂的大殿，英勇奋战的人群！一面撕碎了的旗帜躺在地上，一面三色旗在刺刀林上飘扬，而王座上却躺着一个穷苦的即将死去的孩子；他的光荣面孔发白，他无神的双眼望着苍天，他的四肢在死亡中弯曲着，他的胸脯暴露在外面，他的褴褛的衣服被绣着银百合花的天鹅绒半掩着。

"曾经有人在这孩子的摇篮旁做过一个预言：'他将死在法兰西的王位上！'母亲的心里曾经做过一个梦，以为他就是第二个拿破仑。

"他墓上的烈士花圈已经被我的光吻过。今天晚上呢，当这位老祖母在梦中看到这幅摊在她面前的图画（你可以把它画下来）——法兰西的王位上的一个穷苦的孩子——的时候，我的光吻了她的前额。"

第六夜

"我到乌卜萨拉去了一趟，"月亮说，"我看了看下面生满了野草的大平原和荒凉的田野。当鱼儿被一只汽船吓得钻进灯芯草丛里去的时候，佛里斯河里正映着我的面孔。云块浮在我下面，在所谓奥丁、多尔和佛列的坟墓上撒下长长的阴影。这些土丘被稀疏的蔓草盖着，草上刻着名字。后来人们普遍地把这些名字用作人名。这些名字就成为北欧最常用的名字，就像我们的张三李四。这儿没有使过路人可以刻上自己名字的路碑，也没有使人可以刻上自己名字的石壁。

因此访问者只好把自己的名字刻在蔓草上。在一些大字母和名字下面黄土露出原形。它们纵横交错地布满了整个山丘。这种不朽支持到新的蔓草长出来为止。

"一个人站在山丘上——一个孤独的诗人。他喝干了一杯蜜酿的酒——杯子上嵌着很宽的银边。他正低声地念着一个什么名字。并请求风不要泄露它，可是我听到了这个名字，而且我知道它。他不把它念出来是因为这名字上闪耀着一个伯爵的荣冠。我微笑了一下。因为他的名字上闪耀着一个诗人的荣冠。爱伦诺拉

·戴斯特的高贵是与达索的名字分不开的。我也知道在什么地方能开出美的玫瑰花朵!"

月亮这么说了,于是飘过来了一块乌云。我希望乌云不要隔开诗人和玫瑰花朵!

第七夜

"一片枞树和山毛榉树林正沿着海岸展开;这树林是那么清新,充满了淡淡的香味。每年春天成千上万的夜莺来拜访它。一片汪洋大海就躺在它旁边——永远变幻莫测的大海。一条宽广的公路横在它们二者之间。在这儿,川流不息的车轮正飞驰过去,可是我没有去细看这些东西,因为我的视线只停留在一点上面。一座古墓立在那儿,野梅和黑莓在它上面的石缝中顽强地生活着。大自然的诗就在这儿。你知道人们怎样理解它吗? 好的,我告诉你昨天黄昏和深夜的时分我在那儿所听到的事情吧。

"起初乘着车子走过来两位富有的地主。头一位说:'多么茂盛的树木啊!'另一位回答说:'每一株可以砍成10车柴! 这个冬天一定很寒冷。去年每一捆柴可以卖14块钱!'于是他们就走开了。

"'这路真糟糕!'另外一个赶着车子走过的人说,'这全是因为那些讨厌的树呀!'坐在他旁边的人回答说:'空气不能畅快地流通,风只能从海那边吹来。'于是他们走过去了。

"一辆公共马车也开过来。当它来到这块最美丽的地方的时候,客人们都睡着了。车夫吹响号角,不过他心里只是想:'我吹得很动听。我的号角声在这儿是那么好听。我不知道车里的人觉得怎样?'于是这辆马车就走开了。

"两个年轻的小伙子骑着马飞驰过来。我觉得他们倒还有点青年的精神和气概呢! 微笑挂在他们嘴唇上,他们看了一眼那生满了青苔的山丘和这浓黑的树林。'我倒很想跟磨坊主的克丽斯订在这美丽的地方散步呢。'于是他们飞驰过去了。

"空气中散布着花儿强烈的香气,风儿都睡着了。这块深郁的盆地被青天盖住了,大海就好像是它的一部分。开过去一辆马车。里面坐着六个人,其中有四位已经睡着了。第五位在想着他的夏季上衣——它必须合他的身材。第六位把头掉向车夫问起对面的那堆石头里是否藏有什么神奇的东西。'没有,'车夫回答说:'那只不过是一堆石头罢了。可是这些树倒是了不起的东西呢!''为什么呢?''为什么吗? 它们是非常了不起的! 您要知道,在寒冷的冬天,这些树对我来说就成了地形的指标,尤其是当雪下得很深、什么东西都看不见的时候,我依据它们所指的方向走,就不至于滚到海里去。它们了不起,就是这个缘故。'于是他走过去了。

"现在走来了一位画家。他的眼睛炯炯有神。他只是吹着轻快的口哨,一句话也不讲。迎着他的口哨,有好几只夜莺在放声歌唱,一只比一只的调子唱得高。

'闭住你们的小嘴!'他大声说。于是他很仔细地记录下一切色调:蓝色、紫色和褐色!这将是一幅多么美丽的画啊!他心中细细体会着这迷人的景致,正如镜子反映出了一幅画一样。在这同时,他用口哨吹出一首罗西尼的进行曲。

"最后一个穷苦的女孩子来了。她放下她背着的重荷,坐在一个古墓旁休息。她惨白的美丽面孔对着树林倾听。当她望见海面上湛蓝的天空时,她的眼睛忽然发出光彩,她合起双手。我想她是在念《主祷文》。她自己不懂得这种渗透她全身的感觉;但是我知道:这一刹那和这片美丽的自然景物将会在她的记忆里存留很久很久,比那位画家所记录下来的色调要美丽和真实得多。我的光线照着她,一直到晨曦吻她的前额的时候。"

第八夜

天空被沉重的云块盖满了,月亮还没有露面。我待在小房间里,可怕的寂寞包围了我;我抬起头来,凝视着平时他出现的那块天空。我的思想在飞,飞向我这位最好的朋友。他每天晚上对我讲那么美丽的故事给我看图画。是的,他经历过的事情可真不少!他在太古时代的洪水上航行过,他对挪亚的独木舟微笑过,正如他最近来看我、带给我一些安慰、期许我一个灿烂的新世界一样。当以色列的孩子们坐在巴比伦河旁哭泣的时候,他在悬着竖琴的杨柳树之间默默地哀悼望着他们。当罗密欧走上阳台、他的深情的吻像小天使的思想似的从地上升起来的时候,正在明静天空上的圆圆的月亮,半隐在深郁的古柏中间。他看到被囚禁的圣赫勒拿岛上的英雄,这时在一个孤独的石崖上,他正眺望着茫茫的大海,许多辽远的思想在他心中产生了。啊!月亮有什么事不知道呢?对他说来,人类的生活是一篇童话。

老朋友!我今晚见不到您,就无法绘出关于您的来访的记忆了。我迷糊地向着云儿眺望;天又露出一点光。这是月亮的一丝光线,但是它马上又消逝了。乌黑的云块又轻轻地飘过来,然而这总算是一声问候,一声月亮所带给我的、友爱的"晚安"。

第九夜

天空又是晴朗无云。已经过去了好几个晚上,月亮还只是一道弯弯的蛾眉。我又得到了一幅速写的材料。请听月亮所讲的话吧。

"我随着北极鸟和流动的鲸鱼到格陵兰的东部海岸去。冰块和乌云覆盖在光赤的崖石,深锁着一块盆地——在这儿,娇嫩的杨柳和覆盆子正盛开着花。芬芳的剪秋罗正散发着甜蜜的香气。我的脸惨白,光有些昏暗,正如一朵从枝子上摘下来的睡莲,在巨浪漂流过了好几个星期一样。北极光圈在天空中熊熊地燃烧着,它的环带很宽。射出的光辉如同旋转的火柱,燎燃了整个天空,一会儿变绿,一会儿变红。这地带的居民聚在一起,举行舞会和作乐。不过他们看到这种光华灿烂的景象,并不感到惊奇。'让死者的灵魂去玩他们用海象的脑袋所做的球吧!'他们依照自己的迷信这样想。他们只顾唱歌和跳舞。

"在他们的舞圈中,一位没有穿皮袄的格陵兰人欢快地敲着一个手鼓,唱着一个关于捕捉海豹故事的歌。一个歌队也大声和唱着:'哎伊亚,哎伊亚,啊!'这很像一个北极熊的舞会。他们穿着白色的皮袍,舞成一个圆圈,使劲地眨着眼睛摇动着脑袋。

"现在审案和判决要开始了。意见不合的格陵兰人走上前来。原告用讥讽的口吻,理直气壮地即席唱一曲关于他的敌人的罪过之歌,而且这一切是在鼓声下用跳舞的形式进行的。被告回答得同样地尖锐。听众哄堂大笑,同时做出他们的判决。

"山上飘来一阵雷轰似的声音,冰河在上面裂成了碎片;庞大、流动的冰块在崩颓的过程中化为粉末。这是美丽的格陵兰的夏夜。

"在100步远的地方,有一个敞着的帐篷里面躺着一个可怜的病人。他的热血里还流动生命,但是他快要死了,因为他自己觉得他要死。站在他周围的人也都相信他活不了了。因此免得后来再接触到尸体,他的妻子在他的身上缝了一件皮寿衣。同时她问:'你愿意埋在山上坚实的雪地里吗?我打算用你的卡耶克和箭来装饰你的墓地。在那上面昂格勾克将会跳舞!或许你还是愿意葬在海里吧?'

"'我愿意葬在海里,'他低声说,同时露出一个凄惨的微笑点点头。

"'是的,海是一个舒适的凉亭,'他的妻子说,'那儿跳跃着成千成万的海豹,海象就睡在你的脚下睡,在那儿打猎是一种非常安全愉快的工作!'""这时喧闹的孩子们撕掉支在窗孔上的那张皮,好使得死者能被抬到大海里去,那波涛汹涌的大海——这海生前给他粮食,死后给他安息。那些连绵起伏的、日夜变幻着的冰山就是他的墓碑。在这冰山上海豹在打盹,寒带的鸟儿在盘旋。"

第十夜

"我认识一位老小姐,"月亮说,"每年冬天她都穿一件黄缎子皮袄。这皮袄永远是新的,永远是她唯一的时装。每年夏天她老是戴着同一顶草帽,而且我相信,她老是穿着一件灰蓝色袍子。

"只有去看一位老女朋友时她才走过街道。但是最近几年来,因为这位老朋友已经死去,她甚至连这段路也不走了。这位老小姐孤独地在窗前忙来忙去;整个夏天窗子上都摆满了美丽的花,而冬天则是一堆在毡帽顶上培养出来的水莲。最近几个月来,她从窗前消失了。但她仍然活着,这一点我知道,因为我并没看到她做一次她常常和朋友提到过的'长途旅行'。'是的,'她那时说,'如果我死了,我要做一次一生从来没有作过的长途旅行。我们祖宗的墓窖离这儿有18里路远。我

要去的地方就是那儿;我要和我的家人睡在一起。'

"昨夜一辆车子停在这座房子门口。一具棺木被抬出来;这时我才知道,她已经死了。人们在棺材上裹了一些麦草席子,于是车子就开走了。这位过去一整年没有走出过大门的安静的老小姐,就睡在那里面。车子轻松得好像是去做一次愉快的旅行,叮哒叮哒地走出了城。当车子一上大路,速度就更快了。车夫好几次神经质地向后面望——我猜想他有点害怕,以为老小姐还穿着那件黄缎子皮袄坐在后面的棺材上面呢。因此他傻乎乎地使劲抽着马儿,牢牢地拉住缰绳,弄得它们满口流着泡沫——它们是几匹年轻的劣马。在它们面前跑过去一只野兔,于是它们也惊慌地奔跑起来。

"这位沉静的老小姐,年年月月在一个呆板的小圈子里一声不响地活动着。现在——死后——却在一条崎岖不平的公路上跑起来。终于麦草席子裹着的棺材跌出来了,落到公路上。马儿、车夫和车子像一阵狂风急驰而去。一只唱着歌的云雀从田里飞起来,对着这具棺材叽叽喳喳地唱了一曲晨歌。不一会儿它就落到这棺材上,用它的小嘴啄着麦草席子,好像想要把席子撕开似的。

云雀又唱着歌飞向天空去了。同时我也隐到红色的朝霞后面去了。"

第十一夜

"这是一个结婚宴会!"月亮说,"大家又是唱歌又是敬酒,一切都是富丽堂皇的。客人告别的时候已经是后半夜了。母亲们吻了新郎和新娘。最后只有我看到这对新婚夫妇单独在一起了,虽然窗帘已经掩得相当地紧。灯光把这间温暖的新房照得透亮。

"'谢天谢地,现在大家都走了!'新郎同时温柔地吻着新娘的手和嘴唇。新娘一面微笑,一面流泪,同时颤抖着倒在他的怀里,像一朵漂在激流上的荷花。他们说着温柔甜蜜的情话。

"'甜蜜地睡着吧!'他说。这时新娘把窗帘拉向一边。

"'月亮照得多么美啊!'她说,'看吧,它是多么安静,多么明亮!'"

"她吹灭了灯,于是这个温暖的房间里一片漆黑。可是我的光仍在亮着,亮得差不多跟美丽新娘的眼睛一样。女性呵,当一个诗人在歌唱着生命之神秘的时候,请你吻一下他的竖琴吧!"

第十二夜

"我给你一张庞贝城的图画吧,"月亮说,"我是在城外,在人们所谓的坟墓之街上。许多美丽的纪念碑立在这条街上。在这块地方,头上戴着玫瑰花的欢乐的年轻人曾经一度和拉绮司的美丽的姐妹们在一起跳舞。可是现在呢,这儿是一片死的沉寂。为拿波里政府服务的德国雇佣兵在站岗,打纸牌,掷骰子。从山那边来了一大群由一位哨兵陪伴着的游客,他们走进这个城市。想在我明朗的光中,看看这座从坟墓中升起来的城市。我把熔岩石铺的宽广的街道上的车辙指给他们看;我也指给他们看许多门上的姓名以及还留在那上面的门牌。在一个小小的庭院里他们看到一个镶着贝壳的喷泉池;可是现在喷泉消失了;从那些金碧辉煌的、由古铜色的小狗看守着的房间里,也没有歌声传出来了。

"这是一座死人的城。只有维苏威山在唱着它无休止的颂歌。人类把它的每一支曲子叫作'新的爆发'。我们去拜访维纳斯的神庙。它是用大理石建的,白得放亮;那宽广的台阶前就是它高大的祭坛。在圆柱之间冒出了新的垂柳,天空是透明的,蔚蓝色的。漆黑的维苏威山成为这一切的背景。火不停地从它顶上喷射出来,如同一株松树的枝干。反射着亮光的烟雾,飘浮在静寂的夜色之中,像一株松树的簇顶,可是它的颜色像血一样的鲜红。"这群游客中有一位女歌唱家,一位真正伟大的歌唱家。我在欧洲第一流的城市里看到她受到人们的崇敬。当他们来到这悲剧舞台的时候,都坐在这个圆形剧场的台阶上;正如许多世纪以前一样,这儿总算有一块小地方坐满了观众。仍然像从前一样,布景没有一丝改变;它的侧景是两堵墙,背景是两个拱门——观众可以通过拱门看到在远古时代就用过的那幅同样的布景——大自然本身:苏伦多和亚玛尔菲之间的那些连绵群山。

"一时高兴这位歌唱家,就走进这幅古代的布景中去,放声歌唱。这块古老的土地本身就给了她灵感。她使我想起阿拉伯在原野上奔驰的野马,它鼻息如雷,红鬃飞舞——歌唱家的歌声和这同样地轻快而又肯定。这使我想起在各各他山十字架下悲哀的母亲——她的苦痛的表情是多么深沉呵!在此同时正如千余年前一样,四周响了一片鼓掌声和欢呼声。

"'幸福的,天才的歌者啊!'大家都欢呼着。

"三分钟以后,舞台空了。声音也没有了,游人也走开了,一切都消逝了。只有古迹没有改变仍然立在那儿。千百年以后,当谁也记不起这片刻的喝彩,当这位美丽的歌者、她的声调和微笑被遗忘了的时候,当这幸福的片刻对于我也成为逝去的回忆的时候,这些古迹仍然不会改变。"

第十三夜

"我透过一位编辑先生的窗子望进去,"月亮说,"那是在德国的一个什么地方。这儿有很精致的家具,许多书籍和一堆报纸。还有好几位青年人。编辑先生自己站在书桌旁边,准备要评论两本书——都是青年作家写的。

"'我现在拿的这本,是刚送来的'他说,'我还没有读它呢,可是它的装帧很美。不知道它的内容怎样?'

"'哦!'一位客人说——他自己是一个诗人,'这本书写得不错,就是太啰嗦了一点。可是，天哪！作者是一个年轻人呀，当然诗句还可以写得更好一点！思想是很健康的，只不过是平凡了一点！但是这也没什么好说的。你不能老是遇见新的东西呀！我想作为一个诗人他不会有什么成就的。当然你可以称赞他一下！他读的书很多，是一位出色的东方学问专家，也有正确的判断力。为我的《家常生活感言》写过一篇很好书评的人就是他。我们应该对这位年轻人客气一点。'

"'我认为他是一个不折不扣的糊涂蛋！'书房里的另外一位先生说，'写诗最糟糕的事莫过于平庸乏味。他无法突破这个范围的。'

"'可怜的家伙！'第三位说，'他的姑妈却以为他了不起。编辑先生，为你新近翻译的一部作品弄到许多订单的人，就正是她——'

"'好心肠的女人！唔，我已经把这本书简略介绍了一下。毫无疑问他是一个天才——一件非常值得欢迎的礼物！是诗坛里的一朵鲜花！装帧也很美等等，可是另外的那本书呢——我想作者是希望我买它的吧，我听到人们赞赏过它。他是一位天才，你说对不对？'

"'是的，大家一致认为他是天才，'那位诗人说，'不过他写得有点狂。只有标点符号还说明他有点才气！'

"'假如我们斥责他一通，使他发点儿火，也许对于他是有好处的；不然他总会以为他有多么了不起。'

"'可是这太不近人情了！'第四位大声说，'我们不要在一些小错误上大做文章吧，对于它的优点我们应该感到高兴，而它的优点也确实很多。跟他的同行比起来，他已经取得了非凡的成就。"

"'天老爷啦！假如他是这样一位真正的天才，他就应该能受得住尖锐的批评。私下称赞他的人够多了，我们不要把他的头脑弄昏吧！'

"'他肯定是一个天才！''编辑先生写着，一般粗心大意之处是偶尔有之。在第 25 页上我们可以看出，他会写出不得体的诗句——那儿可以发现两个不协调的音节。我们建议他学习一下古代的诗人……'

"'我走开了，'月亮说，我向那位姑妈的窗子望进去。那位被称赞的、不狂的诗人就坐在那儿。他非常快乐，因为他得到所有客人的敬意。

"我去找另外那位诗人——那位狂诗人。他也在一个恩人家里和一大堆人在一起。人们正在这里谈论那另一位诗人的作品。

"'我要读读你的诗！'恩人说，'不过，老实说——你们知道，我是从来不说假话的——我想没有什么伟大的东西藏在诗里。我觉得你太狂了，太荒唐了。但是，我得承认，作为一个人你是值得尊敬的！'

"一个年轻的女仆人在墙角边静静地坐着，她在一本书里面读到这样的字句：

"'天才的荣誉终会被埋入尘土，

只有平庸的材料获得人称赞。

这是一件古老古老的故事，

不过这故事却是每天在重演。'"

第十四夜

月亮说:"有两座农家房子立在树林的小径两旁。它们的门矮小,窗子高低不齐。周围长满了山楂和伏牛花。屋顶上长得有青苔、黄花和石莲花。那个小小的花园里只种着白菜和马铃薯。可是有一株接骨木树在篱笆旁边开着花。一个小小的女孩子在树下坐着。她的一双棕色眼睛凝望着两座房子之间的那株老栎树。

"这树的树干很高,但是枯萎了;它的顶已经被砍掉。鹳鸟在那上面筑了一个窠。它立在窠里,用尖嘴发出啄啄的响声。一个小男孩走出来,站在这个小姑娘的旁边。他们是兄妹。

"你在看什么?"哥哥问。

"'看鹳鸟,'妹妹回答说,'我们的邻人告诉我,说它今晚会带给我们一个小兄弟或妹妹。我现在正在瞧,希望能看见它怎样飞来!'"

"'鹳鸟什么也不会带来的!'男孩说,'你可以相信我的话。邻人也告诉过我同样的事情,不过她说这话的时候,笑个不停。所以我问她敢不敢向上帝赌咒!可是她不敢。所以我就知道,鹳鸟的事情只不过是人们对我们小孩子编的一个故事罢了。'"

"'那么小孩子是从什么地方来的呢?'小姑娘问。

"'跟上帝一道来的,'男孩子说,'上帝把小孩子夹在大衣里送来,不过谁也看不见上帝呀。所以我们也看不见他送来小孩子!'"

"正在这个时候,一阵微风吹动栎树的枝叶。这两个孩子叠着手,互相呆望着;无疑这是上帝送小孩子来了。于是他们互相使劲捏了一下手。屋子的门开了。走出来那位邻居。

"'进来吧,'她说。'你们看鹳鸟带来了什么东西。一个小兄弟!'"

"这两个孩子点了点头;他们知道婴儿已经来了。"

第十五夜

"我在吕涅堡荒地上滑行着,"月亮说,"路旁立着一个孤独的茅屋,它的近处有好几个凋零的灌木林。在这儿一只迷失了方向的夜莺凄惨地唱着歌。在寒冷的夜气中它一定会死去的。我所听到的正是它最后的歌。

"曙光终于露出来了。走过来一辆大篷车,这是一家迁徙的农民。他们是要向卜列门或汉堡走去——从这儿再搭船到美洲去——在那儿,幸运,他们所梦想的幸运,将会开出美丽的花朵。母亲们把最小的孩子背在背上,较大的孩子则步行在她们身边。一匹瘦马拖着这辆装着他们那点微不足道的家产的车子。

"寒冷的风在呼呼地吹着,一个小姑娘紧紧地偎着她的母亲。这位母亲,一边抬头望着我的淡薄的光圈,一边想起她在家中所受到的穷困。她想起了他们没有能力交付的重税。她想起了这整群迁徙的人们。红色的曙光似乎带来了一个喜讯;幸运的太阳将又要为他们升起。他们听到那只垂死的夜莺在歌唱:它不是一个虚假的预言家,而是一个幸运的使者。

"呼啸的风使人们听不清夜莺的歌声:'祝你们在海上安全地航行! 为了这次长途航行你们卖光了所有的东西,所以你们走进乐园的时候将会穷得一无所有。你们将不得不卖掉你们自己、你们的女人和孩子。不过你们的痛苦很快就会结束! 那芬芳的宽大叶子后面坐着死神的女使者。她将把致命的热病吹进你们的血液,作为她热烈欢迎你们的一吻。去吧,去吧,到那波涛汹涌的海上去吧!'远行的人高兴地听着夜莺之歌,因为它象征着幸运。

"浮云中露出来一丝曙光,农人走过荒地到教堂里去。妇女们穿着黑袍子、裹着白头巾看起来好像是从教堂里的挂图上走下来的幽灵。周围一片死寂,棕色的石楠凋零了,被野火烧光了的黑色平原横在白沙丘陵之间。啊,祈祷吧! 为那些远行的人们——为那些向茫茫大海的彼岸去寻找坟墓的人们而祈祷吧!"

第十六夜

"我认识一位普启涅罗,"月亮说,"只要他一出现观众便欢呼起来。他那非常滑稽的动作,总会使整个剧场的观众笑痛了肚子。可是这里面没有任何做作,这是他天生的特点。当他小时和别的孩子在一起玩耍的时候,他已经就是一个普启涅罗了。大自然给他背上安了一个大驼子,胸前安了一个大肉瘤。可是他的内部恰恰相反,他的内心却是天赋独厚。谁也没有他那样深厚的感情,他那样顽强的精神。

"他的理想的世界是剧场。如果他的身材能长得秀气和整齐一点,他可能在任何舞台上都会成为一个一流的悲剧演员,他的灵魂里充满了悲壮和伟大的情绪。然而由于他的外貌他不得不成为一个普启涅罗。他的痛苦和忧郁只能增加他古怪外貌的滑稽性,只能引起广大观众的笑声和对于他们这位心爱演员的一阵鼓掌声。

"美丽的诃龙比妮对他的确是很友爱和体贴的;可是她只愿意和亚尔列金诺结婚。如果'美和丑'结为夫妇,那也实在是太滑稽了。

在普启涅罗心情很糟的时候,只有诃龙比妮可以使他微笑;的确,她可以使他痛快地大笑一阵。起初她总是像他一样地忧郁,然后就略为变得安静一点,最后就充满了愉快的神情。

"'我知道你为什么不高兴,'诃龙比妮说,'你是在恋爱中!'这时普启涅罗就不禁要笑起来。

"'我在恋爱中!'他大叫一声,'那么我就未免太荒唐了。观众将会要笑痛肚子!'

"'你当然是在恋爱中,'她继续说,并且还在话里加了一点凄楚的滑稽感,'而且我正是你爱的那个人呢!'

"的确,当人们知道如果没有爱情这回事儿的时候,是可以大大方方讲出这类话的。普启涅罗笑得向空中翻了一个筋斗。这时忧郁感跑得无影无踪了。然而姑娘讲的是实话。他的确爱她,正如他爱艺术的伟大和崇高一样拜倒地爱她。

"在她举行婚礼的那天,普启涅罗是最愉快的一个人物;但是在夜里他却伤心地哭起来了。他这副哭丧的尊容让观众看到,他们一定会又鼓起掌来的。

"几天以前诃龙比妮死去了。在她入葬的这天,亚尔列金诺应该是一个悲哀的鳏夫,可以不必出现在舞台上。于是经理不得不安排一个愉快的节目,好使观众不至于因为没有美丽的诃龙比妮和活泼的亚尔列金诺而感到太难过。因此普启涅罗演得要比平时更愉快一点才行。虽然他心里全是悲愁,但是他仍然不停地跳着,翻着筋斗。观众鼓掌,喝彩:'好,好极了!'

"普启涅罗谢幕了好几次。啊,他真是杰出的艺人!

"晚上,演完了戏以后,这位可爱的丑八怪独自走出城外,走到一个孤寂的墓地里去。诃龙比妮坟上的花圈已经凋残了,他坐在坟边,用手支着下巴,悲伤的双眼望着我,这副样儿真值得画家画下来。他像一个奇特的纪念碑,一个坟上的普启涅罗:古怪而又滑稽。假如观众看见了他们这位心爱的艺人的话,他们一定会高声喝彩:'好!普启涅罗!好,好极了!'"

第十七夜

请听月亮所讲的话吧:"我看到一位升为军官的海军学生,第一次穿上他漂亮的制服。我看到一位穿上舞会礼服的年轻姑娘。我看到一位王子的年轻爱妻,她穿着节日的衣服,非常快乐。不过谁的快乐也比不上我今晚看到的一个孩子——一个四岁的小姑娘。她得到了一件蔚蓝色的衣服和一顶粉红色的帽子。她打扮好了,大家都说拿蜡烛来照照,因为我的光线,从窗子射进去,还不够亮,所以必须有更强的光线才成。

"这位小姑娘笔直地站着,像一个可爱的小玩偶。她的小手小心翼翼地从衣服里伸出来,她的手指撒开着。啊,她明亮的眼睛,她整个光洁的面孔,发出多么幸福的光辉啊!

"'明天你应该到街上去走走!'她的母亲说。这位小宝贝朝上面望了望帽子,朝下面望了望衣服,不禁发出一个幸福的微笑。

"'妈妈!'她说,'当那些小狗看见我穿得这样漂亮的时候,心里会想些什么呢?'"

第十八夜

"我曾经和你谈过庞贝城，"月亮说，"这座城的尸骸，现在又回到有生命的城市的行列中来了。我知道另外一个城：它是一座城的幽灵而不是一座城的尸骸。凡是有大理石喷泉喷着水的地方，我就好像听到关于这座水上浮城的故事。是的，喷泉可以讲出这个故事，海上的波浪也可以把它唱出来。茫茫的大海上常常浮着一层淡淡的烟雾——这就是它的未亡人的面罩。海的新郎已经死了，他的城垣和宫殿成了他的陵墓。你知道这座城吗？它从来没有听到过车轮和清脆的马蹄声在它的街道上响过。这里只有鱼儿自由地游来游去，只有黑色的贡杜拉在绿水上如同幽灵般地滑过。

"我把它的市场——它最大的一个广场——指给你看吧，"月亮继续说，"你看了一定以为走进了一个童话的城市。街上宽大的石板缝间生着草，清晨的迷茫中成千成万的驯良鸽子绕着一座孤高的塔顶在飞翔。在三方面围绕着你的是一系列的走廊。这些走廊里，土耳其人静静地坐着抽他们的长烟管，美貌的年轻希腊人倚着圆柱看那些战利品：高大的旗杆——代表古代权威的纪念品。许多旗帜像哀悼的黑纱倒悬着。有一个女孩子在这儿休息。她已经放下了盛满了水的重桶，但背水的担杠仍然搁在她的肩上。她靠着那根胜利的旗杆站着。

"你所看的是一个教堂而不是一个虚幻的宫殿，在我的照耀下它镀金的圆顶和周围的圆球射出亮光。像童话中的古铜马一样，那上面雄伟的古铜马，曾经做过多次旅行：它们旅行到这儿来，又从这儿走出去，最后又回到原地。

"墙上和窗上那些华丽的色彩你注意到了吗？这好像是一位天才，为了满足小孩子的请求，把这个奇怪的神庙装饰过了一番似的。圆柱上长着翅膀的雄狮你看到了吗？它上面的金仍然在发着亮光，但是它的翅膀却垂下来了。雄狮已经死了，因为海王已经死了。那些宽大的厅堂都空了，曾经挂着贵重艺术品的地方，现在只是一片零落的墙壁。

"现在叫花子睡觉的地方就是过去只许贵族走的走廊。从那些深沉的水井里——也许是从那'叹息桥'旁的牢狱里——升起一片叹息。这和从前金指环从布生脱尔抛向海后亚得里亚时快乐的贡杜拉奏出的一片手鼓声完全一样。亚得里亚啊！让烟雾把你隐藏起来吧！让寡妇的面纱罩着你的躯体，盖住你的新郎的陵墓——大理石彻的、虚幻的威尼斯城——吧！"

第十九夜

"我下面有一个大剧场，"月亮说，"整个屋子挤满了观众，因为今晚有一位新演员首次出场。我的光滑到墙上的一个小窗口上，一个化妆好了的面孔紧贴着窗玻璃。今晚的主角就是他。他武士风的胡子密密地卷在下巴的周围;但是这个人的眼里却闪着泪珠,因为他刚才曾被观众嘘下了舞台,而且嘘得很有道理。可怜的人啊!他有深厚的感情,他热爱艺术,但是艺术却不爱他。在艺术的王国里是不容许低能人存在的。

舞台监督的铃声响了。关于他这个角色的舞台指示是:"主角以英勇和豪迈的姿态出场。"所以他只好又出现在观众面前,成为他们哄笑的对象。当这场戏演完以后,我看到一个裹在外套里的人形偷偷地溜下了台。布景工人窃窃私语,说:这就是今晚那位扮演失败了的武士。我跟着这个可怜的人回家,回到他的房间里去。

我知道,他想到了两种办法:"上吊和毒药,上吊是一种不光荣的死,而毒药并不是任何人手头都有的。"我看到他在镜子里瞧了瞧自己惨白的面孔;他半睁着眼睛,想要看看,作为一具死尸他是不是还像个样子。他在想着死,想着自杀。尽管他可能是极度地不幸,但这并不能阻止他装模作态一番。我相信他在怜惜自己,因为他哭得那么可怜伤心。是的,当一个人能够哭出来的时候,他就不会自杀了。

从这时候起,一年已经过去了。又要上演一出戏,但是在一个小剧场里上演,而且是由一个寒酸的旅行剧团演出的。我又看到那个很熟的面孔,那个双颊打了胭脂水粉和下巴上卷着胡子的面孔。他抬头望了我一眼,微笑了一下。可是刚刚在一分钟以前他又被嘘下了舞台——被一群可怜的观众嘘下一座可怜的舞台!

今天晚上有一辆很寒酸的柩车开出了城门,后面没有一个人送葬。这是一位寻了短见的人——我们那位搽粉打胭脂的、被人瞧不起的主角。只有一个车夫是他的朋友,因为除了我的光线以外,没有什么人送葬。在教堂墓地的一角,这位自杀者的尸体被送进土里去了。不久荆棘就会爬满他的坟,而教堂的看守人便会在它上面加一些从别的坟上扔过来的荆棘和荒草。

第二十夜

"我去过罗马,"月亮说,"一片皇宫的废墟堆在这城的中央,堆在那七座山中的一座山上。壁缝中生长出来野生的无花果树,它们灰绿色的大叶子盖住了墙壁的荒凉景象。在一堆瓦砾中间,毛驴无情地践踏着桂花,在不开花的蓟草上嬉戏。罗马的雄鹰曾经从这儿飞向海外,发现和征服过别的国家;现在从这儿有一道门通向一个夹在两根残破大理石圆柱中间的小土房子。常春藤像一个哀悼的花圈挂在一个歪斜的窗子上。

"一个老太婆和她幼小的孙女住在这屋子里。现在她们是这皇宫的主人,把这些豪华的遗迹指给陌生人看。曾经是皇位所在的那间大殿,现在只剩下一堵赤裸裸的断墙。放着皇座的那块地方,现在只有一座深青色的柏树所撒下的一道长影。在破碎的地板上堆起的黄土都有好几尺高了。每逢暮钟响起的时候,那位小姑娘——皇宫的女儿——就坐在这儿的一个小凳子上。她把旁边门上的一个锁匙孔叫作她的角楼窗。透过这个窗子，她可以看到半个罗马，一直到圣彼得教堂上雄伟的圆屋顶。

"像平时一样，这天晚上，周围是一片静寂。下面的这位小姑娘来到我圆满的光圈里面。她头上顶着一个盛满了水的、古代的土制汲水瓮。她打着赤脚，她的短裙子和衣袖都破了。我吻了一下这孩子美丽的、圆圆的肩膀，乌黑的眼睛和发亮的黑头发。

"她走上台阶。台阶很陡峭，是用残砖和破碎的大理石柱顶砌成的。斑点的蜥蜴在她的脚旁羞怯地溜过去了，可是她并不害怕它们。她已经举起手去拉门铃——皇宫门铃的把手现在是系在一根绳子上的兔子脚。她停了一会儿——她在想什么事情：也许是在想着下边教堂里那个穿金戴银的婴孩——耶稣——吧。那儿点着银灯，就在那儿她的小朋友们唱着她再熟悉不过赞美诗，我不知道这是不是她所想的东西。不一会儿她又开始走起来，一不小心跌了一跤。那个土制的水瓮从她的头上掉下来了，在大理石台阶上摔成碎片。她大哭起来。这位皇宫的美丽女儿居然为了一个不值钱的破水瓮而哭泣了。她站在那儿打着赤脚哭，不敢拉那根绳子——一根皇宫的铃绳！"

第二十一夜

将近半个月月亮没有出现了。现在我又见到他了，又圆又亮，徐徐地升到云层上面。请听月亮对我讲的话吧。

"我跟着一队旅行商从费赞的一个城市走出来。他们停在了沙漠的边缘，一块盐池上，盐池闪闪发光，像一个结了冰的湖，只有一小块地方盖着一层薄薄的、流动着的沙。旅人中最年长的一个老人——他腰带上挂着一个水葫芦，头上顶着一个未经发酵过的面包——用他的手杖在沙子上面了一个方格，同时在方格里写了《可兰经》里的一句话。然后整队的旅行商就走过了这块献给神的处所。

"一位年轻的商人——从他的眼睛和清秀的外貌我可以看出他是一个东方人——若有所思地骑着一匹鼻息呼呼的白马走过去了。也许他是在思念他美丽的年轻妻子吧！那是两天前的事：一匹用毛皮和华贵的披巾所装饰着的骆驼载着她——美貌的新嫁娘——绕着城墙走了一周。这时，在骆驼的周围，鼓声和风琴奏着乐，妇女唱着歌，所有的人都放着鞭炮，而新郎放得最多，最热烈。现在——他跟着这队旅行商走过沙漠。

"我跟着这队旅人一口气走了好几夜。我看到他们在井旁，在高大的棕榈树之间休息。他们用刀子残忍地向病倒的骆驼胸脯中插去，在火上烤着它的肉吃。我的光线使灼热的沙子冷却下来，同时在他们没有路的旅程中，他们没有遇见怀着敌意的异族人，没有暴风雨出现，没有夹着沙子的旋风袭击他们的时候，为他们指出那些黑石头——这一望无涯的沙漠中的死岛。

"家里那位美丽的妻子在为她的丈夫和父亲祈祷。'他们死了吗?'她向我金黄色的蛾眉问。'他们病了吗?'她向我圆满的光圈问。

"现在沙漠已经落在背后了。今晚他们在高大的棕榈树下坐下。有一只白鹤在他们的周围拍着长翅膀飞翔,鹈鹕在含羞树的枝上凝望着他们。大象沉重的步子无情地践踏着丰茂的低矮植物。一群黑人,在内地的市场上赶完集以后,走上了回家的路。用铜纽子装饰着黑发、穿着靛青色衣服的妇女们在赶着一群载重的公牛;赤裸的黑孩子睡在它们背上。另外有一个黑人牵着他刚才买来的幼狮。他们走近这队旅行商,那个年轻商人静静地坐着,一动也不动,只是想着他的美丽的妻子,在这个黑人的国度里梦想着在沙漠彼岸的、他的那朵芬芳的白花。他抬起头,但是——"

但是恰恰在这时,一块乌云浮到月亮面前来,接着又来了另一块乌云。这天晚上我再没有听到别的事情。

第二十二夜

"我看到一个小女孩子在哭,"月亮说,"她为人世间的恶毒而哭。她曾得到一件礼物——一个最美丽的玩偶。啊!这才算得上一个玩偶呢!它是那么好看,那么可爱!它似乎不是为了要受苦而造出来的。可是小姑娘的几个哥哥——那些高大的男孩子——把这玩偶拿走了,放在花园里高高的树上,然后就跑开了。

小姑娘没法把它抱下来,因为她的手够不到玩偶,因此她才哭起来。玩偶一定也在哭,因为它的手在绿枝间伸着,好像很不幸的样子。是的,这就是妈妈常常提到的人世间的恶毒。唉,可怜的玩偶啊!天快要黑了,夜马上就要到来!难道就这样让它单独地在树枝间坐一整夜吗?不,小姑娘不忍心看这样的事情发生。

"'我陪着你吧!'她说,虽然她并没有足够的勇气。在想象中她已经清楚地看到一些可怕的小鬼怪,戴着高高的帽子,在灌木林里向外窥探,同时高大的幽灵在黑暗的路上跳着舞,一步一步地走进来,并且向坐在树上的玩偶伸出了双手。他们用手指指着玩偶,对玩偶大笑。啊,小姑娘是多么害怕啊!

"'不过,假如一个人没有做过坏事,'她想,'那么,妖魔是不能害你的!我不知道我是不是做过坏事。于是她陷入沉思。'哦,对了!'她说,'有一次我讥笑过一只腿上系有一条红布片的可怜的小鸭。她摇摇摆摆走得那么滑稽,我实在忍不住笑了;可是对动物发笑是一桩罪过啊!'她抬起头来望望玩偶。'你讥笑过动物没有?'她问。玩偶好像是在摇头的样子。"

第二十三夜

"我望着下面的蒂洛尔,"月亮说,"葱郁的松树在石头上映下长长的影子。我凝望着圣·克利斯朵夫肩上背着的婴孩耶稣。这是绘在屋墙上的一幅从墙角伸到屋顶的巨画。还有一些关于圣·佛罗陵正向一座火烧的屋子泼水和上帝在路旁的十字架上流血的画。对于现在这一代的人说来,这都成了古画了。相反地,我亲眼看到它们被绘出来,一幅一幅地被绘出来。

"一个孤独的尼姑庵立在一座高山的顶上,简直像一个燕子巢。在钟塔上敲钟的是两位年轻的修女。她们的视线总是想飞到高大的山上,飞到喧闹的尘世里去。一辆路过的马车正在下边经过,车夫捏了一下号筒。于是这两位可怜的修女的思想,也像她们的眼睛一样,跟在这辆车子后面跑,这时一颗泪珠从那位较年轻的修女的眼里滚了出来。"号角声渐渐模糊起来,同时尼姑庵里的钟声也把这模糊的号角声冲淡得听不见了。"

第二十四夜

请听月亮讲的话吧:"那是几年以前发生在哥本哈根的事。我对着窗子向一个简陋的房间望进去。爸爸和妈妈都进入了梦乡,可是小儿子睡不着。我看到床上的花布帐子在晃动,这个小家伙在偷偷地向外张望。起初我以为他在看那个波尔霍尔姆造的大钟。它上了一层红红绿绿的油漆,顶上立着一个杜鹃。它有沉重的、铝制的钟锤,包着发亮的黄铜的钟摆摇来摇去:'滴答!滴答!'是他要看的东西吗?不是的!他妈妈的纺车才是他要看的。它就在钟的下面。这是整个屋中孩子最喜爱的一件家具,可是他不敢碰它,因为他怕挨打。妈妈纺纱的时候,他可以在旁边一坐就是几个钟头,望着纺锤呼呼地动车轮急急地转,同时他幻想着许多东西。啊!他多么希望自己也能纺几下啊!"

"爸爸和妈妈睡着了。他望了望他们,也望了望纺车,然后就悄悄地把一只小赤脚伸出床外来,接着是另一只小赤脚来,最后一双小白腿就现出来了。噗!他落到地板上来。又不安地掉转身望了一眼,看爸爸妈妈是不是还在睡觉。是的,他们睡得很香。于是小男孩就轻轻地,轻轻地,只是穿着破衬衫,溜到纺车旁,开始纺起纱来。棉纱吐出丝来,车轮就转动得更快。我吻了一下他金黄的头发和碧蓝的眼睛。这真是一幅可爱的图画。"

"这时妈妈忽然醒了。床上的帐子动了;她向外望,以为自己看到了一个小鬼或者一个什么小妖精。'老天爷呀!'她说,同时惊惶地赶紧把她的丈夫推醒。他睁开眼睛,用手揉了几下,望着这个忙碌的小鬼。'怎么,这是巴特尔呀!'他说。

"我还有那么多的东西要看,所以我的视线就离开了这个简陋的房间!这时候我看了一下梵蒂冈的大厅。许多大理石雕的神像站在那。我的光照到拉奥孔这一系列的神像;这些雕像似乎在叹气。我在那些缪斯的唇上静静地亲了一下,我相信她们又有了生命。可是我的光辉逗留得最久的却是在拥有'巨神'的尼罗一系列的神像上。那巨神倚在斯芬克斯身上,默默无言地回忆着,想着那些一去不复返的岁月。在他的周围一群矮小的爱神和一群鳄鱼玩耍。在丰饶之角里坐着一位细小的爱神,他的双臂交叉着,眼睛凝视着那位巨大的、庄严的河神。他正是坐在纺车旁的那个小孩的写照——面孔一模一样。这个小小的大理石好像具有生命似的既可爱又生动,裴斯长大了要报答她的恩,特地送她一个羊角,并且说,有了这个东西想要什么就有什么。

可是自它从石头出生以来,岁月的轮子已经转动不止 1000 次了。在世界能产生出同样伟大的大理石像以前,岁月的大轮子,像这小孩在这间简陋的房里摇着的纺车那样,又不知要转动多少次。

"自此以后,许多年又过去了,"月亮继续说,"昨天我向下面看了看位于瑟兰东海岸的一个海湾。那儿有可爱的树林,高大的堤岸,又有红砖砌成的古老的邸宅;天鹅飘在水池里;一个小村镇和它的教堂隐隐地现出在苹果园的后面。许多燃着火柱的船只,滑过静静的水面。人们点着火柱,并不是为了要捕捉鳝鱼,事实上,是为了表示庆祝!音乐奏起来了,歌声唱起来了。从一条船里站起一个高大、雄伟的人,大家都向他致敬。他穿着外套,长着碧蓝的眼睛和长长的白发。我认识他,于是我想起了梵蒂冈里尼罗那一系列的神像和所有的大理石神像;我想到了那个位于格龙尼街上的简陋的小房间。小小的巴特尔曾经穿着破衬衫坐在里面纺纱。是的,岁月的轮子已经转动过了,新的神像又从石头中雕刻出来了。万岁!巴特尔·多瓦尔生万岁!'从这些船上升起一片欢呼声。"

第二十五夜

"我现在给你一幅法兰克福的图画,"月亮说,"我特别注视了那儿的一幢房子。那不是歌德出生的地点,也不是古老的市政厅——带角的牛头盖骨仍然从它的格子窗里露出来,因为在皇帝举行加冕礼的时候,这儿曾经烤过牛肉,分赠给众人吃。这是一幢市民的房子,外貌很朴素全部漆上了绿色。它立在那条狭小的犹太人街的角落里。它是罗特席尔特的房子。

"我朝敞着的门向里面望。楼梯间照得很亮:在这儿,仆人托着里面点着蜡烛的,巨大的银烛台,向一位坐在轿子里被抬下楼梯的老太太深深地鞠着躬。房子的主人脱帽站着,恭恭敬敬地在这位老太太的手上亲了一吻。这位老妇人就是他的母亲。她和善地对他和仆人们点点头;于是他们便把她抬到一条黑暗的狭小巷子里去,到一幢小小的房子里去。在这儿她曾经生下一群孩子,在这儿发家。假如她遗弃了这条被人瞧不起的小巷和这幢小小的房子,幸运可能就会遗弃他们。这是她的信念!"

月亮再没有对我说什么;他今晚的来访是太短促了。不过我想着那条被人瞧不起的、狭小巷子里的老太太。她只需一开口就可以在泰晤士河边得到一幢华丽的房子——只需一句话就有人在那不勒斯湾为她准备好一所别墅。

"假如我遗弃了这幢卑微的房子(我的儿子们是在这儿发迹的),幸运可能就会遗弃他们!"这是一个迷信。这个迷信,对于那些了解这个故事和看过这幅画的人,只需加这样两个字的说明就能理解:"母亲"。

第二十六夜

"那是昨天,在天刚要亮的时候!"这是月亮自己的话,"在这个大城市里,烟囱还没有开始冒烟——而我所望着的正是烟囱。正在这时候,从一个烟囱里冒出来一个小小的脑袋,接着是半截身子,最后便有一双手臂搁在烟囱口上。'好!'原来这是那个小小扫烟囱的学徒。这是他有生以来第一次爬出烟囱,把头从烟囱顶上伸出来。'好!'的确,比起在又黑暗又窄小的烟囱管里爬,现在显然是不同了!空气新鲜得多了,他可以望见全城的风景,一直望到绿色的森林。太阳刚刚升起来。它照得又圆又大,直射到小学徒的脸上——而他的脸虽然它已经被烟灰染得相当黑了,但现在却发着快乐的光芒。

"'整个城里的人都可以看到我了!'他说,'月亮也可以看到我了,太阳也可以看到我了!好啊!'于是他挥动起他的扫帚。"

第二十七夜

"昨夜我望见一个中国的城市,"月亮说,"许多长长的、光赤的墙壁;它们形成了这城的街道。当然,偶尔也出现一扇门,但它是锁着的,因为中国人对外面的世界没有多大兴趣,窗子被房子的墙后面,紧闭着的窗扉掩住了。只有从一所庙宇的窗子里,透露出一丝微光。

"我朝里面望,看到里面一片华丽的景象。许多用鲜艳的彩色和富丽的金黄所绘出的图画——代表神仙们在这个世界上所做的事迹的一些图画——一直从地下到天花板。

"每一个神龛里有一个神像,可是差不多全被挂在庙龛上的花帷幔和旗帜所掩住了。每一座锡做的神像——面前都有一个小小的祭台,上面放着圣水、花朵和燃着的蜡烛。但是这神庙里最高之神是神中之神——佛爷。他穿着黄缎子衣服,因为黄色是神圣的颜色。祭台下面坐着一个有生命的人——一个年轻的和尚。他似乎在祈祷,但在祈祷之中他似乎堕入到冥想中去了;这无疑是一种罪过,所以他的脸烧起来,他的头也低得抬不起来。可怜的瑞虹啊!难道他梦见到高墙里边的那个小花园里(每个屋子前面都有这样一个花园)去种花吗?难道他觉得种花比呆在庙里守着蜡烛更有趣吗?难道他希望坐在盛大的筵席桌旁,在每换一盘菜的时候,用银色的纸擦擦嘴吗?难道他犯过那么重的罪,只要一说出口,天朝就要处他死刑吗?难道他的思想敢于跟化外人的轮船一起飞,一直飞到他们的家乡——辽远的英国吗？不，他的思想并没有飞得那么远，然而他的思想，一种青春的热情所产生的思想，是有罪的；在这个神庙里，在佛爷的面前，在许多神像面前，是有罪的。

"我知道他的思想飞到哪儿去了。在城的尽头，在平整的、石铺的、以瓷砖为栏杆的、陈列着开满了钟形花的花盆的平台上，坐着玲珑小巧的、嘴唇丰满的、双脚小巧的、娇美的白姑娘。她的鞋子紧得使她发痛，但她的心更使她发痛。她举起柔嫩的、丰满的手臂——这时她的缎子衣裳就发出沙沙的响声。有一个漂亮的玻璃缸在她面前，里面养着四尾金鱼。她用一根彩色的漆棍子在里面搅了一下，啊！搅得那么慢，因为她在想着什么事情！可能她在想：这些鱼是多么富丽金黄，在玻璃缸里它们生活得多么安定，它们的食物是多么丰富，然而假如它们获得自由，它们将活得更加快乐！是的，她，美丽的白姑娘是懂得这个道理的。她的思想在飞，飞进庙里了——但不是为那些神像而飞去的。可怜的白姑娘啊！可怜的瑞虹啊！他们两人的红尘思想交流起来，可是像小天使的剑一样我的冷静的光，永远隔在他们两人的中间。"

第二十八夜

"天空澄清，"月亮说，"水色透明的，像我正在滑行过的晴空。我可以看到水面下的奇异的植物，它们向我伸出蔓长的梗子，像森林中的古树一样。鱼儿在它们上面游来游去。有一群雁在高空中沉重地向前飞行。它们中间有一只拍着疲倦的双翼，慢慢地朝着下面低飞。它的双眼凝视着那向远方渐渐消逝着的空中旅行队伍。虽然它展开着双翼，它还是在慢慢地下落，像一个肥皂泡似的，在沉静的空中下落，直到最后它接触到水面。它把头掉过来，深深插进双翼里去。这样，它就像平静的湖上的一朵白莲花，静静地躺下来。

"风吹起来了，吹皱了平静的水面。水泛着光，如同一泻千里的云层，直到它翻腾成为巨浪。发着光的水，像蓝色的火焰，燎着它的胸和背。曙光在云层上泛起一片红霞。这只孤雁有了一些气力，重新升向空中；它飞向那升起的太阳，飞向那吞没了一群空中队伍的、蔚蓝色的海岸。但是它是在孤独地飞，是在满怀着焦急的心情，在碧蓝的巨浪上孤独地飞。"

第二十九夜

"我还要给你一幅瑞典的图画，"月亮说，"乌列达古修道院就立在深郁的黑森林中，立在罗克生河。我的光，穿过墙上的窗格子，射进宽广的地下墓窖里去——帝王们长眠于这儿的石棺里。一个作为人世间荣华的标记：皇冠被挂在墙上。不过这皇冠是木雕的，涂了漆，镀了金。它是挂在一个钉进墙里的木栓上的。蛀虫已经吃进这块镀了金的木头里去了，蜘蛛在皇冠和石棺之间织起一层网来；作为一面哀悼的黑纱,它是非常脆弱的,正如人间对死者的哀悼一样。"

帝王们睡得多么安静啊!他们永远活在我的记忆中!"当汽船像有魔力的蠕虫似的在山间前进的时候,常常会有个别陌生人走进这个教堂,拜访一下这个墓窖。他问着这些帝王们的姓名,实际上这是一种无生气的,被遗忘了的声音。假如他是一个有虔诚气质的人,当他带着微笑望了望那些被虫蛀了的皇冠时。忧郁的气氛会出现在他嘴角。

"你们这些死去了的人们,安息吧!月亮还记得你们,月亮在夜间把它寒冷的光辉送进你们静寂的王国——那上面挂着松木作的皇冠!——"

第三十夜

"紧贴着大路旁边,"月亮说,"有一个客栈,客栈对面是一个很大的车棚,棚子上的草顶正在重新翻盖。我从椽子和敞着的顶楼窗朝下望着那不太舒服的空间。横梁上雄吐绶鸡正在睡觉,马鞍躺在空秣桶里。一辆旅行马车正停在棚子的中央,车主人在甜蜜地打盹;马儿喝着水,马车夫伸着懒腰,虽然我确信他睡得很好,而且不止睡了一半的旅程。下人房的门是开着的,里面的床露出来了,好像是乱七八糟的样子。在地板上蜡烛孤零零地燃着,已经燃到烛台的接口里去了。寒冷地风吹进棚子里来;时间与其说是接近半夜,倒不如说是接近天明。在旁边的畜栏里流浪音乐师的一家人正睡在地上。爸爸和妈妈做梦梦见酒瓶里剩下来的烈酒。那个没有血色的小女儿在梦着眼睛里的热泪。竖琴靠在他们的头边,小狗睡在他们的脚下。"

第三十一夜

"那是一个小小的乡下城镇,"月亮说,"我是去年看见这事的,不过这倒没有什么关系,因为我看得非常清楚。今晚我在报上读到关于它的报道,不过报道却不是很详细。一位玩熊把戏的人坐在小客栈的房间里,他正在吃晚餐。熊被系在外面一堆木柴的后面——可怜的熊,虽然他那副样子似乎很凶猛,但他并不伤害任何人。顶楼上有三个小孩子在我的明朗光线里玩耍;最大的那个孩子将近六岁,最小的不过两岁。卜卜!卜卜!——有人爬上楼梯来了:这会是谁呢?门被推开了——原来是那只熊,那只毛发蓬蓬的大熊!他不愿意呆在下面的院子里,所以才独自上楼。这是我亲眼看见的,"月亮说。

"看到这个毛发蓬蓬的大熊,孩子们吓得不得了。他们每个人钻到一个墙角里去,可是大熊把他们找出来,一个一个地在他们身上嗅了一阵子,但是一点也没有伤害他们!'这一定是一只大狗,'孩子们想,开始抚摸他。他躺在地板上。最小的那个孩子爬到他身上,把长满了金黄鬈发的头钻进熊的厚毛里,玩起捉迷藏来。

接着那个最大的孩子取出他的鼓来,敲得咚咚地响。这时熊儿便用它的一双后腿立起来,开始跳舞。这真是一个可爱的景象!现在每个孩子背着一支枪,熊也只好背起一支来,而且背得很认真。他们总算找到了一个很好的玩伴!一二!一二!他们开始开步走起来……

"忽然有人把门推开了,这是孩子们的母亲。你应该看看她的那副样子,那副惊恐得说不出话来的样子,那副惨白的面孔,那个半张着的嘴,和她那对发呆的眼睛。可是顶小的那个孩子却是非常高兴地对她点头,用他幼稚的口吻大声说:'我们在学军队练操哩!'"

"这时玩熊把戏的人也跑来了。"

第三十二夜

风在狂暴地吹,而且很冷;云块奔驰在空中。我只在偶尔之间能看到一会儿月亮。

"我从沉静的天空上望着下面云块在奔驰!"他说,"我看到巨大的阴影在地面上互相追逐!

"最近我朝下面看了一个监狱。一辆紧闭着的马车停在它面前;有一个囚犯快要被运走了。我的光穿过格子窗射到墙上。那囚犯正在墙上划几行告别的东西。可是他写的不是字,而是一支歌谱——他在这儿最后一晚从内心深处发出的声音。门开了,他被牵出去,他的眼睛凝望着我圆满的光圈。

"云块在我们之间掠过,好像我不想要看到他、他也不想要看到我似的。他走进马车,关上了门,马鞭响起来,马儿向旁边的一个浓密的森林里奔去——到这儿我的光就再也没有办法跟进去了。不过我透过那格子窗向里面望,我的光滑到那支划在墙上的歌曲——那最后的告别词上去。语言无法表达出来的东西,声音可以表达出来!我的光只能照出个别的音符,对我说来大部分的内容,只有永远藏在黑暗中了。月光并不是完全能读懂人类所写的东西的。他所写的是死神的赞美诗呢,还是欢乐的曲调?他乘着这车子是要到死神那儿去呢,还是要回到他爱人的怀抱里去?

"我从沉静广阔的天空上望着下面奔驰着的云块。我看到巨大的阴影在地面上互相追逐!"

第三十三夜

"我非常喜欢小孩子!"月亮说,"因为顶小的孩子特别有趣。我常常在窗帘和窗架之间向他们的小房间窥望因为他们总是忘了我,看他们自己穿衣服和脱衣服是那么好玩。一个光赤的小圆肩头先从衣服里冒出来,接着手臂也冒出来了。有时我看到袜子脱下去,露出一条胖胖的小白腿来,接着是一个值得吻一下的小脚板,而我也就吻它一下了!"月亮说。

"今晚——我得告诉你!——今晚我从一扇窗子望进去。窗子上的窗帘没有放下来,因为对面没有邻居。我看到屋里有一大群小家伙——兄弟和姊妹。他们中间有一个可爱的小妹妹。只有四岁,不过,像别人一样,她也会念《主祷文》。每天晚上妈妈坐在她的床边,听她念这个祷告。然后她就得到一个吻。妈妈坐在旁边等她睡觉——一般说来,只要她的小眼睛一闭,也就睡着了。

"今天晚上那两个较大的孩子有点儿闹。一个穿着白色的长睡衣,用一只脚跳来跳去。另一个站在一把堆满了别的孩子的衣服的椅子上。他说他是在表演一幅图画,别的孩子不妨猜猜看他表演了什么。第三和第四个孩子把玩具很仔细地放进匣子里去,因为事情这样办才对。不过妈妈坐在最小的那个孩子身边,同时说,大家应该放安静一点,因为小妹妹要念《主祷文》了。

"我的眼睛直接朝灯那边望,"月亮说,"那个四岁的孩子睡在床上,盖着整洁的白被褥;她的一双小手端正地叠在一起,她的小脸露出严肃的表情。她在高声地念《主祷文》。

"'这是怎么一回事?'妈妈打断她的祷告说,'当你念到"我们日用的饮食,天天赐给我们"的时候,你总加进去一点东西——但是我听不出究竟是什么。你必须告诉我。是什么呢?'小姑娘难为情地望着妈妈。一声不响。'除了说"我们每天的面包,您今天赐给我们"以外,你还加了些什么进去呢?'

"'亲爱的妈妈,请你不要生气吧,'小姑娘说,'我只是祈求在面包上多放点黄油!'"

(1840-1855 年)

世界经典文库

世界二十大名著

安徒生童话

图文珍藏版

跳高者

从前,一个国王举行了一次全国性的跳高比赛,几乎所有的小伙子都参加了,其中也包括跳蚤,蚱蜢和跳鹅三位优秀的跳高者。

"对啦,谁跳得最高,我就把我的女儿嫁给谁!"国王说,"因为,如果让这些人白白地跳一阵子,那就未免太不像话了!"

第一个出场的是跳蚤。它的态度非常可爱:不断地向四周的人敬礼,因为它身体中流着年轻小姐的血液,习惯于跟人类混在一起,而这一点是非常重要的。

接着蚱蜢也出场了,它的确很粗笨,但它的身体很好看。

它穿着那套天生的绿衣服。此外,它的整个外表说明它是来自于埃及的一个古老的家庭,因此它在这儿受到人们的尊敬。人们把它从田野里请过来,放在一个用纸张做的三层楼的房子里——这些纸张有画的一面都朝里。这房子有门也有窗,而且它们是从"美人"身中剪出来的。

"我唱得非常好,"它说,"16 个本地产的蟋蟀从小时候开始唱歌,到现在还没有获得一间纸屋哩。它们听到我的情形简直嫉妒得要命,把身体弄得比以前还要瘦了。"

跳蚤和蚱蜢这两位毫不含糊地说明了它们是怎样的人物。它们认为自己有资格和一位公主结婚。

跳鹅一句话也不说。不过据说它觉得自己更了不起。宫里的狗儿嗅了它一下,很有把握地说,跳鹅是来自一个上等的家庭。那位因为从来不讲话而获得了三个勋章的老顾问官说,人们只需看看它的背脊骨就能预知冬天是温暖还是寒冷,这是跳鹅的预见天才。这一点人们是没有办法从写历史书的人的背脊骨上看出来的。

"好,我不说什么了!"老国王说,"我只需在旁看看,就心中有数了!"

现在它们要跳了。跳蚤跳得非常高,可是谁也看不见它,因此大家就说它完全没有跳。这种说法太不讲道理。

蚱蜢跳得没有跳蚤一半高。不过它是向国王的脸上跳过去,因此国王就说,这简直是可恶之至。

跳鹅站在那儿,沉思了好一会儿;最后大家就认为它完全不能跳。

"我希望它没有生病!"宫里的狗儿说,然后它又在跳鹅身上嗅了一下。

"嘘!"它笨拙地一跳,就跳到公主的膝上去了。公主正坐在一个矮矮的金凳子上。

国王说:"跳得最高的,就是跳到我的女儿身上去,因为这就是跳高的目的。不过要想到这一点,倒真需要有点头脑呢——跳鹅已经显示出它的智慧。它的腿长到额上去了!"

所以跳鹅就得到了公主。

"不过我跳得最高!"跳蚤说,"但是有什么用呢?尽管她得到一架带木栓和蜡油的鹅骨,我仍然是跳得最高。但是一个人在这个世界里,如果想要被人注意的话,必须有身材才成。"

跳蚤于是便无奈地投效一个外国兵团。据说它在当兵时牺牲了。

"身材是重要的! 身材是重要的!"这是那只蚱蜢静静坐在田沟里,把这世界上的事情仔细思索了一番之后,得出的结论。

于是它便唱起了它自己的哀歌。我们从它的歌中得到了这个故事——虽然它已经被印出来了,但可能不是真的。

(1845 年)

红鞋

从前有一个名叫珈伦的小女孩——一个非常可爱、漂亮的小女孩。小珈伦很不幸,她的父母很早便死去了,她穷得连一双鞋都没有。这样,夏天她只好赤脚走路,到了冬天她只好拖一双沉重的木鞋,脚背都给磨红了,这是很不好受的。

在村子的中心住着一个年老的女鞋匠。她用旧红布片为小珈伦缝出了一双小鞋。这双鞋的样式既笨又不好看,但是她的用意是好的。

在珈伦的妈妈入葬的那天,她得到了这双红鞋。并且第一次穿。的确,这不是服丧时穿的东西;但是她没有别的鞋子。所以她就把一双小赤脚伸进红鞋里,跟在一个简陋的棺材后面走。

这时候忽然开过来一辆很大的旧车子。一位年老的太太坐在车子里。她非常可怜这位小姑娘,于是就对牧师说:

"我会好好待她的,把这小姑娘交给我吧!"

珈伦以为这是因为她那双红鞋的缘故。不过老太太说红鞋很讨厌,所以把这双鞋烧掉了。现在珈伦穿着干净整齐的衣服。学着读书和做针线,别人都说她很可爱。她的镜子说:"你不但可爱,你简直是美丽。"

有一次皇后带着小公主来旅游。老百姓都拥到宫殿门口来看，珈伦也挤在他们中间。那位小公主穿着美丽的白衣服，站在窗子里面，让大家来看她。她既没有拖着后据，也没有戴上金王冠，但是她穿着一双华丽的红皮鞋。比起那个女鞋匠为小珈伦做的那双鞋来，这双鞋当然是漂亮得多。小珈伦觉得世界上再没有什么东西能跟鞋相比！

　　现在珈伦已经大到可以受坚信礼了。她将会有新衣服穿；她也会穿上新鞋子。城里一个富有的鞋匠把她的小脚量了一下——这件事是在他自己店里、在他自己的一个小房间里做的。那儿有许多大玻璃架子，里面陈列着许多整齐的鞋子和擦得发亮的靴子。它们全都很漂亮，不过那位老太太的视力不是很好，所以不感兴趣。在这许多鞋子之中有一双红鞋，它跟公主脚上的那双一模一样。它们是多么美丽啊！鞋匠说这双鞋是为一位伯爵小姐做的，但是它们不太合她的脚。

　　“那一定是为珈伦做的，”老太太说，“因此才这样发亮！”“是的，发亮！”珈伦说。

　　于是她就买下了这双很合她脚的红鞋。不过老太太没有看清那是红色的，否则她决不会让珈伦穿着一双红鞋去受坚信礼。但是珈伦却去了，穿着漂亮的红鞋。

　　在教堂里所有的人都在注视着她的那双脚。当她走向那个圣诗歌唱班门口的时候，她就觉得好像那些墓石上的雕像，那些戴着硬领和穿着黑长袍的牧师，以及他们的太太的画像都在盯着她的那双红鞋。牧师把手搁在她的头上，讲着神圣的洗礼、她与上帝的誓约以及当一个基督徒的责任，可是小珈伦心中只想着自己漂亮的红鞋。风琴奏出庄严的音乐来，孩子们的悦耳的声音唱着圣诗，那个年老的唱诗队长也在唱，但是珈伦只想着她的红鞋。

　　那天下午老太太从别人嘴里知道，珈伦穿了双红鞋。她心中非常生气于是就说，这未免太胡闹了，太不成体统了。她还说，从此以后，珈伦再到教堂去，必须穿黑鞋子，哪怕是旧的。

　　下一个星期日要举行圣餐。珈伦看看那双黑鞋，又看看那双红鞋——她忍不住地又看看红鞋，最后决定还是穿上那双红鞋。

　　太阳照耀着万物，一切都显得那么美。珈伦和老太太走在田野的小径上。灰尘漂浮在路上。

　　一个残废的老兵在教堂门口，挂着一根拐杖站着。他留着一把很奇怪的长胡子。这胡子与其说是白的，还不如说是红的——因为它本来就是红的。他把腰几乎弯到地上去了；他问老太太，他能不能替她擦擦她鞋子上的灰尘。珈伦也把她的小脚伸出来。

　　“多么漂亮的舞鞋啊！”老兵说，“它最合适跳舞的时候穿！”说着他就用手在鞋底上敲了几下。老太太给这兵士几个银毫，然后便带着珈伦走进教堂里去了。

　　珈伦的这双红鞋引起了教学里所有人的注意，甚至包括所有的画像。当珈伦跪在圣餐台前、嘴里衔着金圣餐杯的时候——那双红鞋几乎浮在她面前的圣餐杯里。她一心想着她的红鞋结果忘记了唱圣诗；忘记了念祷告。

图文珍藏版

现在大家都离开了教堂。老太太走进她的车子里去,珈伦也抬起脚踏进车子里去。这时站在旁边的那个老兵说:

"多么美丽的舞鞋啊!"

珈伦经不起这番热情地赞美,她跳了几个步子。没想到一双腿就停不住了。这双鞋好像控制住了她的腿似的。她朝着教堂的一角跳——她没有办法停下来。车夫不得不跟在她后面跑,把她抓住硬是抱进车子里去。不过她的一双脚仍在跳,结果无意中她的脚狠狠地把那位好心肠的太太踢了一下。最后他们脱下她的鞋子;她的腿这样才算安静下来。

这双红鞋被放在家里的一个橱柜里,但是珈伦总忍不住要去看看。

现在老太太病得躺下来了,大家都说她大概活不长了。珈伦得去看护和照料老太婆,这时候城里举办了一个盛大的舞会,珈伦也被请去了。她矛盾地望了望这位生病的老太太,又瞧了瞧那双红鞋——她觉得瞧瞧也没有什么害处。结果她穿上了这双鞋——穿穿也没有什么害处。不过这么一来,她就无法控制自己,马上跑去参加舞会了。

可是这双红鞋很奇怪,当她要向右转的时候,鞋子却向左边跳。当她向上走的时候,鞋子偏要向下跳,跳下楼梯,一直走到街上,走出城门。她不得不舞着,一直舞到黑森林里去。

树林中有一道光。她想这一定是月亮了,不过,她却看到那个红胡子老兵的面孔。他坐着,看到珈伦就点头说:

"多么美丽的舞鞋啊!"

这时小珈伦有些害怕了,想把这双红鞋脱掉。但是它们扣得很紧。因为鞋已经生到她脚上去了所以她扯袜子也没有用。她只好不停地跳舞,跳到田野和草原上去,在雨里跳,在太阳里也跳,夜里跳,白天也跳。最可怕的是在夜里跳。

她跳到一个教堂的墓地里去,不过那儿的死者有比跳舞还要好的事情要做,所以他们并不跳舞。她多想坐在一个长满了苦艾菊的穷人的坟上休息一下,可是她静不下来。当她跳到教堂敞着的大门口的时候,一位穿白长袍的安琪儿出现了。她的翅膀从肩上一直拖到脚下,她的面孔庄严而沉着,手中拿着一把明晃晃的剑。

"你得跳舞呀!"她说,"穿着你的红鞋永远跳下去,跳到你发白和发冷,跳到你的身体干缩成为一架骸骨。你应该在各个人家门口跳舞。尤其要敲一些骄傲自大的孩子们的房子,好叫他们一听到你,就怕你! 去吧! 去不停地跳舞吧!"

"请饶恕了我吧!"珈伦恳求天使。

不过这双鞋把她很快带出门,所以她没有听到安琪儿的回答,带到田野上,大路上和小路上。她就这样不停地跳舞。

有一天早晨一个很熟识的门口从她面前闪过。里面传出唱圣诗的声音,一口棺材被抬出来,上面装饰着花朵。这时她才知道那个老太太已经死了。于是她觉得她已经被大家遗弃,被上帝的安琪儿责罚。

她跳着舞,她不得不跳着舞——在漆黑的夜里旋转着。这双鞋带着她走过荆棘的野蔷薇;她的双脚被刺得流出了鲜血。她在荒地上跳,一个孤零零的小屋子出现在她面前。她知道一个刽子手住在这儿。她用手指在玻璃窗上敲了一下,同时说:

"请出来吧!请出来吧!我进不来呀,因为我在跳舞!"

刽子手说:

"你也许不知道我是谁吧?我就是砍掉坏人脑袋的人呀。我已经感觉到我的斧子在颤动!"

"请不要砍掉我的头吧,"珈伦恳求他,"因为如果没有了头,那么我就不能忏悔我的罪过了。但是请你砍掉我这双穿着红鞋的脚吧!"

于是讲出了她的罪过之后。她那双穿着红鞋的脚就被砍掉了。不过这双鞋带着她的小脚还在跳舞,一直跳到远方的黑森林里去了。

刽子手为她配了一双木脚和一根拐杖以便她能走路,同时把一首死因们常常唱的圣诗教给她。她吻了一下那只握着斧子的手,然后就走向荒地。

"为这双红鞋我已经吃了不少的苦头,"她说,"现在我要到教堂里去忏悔我的罪过,好让人们重新认识我。"

她很快地向教堂的大门走去,但是当她站在大门口时,她害怕起来,因为那双红鞋就在她面前跳着舞,所以她只好走回来。

整整一个星期她是在悲哀中度过的,流了许多伤心的眼泪。不过当星期日到来的时候,她说:

"唉,我受苦和斗争已经够久了!我想现在我跟教堂里那些昂着头的人没有什么两样!"

于是她就大胆地走出去。但是当她刚刚走到教堂门口的时候,那双红鞋又在她面前跳舞:这时她害怕极了,马上往回走,同时虔诚地忏悔她的罪过。

她走到牧师家里,请求在他家当一个佣人。她愿意勤恳地工作,尽她的力量做事。她不计较工资;只是希望有一个跟好人在一起的住处。牧师的太太怜悯她,于是就把她留下来。她很勤快善于动脑筋。晚间,当牧师在高声地朗读《圣经》的时候,她就坐下来静静地听。这家的孩子都喜欢她。不过当他们谈到衣服、排场像皇后那样的美丽的时候,她就摇摇头。

第二个星期天,一家人要到教堂去做礼拜。他们邀请她同去。她含着满眼泪珠,凄惨地望了一眼她的拐杖。于是这家人就去听上帝的训诫了。留下她一个人孤独地回到那间小房里去。这儿很窄,放一张床和一把椅子就没有空间了。她拿着一本圣诗集坐下儿,用一颗虔诚的心来读里面的字句。风儿吹来教堂的风琴声。她抬起被眼泪润湿了的脸,说:

"上帝啊,请帮助我!"

这时太阳在光明地照着。一位穿白衣服的安琪儿——那天晚上她在教堂门口见到过的那位安琪儿——出现在她面前了。不过她手中拿的不再是那把锐利的剑,而是一根开满了玫瑰花的绿枝。她用这绿枝触了一下天花板,于是天花板就升得很高。凡是她所触到的地方，就出现一颗明亮的金星。她把墙触了一下，于是墙就分开。这时那架奏着音乐的风琴和绘着牧师及牧师太太的一些古老画像就出现在她面前。做礼拜的人都很讲究地坐在席位上，唱着圣诗集里的诗。如果说这不是教堂自动跑到这个狭小房间里的可怜的女孩面前，那就是她已经来到了教堂里面。她和牧师家里的人一同坐在席位上。当他们念完圣诗、抬起头看到小珈伦时就点点头，说：

"珈伦，你也到这儿来了！"

"我得到了宽恕！"她说。

风琴奏着悦耳的音乐。孩子们的合唱是非常好听和可爱的。从窗子那儿射来一束明朗的太阳光，温暖地照在珈伦身上。她的心爆裂开了，因为它充满了那么多的阳光、幸福和快乐。她的灵魂飞进了天国。从此以后谁也没有再问起她的那双红鞋。

（1845 年）

衬衫领子

从前有一位漂亮的绅士,他拥有一个世界上最好的衬衫领子。而他所有的动产只是一个脱靴和一把梳子。我们现在所要听到的就是关于这个领子的故事。

衬衫领子的年纪已经大到足够考虑结婚的问题了。事又凑巧,他和袜带在一块儿混在水里洗。

"我的天!"衬衫领子说,"你是我看到过的最苗条和细嫩、最迷人和温柔的人儿了。请问你芳名?"

"这个我可不能告诉你!"袜带说。

"你的家在哪儿?"衬衫领子问。

要回答这样一个问题,她觉得非常困难,因为袜带非常害羞。

"我想你是一根腰带吧?"衬衫领子说,"一种内衣的腰带!亲爱的小姐,我可以看出,你既实用,又可以做装饰品!"

"请不要跟我讲话!"袜带说,"我想,我没有给你任何理由这样做!"

"咳,一个长得像你这样美丽的人儿,"衬衫领子说,"就是足够的理由了。"

"请离我远点儿!"袜带说,"你很像一个男人!"

"我还是一个漂亮的绅士呢!"衬衫领子说,"我有一个脱靴器和一把梳子!"

这完全不是真话,他不过是在吹牛罢了,因为这两件东西是属于他的主人的。

"请不要离我太近!"袜带说,"我不习惯于这种行为。"

"这简直是在装腔作势!"衬衫领子说。这时他们被取出来,上了浆,挂在一张椅子上晒,最后就被铺到一个熨斗板上。现在一个滚热的熨斗来了。

"太太!"衬衫领子说,"亲爱的寡妇太太,我现在真感到有些热了。噢,我要向你求婚!我现在变成了另外一个人;你看我的皱纹全没有了。这都是你的功劳啊!

"你这个老破烂!"熨斗说,同时很骄傲地在衬衫领子上走来走去,因为她想象自己是一架拖着一长串列车火车头,正奔驰在铁轨上。"你这个老破烂!"

一把剪纸的剪刀走过来把这些衬衫领子边缘上破损的地方剪掉。

"哎哟!"衬衫领子说,"你的腿伸得多直啊!你一定是一个芭蕾舞舞蹈家!我从来没有看见过这样美丽的姿态!你真是世界上独一无二的人!"

"我知道这一点!"剪刀说。

"你配得上做一个伯爵夫人!"衬衫领子说,"我全部的财产是一个脱靴器和一把梳子。我只是希望再有一个伯爵的头衔!"

"难道你还想求婚不成?"剪刀说。她很生气,于是结结实实地把他剪了一下,弄得他一直复原不了。

"也许向梳子求婚会好一些!"衬衫领子说,"亲爱的姑娘!你的牙齿保护得多好啊!这真了不起。难道你从来没有想过订婚的问题吗?"

"当然想到过,你已经知道,"梳子说,"我跟脱靴器早就订婚了!"

"订婚了!"衬衫领子失望了。

现在他再也没有求婚的机会了。因此他瞧不起爱情这种东西。

很久一段时间过去了。衬衫领子出现一个造纸厂的箱子里。周围是一堆烂布朋友:细致地跟细致的人在一起,粗鲁地跟粗鲁的人在一起,真是物以类聚。他们要讲的事情太多了,但是衬衫领子是一个可怕的牛皮大王,所以他要讲的事情最多。

"我曾经有过一大堆情人!"衬衫领子说,"忙得我连半点钟的休息时间都没有!我是一个上了浆的漂亮绅士。我从来不用我的脱靴器和梳子,你们应该看看我那时的样子,昂首阔步,神气十足!我永远也忘不了我的初恋——那是一根腰带。多么细嫩,温柔,迷人的女孩啊!她为了我,投身到一个水盆里去!后来出现一个寡妇,她变得热情起来,不过直到她满脸青黑为止,我也没有理她,接着是芭蕾舞舞蹈家。她伤了我的心,至今还没有好——她的脾气太坏!我的那把梳子倒是钟情于我,因为失恋,她的牙齿都脱落了。是的,像这类的事儿,我真是一个过来人!不过使我感到最难过的是那根袜带子——我的意思是说那根腰带,她为我跳进水盆里去,我时时刻刻都感到良心不安。我情愿变成一张白纸!"

事实也是如此,所有的烂布都变成了白纸,而衬衫领子却成了我们所看到的这张纸——这个故事就是在这张纸上——被印出来的。事情变成这样,完全是因为他喜欢把从来没有过的事情瞎吹一通。我们必须记清楚这一点,免得干出同样的事情,因为我们不知道,有一天我们也会来到一个烂布箱里,被制成白纸,在这纸上,我们全部的历史,甚至最秘密的事情也会被印出来,结果我们就不得不到处讲这个故事,像这衬衫领子一样。

(1848 年)

一个豆荚里的五粒豆

一个豆荚里面包着五粒绿色的豌豆。

这些豌豆以为整个世界都是绿色的。事实也正如他们想的！豆荚和豆粒一起生长。它们按照在家庭里的地位，坐成一排。太阳在外边温暖地照着，晒得豆荚暖洋洋的；雨水把它洗得透明。这儿是既温暖，又舒适；白天有光，晚间黑暗，这本是必然的自然规律。豌豆粒一天天长大，同时也越变得沉思起来，因为它们多少得做点事情呀。

"难道我们就在这儿永远坐下去吗？"它们问，"我只希望如果老这样坐下去，身体千万不要变得僵硬。我似乎觉得外面发生了一些事情——我有这种预感！"

许多星期过去了。这几粒豌豆变化了，豆荚也变化了。

"整个世界都在改变啦！"它们说。它们也可以这样说。

忽然豆荚震动了一下。它被人用手摘了下来，跟许多别的丰满的豆荚一起，溜到一件马甲的口袋里去了。

"我们不久就要被打开了！"它们兴奋地说。并迫不及待地等待着这一幸福时刻的到来。

"我倒很想知道，我们之中谁会走得最远！"最小的一粒豆说，"好在事情马上就要揭晓了。"

"该怎么办就怎么办！"最大的那一粒说。

"啪！"豆荚裂开来了。那五粒豆子全都滚到太阳光里来了。它们躺在一个正在玩豆枪的孩子的手中。这个孩子说它们正好可以当作豆枪的子弹用，就紧紧地捏着它们。他马上安一粒进去，把它射出来。

"现在我要飞向广大的世界里去了！如果你能捉住我，那么就请你来吧！"于是第一粒豆就飞走了。

"我，"第二粒说，"我将直接飞进太阳里去。这才像一个豆荚呢，而且与我的身份非常相配！"

于是它也飞走了。

"我们到了什么地方，就在什么地方睡，"其余的两粒说，"不过我们仍得向前滚。"因此它们在没有到达豆枪以前，就先在地上打起滚来。但是最终它们还是被装进去了。"我们才会射得最远呢！"

"该怎么办就怎么办！"最后的那一粒说。它射到空中去了。射到顶楼窗子下面一块旧板子上，正好钻进一个长满了青苔的霉菌的裂缝里去。青苔把它裹起来。

它不见了,可是我们的上帝并没遗弃它。

"该怎么办就怎么办!"它说。

一个穷苦的女人住在这个小小的顶楼里。白天她到外面去擦炉子,锯木材,并且做各式各样的粗活,尽管她很强壮,而且也很勤俭,不过她仍然很穷。躺在这顶楼上的是她那个发育不全的独生女儿。她的身体非常虚弱。躺在床上整整一年了;看样子既活不下去,也死不了。

"她快要到她亲爱的姐姐那儿去了!"女人说,"我只有两个孩子,但是养活她们两个人是很困难的。善良的上帝已经接走一个了分担了我的愁苦。现在我养着留下的这一个。不过我想他不会让她们姐妹俩分开的;她也会到她天上的姐姐那儿去的。"

可是这个病孩子并没有离开人世。她整天安静地、耐心地在家里躺着,而她的母亲到外面去挣点生活的费用。这正值春天。一天,当母亲正要出去工作的时候,从那个小窗子射进来太阳温和地、愉快地光芒,这个病孩子望着最低的那块窗玻璃。

"从窗玻璃旁边探出头来的那个绿东西是什么呢?它在风里不停地摆动!"

母亲走过去把窗打开一半。"啊"她说,"我的天,原来是一粒小豌豆。还长着小叶子来了。它怎样钻进这个隙缝里去的?好了现在可有一个小花园来供你欣赏了!"

母亲把病孩子的床搬得更挨近窗子,好让她看到这粒正在生长着的豌豆。然后便出去工作了。

"妈妈,我觉得我好了一些!"这个小姑娘在晚间说,"今天太阳在我身上照得怪暖和的。这粒豆子长得好极了,我也会康复的;我将爬起床来,走到温暖的太阳光中去。"

"愿上帝准许我们这样!"母亲低声说,但是她不相信事情会有所好转。不过她仔细地用一根小棍子把这植物支起来,好使它不致被风吹断,因为它使她的女儿对生命产生了愉快的想象。她又从窗台上牵了一根线到窗框的上端去,使这粒豆可以盘绕着它向上长,它的确在向上长——人们每天可以看到它在生长。

"真的,它就要开花了!"有一天早晨女人说。她的病孩子会好转起来。从现在起她就抱着这样的希望,她记起最近这孩子讲话时要比以前愉快得多,而且最近几天她自己也能爬起来,直直地坐在床上,用高兴的眼光望着这一颗豌豆所形成的小花园。一星期以后,这个病孩子竟然能够在温暖的太阳光里快乐地坐一整个钟头。窗子开着,一朵盛开的、粉红色的豌豆花出现在小姑娘面前。她低下头来,轻轻地吻了一下柔嫩的叶了。这 天简直像一个难忘的节日。

"我幸福的孩子,上帝亲自种下这颗豌豆,叫它长得枝叶茂盛,成为你我的希望和快乐!"母亲高兴地说。她对这花儿微笑,好像它就是上帝送下来的一位善良的安琪儿。

但是其余的几粒豌豆呢?嗯,那一粒曾经飞到广大的世界上去,并且还说过

"如果你能捉住我,那么就请你来吧!"落到屋顶的水笕里去了,躺在一个鸽子的嗉囊里,正如约拿躺在鲸鱼肚中一样。那两粒懒惰的豆子也不过只走了这么远,因为鸽子吃掉了它们。总之,它们总也还算有用。可是那第四粒,它本来想到太阳那儿去,结果却落到水沟里了,在脏水里一躺就是好几个星期,而且涨饱了身子。

"我胖得够美了!"这粒豌豆得意地说,"我胖得要爆裂开来。我想,我是豆荚里五粒豆子中最了不起的一粒。因为任何豆子从来不曾、也永远不会达到这种地步的。"

水沟说它讲得很有道理。

可是顶楼窗子旁那个年轻的女孩子——她脸上射出健康的光彩,她的眼睛发着亮光——正在豌豆花上轻轻地交叉着一双小手,感谢上帝。

水沟说:"我支持我的那粒豆子。"

(1853 年)

一个贵族和他的女儿们

当风儿在草上吹过去的时候,田野就像一湖水,起了一片涟漪。当风在麦子上扫过去的时候,田野就像一个海,起了一层浪花,这叫作风的跳舞。不过请听它讲的故事吧;这故事它是唱出来的。故事在森林的树顶上的声音,同它通过墙上通风孔和隙缝时所发出的声音是截然不同的。你看,风在天上把云块像一群羊似的驱走!你听,风在敞开的大门里呼啸,简直像守门人在吹着号角!它从烟囱和壁炉口吹进来的声音是多么奇妙啊!火发出爆裂声,燃烧起来,把房间较远的角落都照明了。这里是那么温暖和舒适,坐在这儿听这些声音是多么愉快啊。让风儿自己来讲吧!因为它知道许多故事和童话——比我们任何人知道的都多。现在请听吧,请听它怎样讲吧。

"呼——呼——嘘!去吧!"这就是它的歌声的叠句。

"一幢古老的房子立在那条'巨带'的岸边;它有厚厚的红墙,"风儿说,"它的每一块石头我都认识;当它还是属于涅塞特的马尔斯克·斯蒂格堡寨的时候,我就看见过它。现在它不得不被拆掉了!在另一个地方石头被砌成新墙,造成一幢新房子——这就是波列埠庄园;现在它还立在那儿。"我认识和见过那里高贵的老爷和太太们,以及住在那里的后裔。现在我要讲一讲关于瓦尔得马尔·杜和他的女儿们的故事。"因为有皇族的血统,所以他骄傲得不可一世!他除了能猎取雄鹿和把满瓶的酒一饮而尽以外,还能做许多别的事情。'事情自然会有办法。'这是他常常对自己说的一句话

"他的太太穿着金线绣的衣服,高视阔步地在光亮的地板上走来走去。壁毯是华丽的;家具是贵重的,而且还有精致的雕花。她带来许多作为陪嫁的金银器皿。当地窖里已经藏满了东西的时候,里面还藏着德国啤酒。马厩里黑色的马在嘶鸣。那时这家人很富有,波列埠的公馆有一种豪华的气派。

"他有三个娇美的女儿:意德、约翰妮和安娜·杜洛苔。我现在还能叫出她们的名字。

"她们是有钱有身份的人,在豪宅中出生,长大。呼——嘘!去吧!"风儿唱着。接着它继续讲下去:

"在这儿我看不见别的古老家族中常有的情景:高贵的太太跟她的女仆们坐在大厅里一起摇着纺车。她吹着洪亮的笛子,同时唱着歌——并不都是那些古老的丹麦歌,也有一些异国的歌。这儿有活跃的生活,殷勤的招待;显贵的客人从四面八方来到这里,演奏着音乐,碰着酒杯,我实在没有办法把这些声音淹没!"风儿说,

"除了夸张的傲慢神情和老爷派头;这儿什么也没有,更没有上帝!"

"五月一日的那天晚上,"风儿说,"我正从西边来,看到船只撞着尤兰西部的海岸而被毁。匆匆忙忙的我走过这生满了石楠植物和长满了绿树林的海岸,走过富恩岛。现在我扫过'巨带',呻吟着,叹息着。"

于是我在瑟兰岛的岸上,躺在波列埠的那座公馆的附近休息。那儿有一个青葱的栎树林,现在还仍然存在。

附近的年轻人到栎树林下面来收捡树枝和柴草,收拾他们所能找到的最粗和最干的木柴。在村里他们把木柴,聚成堆,点起火。于是男男女女就围在周围快乐地跳舞唱歌。

"我躺着一声不响,"风儿说,"不过我悄悄地把一根枝子——一个最漂亮的年轻人捡回来的枝子——拨了一下,于是他的那堆柴就迅速燃烧,烧得比其他的柴堆都高。这样他就算是获得了'街头山羊'的光荣称号,同时还可以在这些姑娘之中选择他的'街头绵羊'。跟波列埠那个豪富的公馆比起来,这儿的快乐和高兴,真叫人难忘!"

那位贵族妇人,带着她的三个女儿,乘着一辆由六匹马拉着的镀了金的车子,向这座公馆驰来。她的女儿是那么年轻和美丽——如同三朵迷人的花:玫瑰、百合和淡白的风信子。而母亲本人则是一朵鲜嫩的郁金香。大家都停止了游戏,向她鞠躬和敬礼;但是她目不斜视,人们觉得,这位贵妇人是一朵开在相当硬的梗子上的花。

"我看见了玫瑰、百合和淡白的风信子!我想,有一天她们将会是谁的小绵羊呢?她们的'街头山羊'将会是一位漂亮的骑士,还是一位王子!呼——嘘!去吧!去吧!"

是的,车子载着她们走了,农人们继续跳舞。在波列埠这地方,在卡列埠,在周围所有的村子里,人们都在庆祝夏天的到来。

"可是,当我夜里再起身的时候,"风儿说,"那位贵族妇人躺下了,再也没有醒来。她碰上这样的事情,正如许多人碰上这类的事情一样——并没有什么新奇。瓦尔得马尔·杜静静地、沉思地站了一会儿。他在心里说:'最骄傲的树可以弯,但不一定就会折断,'女儿们哭起来;公馆里所有的人都在擦眼泪。杜夫人去了——可是我也去了,呼——嘘!"风儿说。

"我又回来了。我常常回到富恩岛和'巨带'的沿岸来看看。我停留在波列埠的岸旁,在那美丽的栎树林附近;苍鹭正在做窠,斑鸠,甚至蓝乌鸦和黑颧鸟也都到这儿来生活。这还是开春不久:它们有的已经生了蛋,有的已经孵出了小雏。嗨,它们是在怎样飞,怎样叫啊!一下,两下,三下,人们可以听到斧头的响声。于是树林被砍掉了。瓦尔得马尔·杜想要建造一条华丽的船——一条有三层楼的战舰。他砍掉这个作为水手的目标和飞鸟隐身处的树林,因为他想国王一定会买那条船。苍鹭的窠被毁掉了而它也惊恐地飞走另寻安身之处了。其他的林中鸟慌乱地飞来飞去,愤怒地、惊恐地号叫着,我了解它们的心情因为它们无家可归了。乌鸦和穴鸟用讥笑的口吻大声地号叫：'离开窠儿吧！离开窠儿吧！离开吧！离开吧！'"

在树林里，瓦尔得马尔·杜和他的女儿们，站在一群工人旁边。听到这些鸟儿的狂叫，他们不禁大笑起来。只有一个人——那个最年轻的安娜·杜洛苔——心中感到非常难过。他们正要推倒一株砍掉的树，可是在这株树的枝丫上有一只黑鹳鸟的窠，窠里的小鹳鸟正在伸出头来——她替它们求情，她含着眼泪向大家求情。最后这株有窠的树算是为鹳鸟留下了。这不过只是一件很小的事情。

"树木被砍掉了，锯掉了。接着一个有三层楼的船便建造起来了。建筑师虽然出身微贱，但是他有高贵的仪表。他的眼睛和前额说明他有非凡的智慧。瓦尔得马尔·杜喜欢听他谈话；最大的女儿意德——她现在有 15 岁了——也是这样。当他正在为父亲建造船的时候，他也在为自己建造一个空中楼阁：他和意德将作为一对夫妇住在里面。如果这楼阁是由石墙所砌成、有壁垒和城壕、有树林和花园的话，也许这个幻想会成为事实。不过，这位建筑师却是一个穷鬼虽然他有一个聪明的头脑。的确，一只麻雀怎么能在鹤群中跳舞呢？呼——嘘！我飞走了，他也飞走了，因为他不能住在这儿。小小的意德也只好克服她难过的心情。因为她非克制不可。"

"马厩里那些黑马嘶鸣；它们值得一看，而且也有人在看它们。国王派海军大将亲自来检验这条新船，来布置购买它。海军大将也大为称赞这些雄赳赳的马儿。我听到这一切，"风儿说，"我陪着这些人走进敞开的门；我在他们脚前撒下一些草叶，像一条一条的黄金。瓦尔得马尔·杜想要金子，海军大将想要那些黑马——因此他才那样称赞它们，不过瓦尔得马尔·杜没有听懂他的意思，结果船也没有卖成。这船寂寞地躺在岸边，亮得放光，周围全是木板；一个永远不曾下过水的挪亚式的方舟，呼——嘘！去吧！去吧！这真可惜。"

"冬天，田野上盖满了厚厚的白雪，'巨带'里结满了冰，我把冰块吹到岸上来，"风儿说，"成群的乌鸦和大渡鸟都来了，它们一个比一个黑。岸边那条没有生命的、被遗弃的、孤独的船成了它们的栖息地。它们用一种暗哑的调子哀鸣着，为那已经不再有茂密的树林，为那被遗弃了的贵重的雀窠，为那些没有家的老老少少的雀子而哀鸣。都是因为那一大堆木头——那一条从来没有出过海的船的缘故。

"雪花被我搅得乱飞，像巨浪似的围在船的四周，压在船的上面！我让它听到我的声音，使它知道，风暴有些什么话要说。我知道，我在尽我的力量教它关于航行的一切技术。呼——嘘！去吧！"

冬天逝去了；春天和夏天都逝去了。它们像我一样，像雪花的飞舞，像玫瑰花的飞舞，像树叶的下落一样在逝去——逝去了！逝去了！人也逝去了！

不过那三个女儿仍然很年轻，小小的意德是一朵玫瑰花，美丽得像那位建筑师初见到她的时候一样。她常常若有所思地站在花园的玫瑰树旁，没有注意到我抚着她的棕色长发并在她松散的头发上撒下美丽花朵。于是她就凝视那鲜红的太阳和那在花园的树林和阴森的灌木丛之间露出来的金色的天空。

"她的妹妹约翰妮如同一朵百合花，亭亭玉立，高视阔步，像她的母亲一样，只是梗子脆了一点。她喜欢走过挂有祖先的画像的大厅。画中的仕女们都穿着丝绸和天鹅绒的衣服;缀有珍珠的小帽戴在她们的发髻上。真是一群美丽的仕女!她们的丈夫不是穿着铠甲,就是穿着用松鼠皮做里子和有皱领的大氅。他们腰间挂着长剑,但是并没有扣在股上。约翰妮的画像哪一天会在墙上挂起来呢?她高贵的丈夫将会是个什么样的人物呢?是的,这就是她心中所想着的、她低声对自己所讲着的事情。当我吹过长廊、走进大厅、然后又折转身来的时候,我听到了这些话。

"那朵淡白的风信子安娜·杜洛苔刚刚满14岁,是一个安静深思的女子。她那副大而深蓝的眼睛常有一种深思的表情,但一种稚气的微笑仍然飘在她的嘴唇上。我没有办法吹掉它,也没有心思这样做。

"我在花园里,在空巷里,在田野里遇见她。她在忙着采摘花草;这些东西对她的父亲有用:它们可以被蒸馏成饮料。瓦尔得马尔·杜是一个骄傲自负的人,不过他也是一个相当博学的人,知道很多东西。这并不是一个秘密。他的烟囱即使在夏天还冒出火来。一连几天几夜他的房门都是锁着的。但是他不大喜欢谈这件事情——大自然的威力应该是在沉静中征服的。不久风儿就发现了一件最大的秘密——制造赤金。

"这正是为什么烟囱一天到晚在冒烟、一天到晚在喷出火焰的缘故。是的,我也在场!"风儿说。"'停止吧!停止吧!'我对着烟囱口唱:'它的结果将只会是一阵烟、空气、一堆炭和炭灰!你将会把你自己烧得精光!呼——呼——呼——去吧!停止吧!'但是瓦尔得马尔·杜并不放弃他的意图。

"马厩里那些漂亮的马儿——它们变成了什么呢?碗柜和箱子里的那些旧金银器皿、田野里的母牛、财产和房屋都变成了什么呢?——是的,它们可以熔化掉,可以在那金坩埚里熔化掉,但是那里面却变不出金子!

"空空的谷仓和储藏室,空空的酒窖和库房。人数也减少了,但是耗子却增多了。这一块玻璃裂了,那一块玻璃碎了;我可以不需通过门就能大摇大摆地进去了,"风儿说。"烟囱一冒烟,就说明有人在煮饭。这儿的烟囱也在冒烟;可是为了炼赤金,却把所有的饭都耗费光了。"

"我像一个看门人吹着号角一样吹进院子的门,不过这儿却没有什么看门人,"风儿说,"尖顶上的那个风信鸡被我吹得团团转。它嘎嘎地叫着,像一个守望塔上的卫士在发出鼾声,可是这儿哪有什么卫士,除了成群的耗子。'贫穷'就躺在桌上,'贫穷'就坐在衣橱里和橱柜里;门脱了榫头,裂缝出现了,我现在是进出自由。"风儿说,"因此我什么都知道。

"在烟雾和灰尘中,在悲愁和失眠的夜里,他的胡须和两鬓都变白了。他的皮肤变得枯黄起来;他的眼睛发出那种贪图金子的光,因为他追求金子。

"我把烟雾和火灰吹向他的脸和胡须;他得到的是一堆债务而不是什么金子,我从碎了的窗玻璃和大开的裂口吹进去。吹进他女儿们的衣柜里去,那里面的衣服都褪了色,破旧了,因此她们老是穿着这几套衣服。这支歌不是在她们儿时的摇篮旁边唱的!豪富的日子现在变成了贫穷的生活!我是这座公馆里唯一高声唱歌的人!"风儿说,"他们被我用厚雪封在了屋子里;人们说雪可以保持住温暖。那个供给他们木柴的树林已经被砍光了,所以他们没有木柴。天正下着严霜。我在裂缝和走廊里吹,在三角墙上和屋顶上吹,为的是要运动一下。这三位出身高贵的小姐,冷得爬不起床来。父亲在床被子下缩成一团。没有了吃的东西,也没有了烧的东西——这就是贵族的生活!呼——嘘!去吧!但是这正是杜老爷所办不到的事情。"

"'冬天过后春天就来了,'他说,'贫穷过后快乐的时光就来了,但是快乐的时光必须耐心等待!现在只剩下一张房屋和田地典契,这正是倒霉的时候。但是金子马上就会到来的——在复活节的时候就会到来!'"

"我听到他望着蜘蛛网这样讲:'聪明的小织工,你教我坚持下去!人们弄破你的网,你会重新再织,把它完成!人们再毁掉它,你会坚决地又开始工作——又开始工作!人也应该是这样,气力绝不会白费。'"

"这是复活节的早晨。钟在响,太阳在天空中嬉戏。瓦尔得马尔·杜在狂热的兴奋中守了一夜;他在熔化、冷凝、提炼和混合。我听到他像一个失望的灵魂在唉声叹气,我听到他在祈祷,我注意到他在屏住呼吸。他没注意灯里的油燃尽了。我吹着炭火;他惨白的面孔映着火光,泛出淡淡红光。他深陷的眼睛在眼窝里望,眼睛越睁越大,好像要跳出来似的。"

"请看这个炼金术士的玻璃杯!那里面发出赤热的,纯清的,沉重的红光!他激动地用颤抖的手举起这个杯子,'金子!金子!'他用颤抖的声音喊,他的头脑有些昏沉——我很容易就把他吹倒,"风儿说。"不过我只是扇着那炙热的炭;我陪着他走进一个房间,在那儿他的女儿正冻得发抖。他的上衣上全是炭灰;他的胡须里,蓬松的头发上,也是炭灰。他笔直地站着,高高地举起放在易碎的玻璃杯里的贵重的宝物。'炼出来了,胜利了!——金子,金子!'他叫着,把杯子举到空中,让它在太阳光中闪闪发亮。但是这位炼金术士的杯子落到地上,因为他的手在发抖,杯子跌成一千块碎片。他的幸福泡沫现在消逝!呼——嘘——嘘!去吧!我从这位炼金术士的家里走出去了。"

"岁暮的时候,日子很短;雾降了下来,凝成水滴停在红浆果和光赤的枝子上。我精神饱满地回来了,我横渡高空,扫过青天,折断干枝——这倒不是一件很艰难的工作,但是非做不可。现在在波列埠的公馆里另一种大扫除出现在瓦尔得马尔·杜的家里,他的敌人,巴斯纳斯的奥微·拉美尔拿着房子的典押字据和家具的出卖字据来了。我在碎玻璃窗上敲,腐朽的门上打,在裂缝里面呼啸:呼——嘘!我要使奥微·拉美尔不喜欢住在这儿。意德和安娜·杜洛苔伤心得哭着;亭亭玉立的约翰妮脸色发白,她咬着拇指,一直到血流出来——但这又有什么用呢?奥微·拉美尔准许瓦尔得马尔·杜在这儿一直住到死,可是并没有人因此感谢他。我静静地听着。我看到这位无家可归的绅士仰起头来,显出一副比平时还要骄傲的神气。我袭向这公馆和那些老菩提树,折断了一根最粗的枝子——一根还没有腐朽的枝子。这枝子像一把扫帚似的躺在门口,人们可以用它把这房子打扫干净,事实上人们也在扫了——我想这很好。"

"这是异常艰难的日子,在不容易保持镇定的时刻;他们的意志是那么坚强,他们的骨头是那么坚硬。

"他们一无所有除了穿的衣服以外;对了,他们还有一件东西——一个新近买的炼金的杯子。那里面盛满了从地上捡起来的那些碎片——这东西期待有一天会变成财宝,但是这想法从来没有兑现。瓦尔得马尔·杜把这财宝藏在他的怀里。现在这位曾经一度豪富的绅士,手中拿着一根棍子,带着他的三个女儿走出了波列埠的公馆。我在他灼热的脸上吹了一阵寒气,我抚摸着他灰色的胡须和雪白的长头发,我尽力唱出歌来——'呼——嘘!去吧!去吧!'这就是豪华富贵的一个结局。

"意德在老人的一边走,安娜·杜洛苔走在另一边。约翰妮在门口掉转头来——为什么呢?幸运并不会掉转身来呀。她望了一眼马尔斯克·斯蒂格公馆的红墙壁;她想起了斯蒂格的女儿们:

年长的姐姐牵着小妹妹的手,

她们一起在茫茫的世界漂流。

"难道她现在想起了这支古老的歌吗?现在她们姐妹三个人在一起——父亲也跟在一道!他们走着这条路——他们华丽的车子曾经走过的这条路。作为一群乞丐她们搀着父亲向前走;走向斯来斯特鲁的田庄,走向那年租十个马克的泥草棚里去,走向空洞的房间和没有家具的新家里去。黑黑的乌鸦和穴乌盘旋在他们的头上,号叫,仿佛是在讥刺他们:"没有了窠!没有了窠!没有了!没有了!'这正像波列埠的树林被砍下时鸟儿所做的哀鸣一样。

"杜老爷和他的女儿们一听就明白了。因为听到这些话并没有什么好处,所以我在他们的耳边吹。

"他们住进斯来斯特鲁田庄上的泥草棚里去。我走过沼泽地和田野、光赤的灌木丛和落叶的树林,走到汪洋的水上,走到别的国家里去:呼——嘘!去吧!去吧!永远地去吧!"

瓦尔得马尔·杜怎么样了呢?他的女儿怎么样了呢?风儿说:

"是的,我最后一次看到的是安娜·杜洛苔——那朵淡白色的风信子:那已经是 50 年以前的事情。现在她老了,腰也弯了,她活得最久;她也经历了一切。

"在那长满了石楠植物的荒地上,有一幢华丽的、副主教住的新房子立在微堡城附近。红砖砌成的房子有锯齿形的三角墙。烟囱里冒出浓烟来。那位贤淑的太太和她庄重的女儿们坐在大窗口,凝望着花园里悬挂在那儿的鼠李和长满了石楠植物的棕色荒地。她们在望什么东西呢?她们在望那儿一个快要倒的泥草棚上的鹳鸟窠。一堆青苔和石莲花就是所谓的屋顶——鹳鸟做巢的地方就是最干净的地方,而也只有这一部分是完整的,因为鹳鸟始终把它保持完整。

"我要对那个屋子谨慎一点才成,它只能看,不能碰,"风儿说,"这泥草棚是因为鹳鸟在这儿做窠才被保存下来的,虽然在这荒地上它是一件吓人的东西。副主教还是不愿意赶走颧鸟,因此这个破棚子就被保存下来了,那里面的穷苦人也就能够永远住下去。她应该感谢这只埃及的鸟儿。在波列埠树林里她曾经为它的黑兄弟的窠求过情,这可能是它的一种报答吧!可怜的她,在那时候,她还是一个年幼的孩子——豪富的花园里的一朵淡白的风信子。安娜·杜洛苔清清楚楚得记得这一切。

"'啊!啊!是的,人们可以像风在芦苇和灯芯草里叹息一样叹息,啊!啊!瓦尔得马尔·杜,在你入葬的时候,没有人为你敲响丧钟!当这位波列埠的主人被埋进土里的时候,也没有穷孩子来为你唱一首圣诗!啊!任何东西都有一个结束,穷苦也是一样!意德妹妹成了一个农人的妻子。这对我们的父亲说来是一个严厉的考验!女儿的丈夫——一个穷苦的农奴!可以被他的主人随时命令骑上木马。现在他已经躺在地下了吧?至于你,意德,也是一样吗?唉!倒霉的我,还没有一个终结!仁慈的上帝,请让我死吧!'

"这是安娜·杜洛苔在那个寒碜的泥草棚——为颧鸟留下的泥草棚——里所做的祈祷。

"我亲自带走了三姊妹中最能干的一位,"风儿说,"她穿着一套合乎她的性格的衣服!化装成为一个穷苦的年轻人,到一条海船上去工作。她不多讲话,面孔很沉着,她愿意做自己的工作。但是她可不会爬桅杆;因此在别人还没有发现她是一个女人以前,我就把她吹下船去。我想这总不是一桩坏事!"风儿说。

像瓦尔得马尔·杜幻想发现了赤金的那样一个复活节的早晨,安娜·杜洛苔最后的歌声飘在那几堵要倒塌的墙之间,飘在颧鸟的巢底下,这是她唱圣诗的声音。

墙上只有一个洞口没有窗子。太阳像一堆金子般地升起来,照着这屋子。阳光才可爱哩!她的眼睛在碎裂,她的心在碎裂!——即使太阳这天早晨没有照着她,死亡也会发生。

"颧鸟作为屋顶盖着她,一直到她死!我在她的坟旁唱圣诗,她的坟在什么地方,谁也不知道。

"新的时代,不同的时代!私有的土地上修建了公路,大路替代了坟墓。不久蒸汽就会带着长列的火车来到,驰过那些像人名一样被遗忘了的坟墓——呼——嘘!去吧!去吧!

"这是瓦尔得马尔·杜和他的女儿们的故事。假如你们能够的话,请把它讲得更好一点吧!"风儿说完就掉转身。

它不见了。

(1859 年)

守塔人奥列

这个世界里的事情不是上升,就是下降;不是下降,就是上升!我现在不能再进一步向上爬了。大多数的人都有这一套经验上升和下降,下降和上升。归根结底,我们最后都要成为守塔人,从一个新高处来观察生活和一切事情。"

这一番议论是我的朋友、那个老守塔人奥列发出来的。他是一位喜欢聊天的有趣人物。什么话都讲,但在他的内心深处,却严肃地藏着许多东西。是的,他有很好的家庭出身,据说他还是一个枢密顾问官的少爷呢——也许是的。他曾经念过书,当过塾师的助理和牧师的副秘书;但是这又有什么用呢?跟牧师住在一起的时候,屋子里的任何东西他都可以使用。那时他正像俗话所说的,是一个得意少年。他要用纯正的上好鞋油来擦靴子,但是牧师只准他用普通油。为了这件事他们闹过意见。这个说那个吝啬,那个说这个虚荣。小小的鞋油竟成了他们敌对的根源,因此他们就分开了。

但是他对牧师所要求的东西,同样也对世界要求:他要求纯正的上好鞋油,而他所得到的却是普通的油脂。这么一来,成为一个隐士就是他最佳的选择。不过在一个大城市里,教堂塔楼是唯一能够隐居而又不至于饿饭的地方,因此他就钻进去,在里面一边孤独地散步,一边抽着烟斗。他时而向下看,一时向上瞧,不时地产生些感想,讲一套自己能看见和看不见的事情,以及在书上和在心里见到的事情。

我常常把一些好书借给他读,可以从你朋友读的书看出来,他是怎样一个人。他说他不喜欢英国那种写给保姆这类人读的小说,也不喜欢法国小说,因为这类东西是阴风和玫瑰花梗的混合物。他喜欢人物传记和关于大自然奇观的书籍。每年我至少要去拜访他一次————般是新年以后的几天内。他总是把他在这新旧年关交替时所产生的一些感想东扯西拉地谈一阵子。

我想谈一谈我两次拜访他的情形,我尽量引用他的原话。

第一次拜访

在我最近借给奥列的书中,有一本关于圆石子的书。引起他浓厚的兴趣,他埋头苦读了一阵子。

"这些圆石子是古代的遗迹!"他说,"人们从它们旁边经过,但却忽视了它们!我在田野和海滩上走过时就是这样,尽管它们在那儿的数目不少可我还是忽视了它们。人们走过街上的圆石——这是远古时代的最老的遗迹!我自己就做过这样的事情。现在我不禁对每一块圆石表示极大的敬意!你借给我的这本书吸引了我的注意力,赶走了我的一些旧思想和习惯,使我更迫切地希望读到更多类似的书,真的非常感谢你！

"最使人神往的一种传奇是关于地球的传奇！可怕得很，我们读不到，因为它是用一种我们所不懂的语言写的，所以我们读不到它的头一卷。我们不得不从各个地层上，从圆石子上，从地球所有的时期里去了解它。只有到第六卷的时候，活生生的人——亚当先生和夏娃女士——才出现。读者希望立刻就读到关于他们的事情。因此对于许多读者来说，他们出现得未免太迟了一点，不过对我而言，这完全没有什么关系。这的确是一部传奇，一部非常有趣的传奇，我们大家都在这里面。我们东爬西摸，但是我仍然停在原地；而地球仍是在不停地转动，却并没有把大洋的水弄翻，淋在我们的头上。我们踩着的地壳也没有裂开，让我们坠到地心去。这个故事不停地进展，一口气发展了几百万年。

"我感谢你这本关于圆石的书。它们真够朋友！要是它们会讲话，肯定能告诉你许多东西。如果一个人能够偶尔成为一个微不足道的东西，那也是蛮有趣味的事儿，特别是像我这样一个处于很高地位的人。想想看吧，我们这些人，即使拥有最好的皮鞋油，也不过是地球这个巨大蚁山上的寿命短促的蚂蚁，虽然我们可能是戴有勋章、拥有职位的蚂蚁！但在这些有几百万岁的老圆石面前，人类是那么年轻。在除夕我读过一本书，读得都入迷了，甚至忘记了我平时在这夜所做的那种消遣——看那'到牙买加去的疯狂旅行'！嗨！你决不会知道这是怎么一回事儿！

"人人都知道巫婆骑着扫帚旅行的故事——那是在'圣汉斯之夜'，目的地是卜洛克斯堡。但是我们也有过疯狂的旅行。就是此时此地的事情：新年夜到牙买加去的旅行。所有那些无足轻重的男诗人、女诗人、拉琴的、写新闻的和艺术界的名流——即毫无价值的一批人——在除夕夜乘风到牙买加去。因为钢笔不配驮他们：他们太坚硬了，他们都骑在画笔上或羽毛笔上。我已经说过，我在每个除夕夜都要看他们一下。我能够喊出他们许多人的名字来，但是他们不愿意让人家知道他们骑着羽毛笔向牙买加飞去，所以跟他们纠缠在一起是不值得的。

"我有一个侄女。她是一个寡妇。她说她专门为三个很有名气的报纸提供骂人的字眼。她甚至还作为客人亲自到报馆去过。她是被抬去的，因为她既没有一支羽毛笔，也不会飞。这都是她亲口告诉我的。她所讲的大概有一半是谎话，但是这一半却已经足够了。

"当她到达了那儿以后，大家就开始唱歌。每个客人唱自己写下的歌，因为各人总是以为自己的歌最好。事实上它们都是半斤八两，同一个调调儿。接着走过来的就是一批结成小组的话匣子。这时各种不同的钟声便轮流地响起来。于是来了一群小小的鼓手；他们只是在家庭的小圈子里击鼓。另外有些人利用这时机交朋友；这些人写文章都不署名，也就是说，他们用普通油脂来代替上好鞋油。此外还有刽子手和他的小厮；这个小厮最狡猾，否则谁也不会注意到他的。这时那位老好人清道夫也来了；他弄翻了垃圾箱，嘴里还连连说：'好，非常好，特别好！'正当大家狂欢的时候，那一大堆垃圾上忽然冒出一根梗子，一株树，一朵庞大的花，一个巨大的菌子，一个完整的屋顶——它是这群贵宾们的滑棒，它把在过去一年中他们对这世界所做的事情全都挑出来。一种像礼花似的火星从它上面射出来：这都是他们发表过的、从别人那儿抄袭得来的一些思想和意见；它们现在都变成了火花。

"现在大家开始玩一种'烧香'的游戏；一些年轻的诗人则玩'焚心'的游戏。有些幽默大师讲着双关的俏皮话——这算是最小的游戏。他们的俏皮话引起一阵回响，好像是空罐子在撞着门，或者是门在撞着装满了炭灰的罐子。'这有趣极了！'我的侄女说。事实上她还说了很多的话，不过很有意思！但是我不想把这些话散布出来，因为一个人应该善良，不能老是挑错。你可以想象，像我这样一个知道那儿的欢乐情况的人，自然喜欢在每个新年夜里看看这疯狂的一群飞过。假如某一年有些什么人没有来，我一定会找到代替他的新人物。不过今年我没有去看那些客人。我在圆石上悄悄滑走了，滑到几百万年以前的时间里去。我看到这些石子在北国自由活动，它们在挪亚没有制造出方舟以前，就在冰块上自由地漂流。我看到它们坠入海底，然后又在沙洲上冒出来。沙洲露出水面说：'这是瑟兰岛！'我看到它先变成许多我不认识的鸟儿的住处，然后又变成一些野人酋长的宿地。我也不认识这些野人，后来他们用斧子刻出几个龙尼文的人名来——这成了历史。但是这跟我完全没有关系，我简直等于一个零。

"天上落下了三四颗美丽的流星。它们射出一道亮光，把我的思想引到另外一条路线上去。你大概知道流星是一种什么样的东西吧？有些有学问的人却不知道！我对它们有我的看法，我的看法是：人们对做过美好善良事情的人，总是把那些感谢祝福的话悄悄地藏在心里；这种感谢常常是无声的，但是它并不等于毫无意义。我想它会被太阳光吸收进去，然后不声不响地被太阳射到那个做善事的人身上。如果在时间的进程中整个民族都表示出这种感谢，那么这种感谢就会形成一个花束，变做一颗流星落在这好人的坟上。

"特别是在新年的晚上，当我看到流星的时候，我的心情非常愉快，因为我知道谁会得到这个感谢的花束。最近有一颗明亮的星落到西南方去，作为对许多许多人表示感谢的一种迹象。它会落到谁身上呢？我想它无疑地会落到佛伦斯堡湾的一个石崖上。丹麦的国王就在这儿，在施勒比格列尔、拉索和他们的伙伴们的坟上飞扬。另外有一颗落到陆地上：落到'苏洛'——它是落到荷尔堡坟上的一朵花，表示许多人在这一年对他的感谢——感谢他所写的一些优美的剧本。

"最大和最愉快的思想莫过于知道我们坟上有一颗流星落下来。当然，我没有什么东西值得人感谢；因此也绝不会有流星落到我的坟上，也不会有太阳光给我带来谢意，我没法得到那纯正的皮鞋油，"奥列说，"命中注定我只能在这个世界上得到普通的油脂。"

第二次拜访

新年到了，我又爬上塔去。奥列谈起那些为旧年逝去和新年到来而干杯的事情。因此我就从他那儿得到一个关于杯子的故事。这故事意义深刻。

"在除夕夜里，当钟敲了12下的时候，大家都举着满杯的酒从桌子旁站起来，为新年干杯。他们端着酒杯来迎接新的一年；这对于喜欢喝酒的人来说，是一个良好的开端！他们以上床睡觉作为这一年的开始；这对于瞌睡的人说来，也是一个良好的开端！睡觉在漫长的一年中，当然占很重要的位置；酒杯也不例外。

"酒杯里有什么你知道吗？"他问，"里面有健康、愉快和狂欢！里面也有悲愁和苦痛的不幸。当我来数数这些杯子的时候，我当然也数数不同的人在这些杯子里所占的重量。

"你要知道，第一个杯子是健康的杯子！它里面长着健康的小草。它放在大梁上，到年底你就可以坐在健康的树荫下了。

"拿起第二个杯子吧！是的，有一只小鸟从里面飞出来。它为大家唱出天使般快乐的歌，叫大家跟它一起合唱：生命是美丽的！我们不要老垂着头！勇敢地向前进吧！

"一个长着翅膀的小生物从第三个杯子里涌现出来。他不算是一个安琪儿，因为他有调皮小鬼的血统和性格。他只是喜欢开开玩笑并不伤害人。他坐在我们的耳朵后面，对我们低声讲一些滑稽的事情。他钻进我们的心里去，把它弄得温暖起来，使我们变得愉快，变成别人所承认的一个聪明的人。

"在第四个杯子里既没有绿草，也没有可爱的小鸟，更没有小生物；那里面只有理智的限度——一个人永远不能超过这个限度。

"当你拿起那第五个杯子的时候，就会大哭一场。你会有一种愉快的感情冲动，否则这种冲动就会用别种方式表现出来。砰的一声风流和放荡的'狂欢王子'会从杯子里冒出来！他会强行把你拖走，你会忘记自己的尊严——假如你有任何尊严的话。跟你应该和敢于忘记的事情比起来你会忘记的事情要多得多。处处是跳舞、歌声和喧闹。假面具拖你走。穿着丝绸的魔鬼的女儿们，披着长长的头发，露出美丽的肢体，轻浮地走来。避开她们吧，假如你可能的话！

"第六个杯子！是的，撒旦本人就坐在里面。他是一个衣冠楚楚、会讲话的、迷人的和非常愉快的人物。他完全能理解你，同意你的观点，他就是你的化身！为了把你领到他的家里去，他手里提着一个灯笼。从前有过一个关于圣者的故事；有人叫他从七大罪过中选择一种罪过；他选择了他认为最小的一种：醉酒。这种罪过引导他犯了其他的六种罪过。在第六个杯子里人和魔鬼的血恰恰混在一起；这时一切罪恶的细菌就在我们的身体里发展繁殖起来。每一个细菌像《圣经》里的种子一样欣欣向荣地生长，长成一棵参天大树，整个世界都被它遮盖住了。大部分的人只有一个办法：毫不犹豫地重新走进熔炉，再造一次。

"这就是杯子的故事！"守塔人奥列说，"它可以用高级鞋油，也可用普通的油讲出来。两种油我全都用了。"

这就是我对奥列第二次的拜访。如果你想再听到更多的故事，那么你的拜访还得——待续。

（1859 年）

蝴蝶

一只蝴蝶想要在群花中找到一位可爱的小恋人。因此他就把她们仔仔细细看了一遍。每朵花都那么安静地、端庄地坐在梗子上，如同一个姑娘在没有订婚时那样坐着。可是她们太多了，选择起来很不容易。蝴蝶，因此飞到雏菊那儿去向她请教如何选恋人。法国人把这种小花叫作"玛加丽特"。他们知道，她能做出准确的预言。她是这样做的：情人们把她的花瓣一片一片地摘下来，每摘一片情人就问一个关于他们恋人的事情："热情吗？——痛苦吗？——非常爱我吗？只爱一点吗？——完全不爱吗？"以及诸如此类的问题。每个人都可以用自己的语言问。蝴蝶也来问了但是他认为只有善意才能得到最好答案；所以他不摘下花瓣，只是吻了吻它们。

"亲爱的'玛加丽特'雏菊！"他说，"你是一切花中最聪明的女人。你能做出预言！我请求你告诉我，我应该娶什么样的女孩呢？我到底会得到哪一位呢？如果我知道的话，就会省去许多麻烦直接向她飞去求婚。"

可是"玛加丽特"不回答他。她很生气，因为她还不过是一个少女，而蝴蝶却已把她称为"女人"；这究竟有一个分别呀。蝴蝶问了第二次，第三次。当他得不到半个字的回答的时候，就不愿意再问了。他失望地飞走了，同时立刻开始他的求婚活动。

此时正值初春，番红花和雪形花正在竞相盛开。

"她们非常好看，"蝴蝶说，"简直是一群情窦初开的可爱的小姑娘，但是不太成熟。"想要寻找年纪较大一点的女子是所有年轻小伙的看法。

于是他就飞到秋牡丹那儿去。照他的胃口说来，这些姑娘未免苦味太浓了一点。紫罗兰有点太热情；郁金香太华丽；黄水仙太平民化；菩提树花太小，此外她们的亲戚也太多；苹果树花看起来倒很像玫瑰，但是她们今天开了，明天就谢了——只要风轻轻一吹就落下来了。蝴蝶觉得跟她们结婚是不会长久的。豌豆花最逗人喜爱：有红有白，既娴雅，又柔嫩。她是那种家庭观念很强的妇女，外表既漂亮，在厨房里也很能干。当他正打算求婚的时候，无意中看到这花儿的近旁长着一个豆荚——豆荚的尖端上挂着一朵枯萎了的花。

"这是谁？"他问。

"这是我的姐姐，"豌豆花说

"乖乖！那么你将来也会像她一样了！"他说。

这使蝴蝶大吃一惊，于是赶紧飞走了。

世界经典文库

世界二十大名著 安徒生童话

图文珍藏版

悬在篱笆上的金银花，数目还真不少；不过她们都板起面孔，皮肤发黄。不成，他不喜欢这种类型的女子。

不过他究竟喜欢谁呢？你去问他吧！

春天走了，夏天也快要告一结束。现在进入了秋天，但是蝴蝶仍然犹豫不决。在迷人的秋天里花儿都穿上了她们最华丽的衣服，但是有什么用呢——她们那种新鲜的、喷香的青春味儿已经消失得无影无踪。人上了年纪，心中喜欢的就是清新的香味呀。特别是在天竺牡丹和干菊花中间，香味这东西可说是彻底不存在了。因此蝴蝶就向地上长着的薄荷那儿飞去。

"她可以说没有花，但全身又都是花，从头到脚都有香气，连每一片叶子上都有花香。我要娶她！"

于是他就对薄荷提出婚事。

薄荷端端正正地站着，一声不响。最后她说出了下面这番话：

"可以交朋友，但是别的事情都免了。我老了，你也老了，我们可以彼此照顾，但是结婚——那可不成！不要自己开自己的玩笑吧！我都这么大的年纪了！"

这么一来，蝴蝶就没有机会了。结果蝴蝶就成了大家所谓的老单身汉了。

天气在晚秋季节，总是多雨而阴沉。寒气被风儿吹在老柳树的背上，弄得它们发出飕飕的响声来。如果这时还穿着夏天的衣服在外面寻花问柳，那是有背常规的，因为这样，正如大家说的一样，会受到批评的。的确，蝴蝶也没有在外面乱飞。乘着一个偶然的机会他溜到一个房间里去了。这儿火炉里面生着火，像夏天一样温暖。他满可以生活得很好的，不过，"只是活下去还不够！"他说，"一个人应该有自由、阳光和一朵小小的花儿！"

人们观看和欣赏着他撞窗玻璃，然后就把它穿在一根针上，藏在一个小古董匣子里面。这是人们最欣赏他的一种表示。

"现在我像花儿一样，栖在一根梗子上了，"蝴蝶说，"这的确是不太愉快的。但是我现在总算是牢牢地固定下来了，这几乎跟结婚没有两样。"

他用这种思想来安慰自己。

"这是一种多么可怜的安慰啊！"房子里的栽在盆里的花儿说。

"可是，"蝴蝶想，"一个人不应该相信这些盆里的花儿的话。她们跟人类的来往太密切了。"

（1861 年）

贝脱、比脱和比尔

简直叫人难以相信,现在的小孩子会知道那么多事情!

你很难说他们不知道什么事情。说是鹳鸟把他们从井里或磨坊水闸里捞起来,然后把他们当作小孩子送给爸爸和妈妈——他们认为这是一个老故事,半点也不会相信。但是这却是唯一的真实的事情。

不过小孩子到底怎样来到磨坊水闸和井里的呢?这就谁也不知道了,但同时却又有些人知道。在满天星斗的夜里你仔细观察过天空和那些流星吗?你可以看到有星星好像在下落,然后不见了!连最有学问的人也没有办法解释清楚自己不知道的事情。不过假如你知道的话,是可以做出解释的。那是像一根圣诞节的蜡烛;它从天上落下来,便熄灭了。它是来自上帝身边的一颗"灵魂的大星"。它飞向地下;当它接触到我们污浊的空气时,就失去了亮丽的光彩。变成一个我们的肉眼无法看见的东西,因为它比我们的空气还要轻得多:它就是天上送下来的一个孩子——一个安琪儿,但是没有翅膀,因为这个小东西将要成为一个人。它在空中轻轻地飞。风把它送进一朵花里去。这可能是一朵兰花,一朵蒲公英,一朵玫瑰花,或是一朵樱花,它躺在花里面慢慢地恢复它的精神。

一个苍蝇就能把它带走,因为它的身体非常轻巧;无论如何,蜜蜂也是能把它带走的,因为它经常飞来飞去,在花里寻找蜜。如果这个可爱的孩子在路上捣蛋,它们决不会把它送回去,因为它们不忍心这样做。它们把它带到太阳光中去,放在睡莲的花瓣上。它就从这儿爬进水里;睡在水里,长在水里,直到鹳鸟看到它,把它送到一个盼望可爱的孩子的人家里去为止。不过这个小家伙是不是可爱,那完全要看它是喝过了清洁的泉水,还是错吃了泥巴和青浮草而定——后者会把人弄得很脏。

鹳鸟只要第一眼看到一个孩子就会不加选择地把他衔起来。这个来到一个好家庭里,碰上最理想的父母;那个去了极端穷困的人家里——还不如呆在磨坊水闸里好呢。

这些小家伙一点也记不起,他们曾经在睡莲花瓣下面做过的梦。在睡莲花底下,青蛙常常对他们唱歌:"阁,阁!呱,呱!"在人类的语言中这就等于是说:"请你们现在试试,看你们能不能睡着,做个好梦!"他们现在一点也记不起自己最初是躺在哪朵花里,花儿的香气是什么味的。但是他们长大成人以后,身上却有某种气质,使他们说:"我最爱这朵花!"这朵花就是他们作为空气的孩子时睡过的花。

鹳鸟是一种很老的有爱心的鸟儿。他非常关心自己送去的那些小家伙生活得怎样,行为好不好?因为他得照顾自己的家庭,所以他无法帮助他们,或者改变他们的环境。但是他却时刻忘不了这些孩子。

我认识一只非常善良的老鹳鸟。他有丰富的经验,送过许多小家伙到人们的家里去,每个人的历史他都知道——这里面多少总是牵扯到一点磨坊水闸里的泥巴和青浮草的。我要求他把其中随便哪个的简历告诉我一下。他说他不止可以把一个小家伙的历史讲给我听,而且可以讲三个,他们都是发生在贝脱生家里的。

贝脱生的家庭是一个非常可爱富有的家庭。作为镇上 32 个参议员中的一员,贝脱生成天跟这 32 个人一道工作,而这是一种光荣的差使。他还经常跟他们一道消遣。鹳鸟送一个小小的贝脱到他家里来——贝脱就是第一个孩子的名字。第二年鹳鸟又送一个小孩子来,他们把他叫比脱。接着第三个孩子来了;他叫比尔,因为贝脱、比脱和比尔都是贝脱生这个姓的组成部分。

这样,这三颗在三朵不同的花里睡过,在磨坊水闸的睡莲花瓣下面住过的流星就成了三兄弟。鹳鸟把他们送到位于街角的贝脱生家里来。

他们逐渐长大了并希望成为比那 32 个人还要伟大一点的人物。

贝脱曾经看过《魔鬼兄弟》这出戏,所以他肯定地认为做一个大盗是世界上最令人快乐的事情,所以他说要当一个强盗。

比脱很想当一个收破烂的人。至于比尔,这个温柔和蔼的孩子,又圆又胖,只是喜欢咬指甲——这是他唯一的缺点。他的愿望是当"爸爸"。如果你问他们想在世界上做些什么事情,他们每个人就这样回答你的。

后来,兄弟三个上学了,老大当了班长,老二成了全班倒数第一的学生,老三则是不好也不坏。虽然如此,他们的父母对孩子们还是充满了信心,认为他们都很好,很聪明,没有什么区别。

他们参加孩子的舞会。他们抽雪茄烟,只是没有人在场的时候。他们得到了许多学问,交了许多朋友。

正如一个强盗一样,贝脱从极小的时候起就很固执。他是一个十分顽皮的孩子,但是妈妈说,这是因为他身体里有泥巴的缘故。顽皮的孩子总是有一肚子的泥巴。有一天,他生硬和固执的脾气终于在妈妈的新绸衣上发作了。

"我的羔羊,不要弄乱咖啡桌!"她说,"你会碰翻奶油壶,把我的新绸衣弄上一大块油渍的!"

这位"羔羊"一把就抓住奶油壶,把一壶奶油倒在妈妈的衣服上。妈妈只好说:"羔羊!羔羊!你太不体贴人了!"但是她不得不承认,这孩子有坚强的意志。坚强的意志代表性格,在妈妈的眼中看来,这就是一种非常有出息的表现。

他并没有成为一个真正的强盗,尽管他很可能成为一个强盗。其实他只是样子像而已:戴着一顶无边帽,光着脖子,留着一头又长又乱的头发。他要成为一个艺术家,不过只是在服装上是这样,实际上他很像一株蜀葵。他所画的一些人也像蜀葵,因为他们在他的笔下都又长又瘦。他很喜欢这种花,鹳鸟说,他曾经在一朵蜀葵里住过。

比脱曾经在金凤花里睡过，因此他的嘴角边现出一种油腻腻的表情；他的皮肤是金黄的，人们很容易相信，只要在他的脸上划一刀，就有黄油冒出来。他很像是一个天生卖黄油的人；他本人就是一个黄油商人。但是他内心里却是一个"咔嗒咔嗒人"。他代表贝脱生这一家在音乐方面的遗传。"不过就他们一家说来，音乐的成分已经够多了！"邻居们说。他在一个星期中编了17支新的波尔卡舞曲，而他配上喇叭和咔嗒咔嗒，把它们组成一部歌剧。唔，那才可爱哩！

比尔的脸上有红有白，身材矮小，相貌平常。他在一朵雏菊里睡过觉。所以当别的孩子打他的时候，他从不还手。他说他要做一个最讲道理的人，而最讲道理的人总是让步的。他是一个收藏家；先收集石笔，然后收集印章，最后他弄到一个收藏博物的小匣子，里面装着一条鲫鱼的全部骸骨，三只用酒精浸着的小耗子和一只剥了皮的鼹鼠。比尔对于科学很感兴趣，而且比任何人都会欣赏大自然。这对于他的父母和自己说来，都是很好的事情。

他情愿到深山老林里去，也不愿进学校；他爱好大自然而不喜欢死板的纪律。他的兄弟都已经订婚了，只有他却在想着怎样完成收集水鸟蛋的工作。他拥有丰富的动物知识但是对于人，他却知之甚少。他认为在我们最重视的一个问题——爱情问题上，人类赶不上动物。他说当母夜莺在孵卵的时候，公夜莺就整夜守在旁边，为他亲爱的孩子唱歌：嘀嘀！吱吱！咯咯——丽！像这类事儿，比尔就做不出来，连想都没有想到。鹳鸟爸爸会整夜用一只腿站在屋顶上去护卫睡熟的鹳鸟妈妈跟孩子们。比尔连一个钟头都站不了。

有一天当他在研究一个蜘蛛网里面的东西时，忽然完全放弃了结婚的念头。他看到这位蜘蛛先生总是忙着织网，为的是要网住那些粗心的苍蝇——年轻的、年老的、胖的和瘦的苍蝇。他活着是为了织网养家，但是蜘蛛太太却只是专为丈夫而活着。她为了爱他就一口口吃掉他：毫不留情地吃掉他的心、他的头和肚子。只有他的一双又瘦又长的腿还留在网里，作为他曾经为全家的衣食奔波过一番的纪念。这是他从生物学中得来的绝对真理。比尔亲眼看见这事情，他研究过这个问题。"这样被自己的太太爱，在热烈的爱情中这样被自己的太太一口口吃掉。不，人类之中没有谁能够爱到这种地步，不过这样的爱值不值得呢？"他无法判定。

比尔决定终身不结婚！连接吻都不愿意，他也不希望被别人吻，因为接吻可能是结婚的第一步呀。但是他却得到了死神的结实的一吻——我们大家都会得到的一个吻。等我们活够了，死神就会接到一个命令："把他吻死吧！"于是人就死了。上帝射出一丝强烈的太阳光，把人的眼睛照得瞎了。人的灵魂，到来的时候像一颗流星，飞走的时候也像一颗流星，但是它有更重要的事情要做，所以不再躺在一朵花里，或睡在睡莲花瓣下做梦。它要飞到永恒的国度里去；不过，谁也说不出来，这个国度是什么样子。谁也没有到它里面去看过，连鹳鸟都没有去看过，虽然他能看得很远，也知道很多东西。对于比尔所知道的他并不十分清楚，虽然他很了解贝脱和比脱。不过关于他们，我们已经听得够多了，我想你也是一样。所以这一次我对鹳鸟说:"谢谢你。"但是他要求三个青蛙和一条小蛇作为讲述这个平凡小故事的报酬,因为他觉得这样才公平。你愿不愿意给他呢?我是不愿意的。因为我既没有青蛙,也没有小蛇呀。

(1868 年)

烂布片

许多烂布片在造纸厂外边堆成了垛。这些烂布片都来自东西南北各个不同的地方。有些布片是本地出产，有些是从外国来的。每个布片背后都隐藏着一个故事。但是我们不可能把每个故事都听一听。

在一块挪威烂布的旁边躺着一块丹麦烂布。前者是地地道道的挪威货，后者是百分之百的丹麦产。这正是两块烂布的有趣之处，每个地道的丹麦人或挪威人会说。它们都明白彼此的话语，交流起来没有什么困难，虽然它们的语言的差别——按挪威人的说法——比得上法文和希伯来文的差别。"我们跑到山上去是为了我们语言的纯洁。"丹麦人只会讲些乳臭未干的孩子话！两块烂布就是这样高谈阔论——而烂布总归是烂布，在世界上哪一个国家里都是一样。它们一般是被认为没有什么价值的，除了在烂布堆里。

"我是挪威人！"挪威的烂布说，"当我说我是挪威人的时候，我想你很明白我的意思。我的质地坚实，如同挪威古代的花岗岩，而挪威的宪法是跟美国自由宪法一样好！我一想起我是什么人的时候，就感到全身无比的舒服，就要以花岗岩的尺度来衡量我的思想！"

"但是我们有文学，"丹麦的烂布片说，"你懂得什么是文学吗？"

"懂得？"挪威的布片重复着，"住在洼地上的东西！难道你这个烂东西需要人背上山去瞧瞧北极光吗？挪威的太阳先把冰块融化了以后，你们丹麦的水果船才满载牛油和干奶酪到我们这儿来——我承认这都是可吃的东西。不过你们同时却送来一大堆丹麦文学作为压仓货！我们不需要这类东西。当你有新鲜的泉水的时候，你当然不需要陈旧的水。我们山上的天然泉水有的是，从来没有人把它当作商品卖过，也没有什么报纸、经纪人和外国来的旅行家把它喋喋不休地向欧洲宣传过。这是我从心眼里讲的老实话，而一个丹麦人应该习惯于听老实话的。只要将来有一天你作为一个同胞的北欧人，上我们骄傲的山国——世界的顶峰——的时候，你就会习惯的！"

"丹麦的烂布是不会用这口气讲话的——从来不会！"丹麦的烂布片说，"我们的性格不像你所形容的那样。我了解我自己和像我这样子的烂布片。我们是一种非常朴素的人。并不认为自己了不起。我们只是喜欢谦虚：我想这是很可爱的。但我们并不以为谦虚就可以得到什么好处；顺便提一句，我可以老实告诉你，对于我的优点，我知道得比谁都清楚，不过我不愿意讲出来罢了——谁也不会因此而来责备我的。我是一个温柔随便的人。我耐心地忍受着一切。我不嫉妒任何人，只

讲别人的好话——虽然大多数人是不值得一提的，不过这是他们自己的事情。我可以笑笑他们。我知道我是那么有天才。"

"听了你这种洼地的、虚伪的语言，我简直要呕吐了！"挪威布片说。这时一阵风吹来，凑巧把它从这一堆吹到那一堆上去了。

它们都被造成了纸。事又凑巧，用挪威布片造成的那张纸，在一位挪威人的笔下变成了一封情书寄送给他的丹麦女朋友；而那块丹麦烂布成了一张稿纸，上面写着一首赞美挪威的美丽和力量的丹麦诗。

你看，只要离开了烂布堆，经过一番改造，甚至烂布片都可以变成好东西，变成真理和美。它们使我们彼此了解；而我们就会在这种了解中得到幸福。

故事到此为止。这故事是很有趣的，而且除了烂布片本身以外，也不伤任何人的感情。

（1869 年）

织补针

从前有一根织补衣服的针。作为一根织补针来说，她倒还算细巧，因此她就想象自己是一根漂亮的绣花针。

"请你们注意你们现在拿着的这东西吧！"她对那几个取她出来的手指说，"你们千万不要把我失掉！万一我落到地上去，你们就再也找不到我了，因为我是那么细呀！"

"细就细好了，"手指说着。把她拦腰紧紧地捏住。

"你们看，我还带着忠实的随从啦！"说着她从后面拖出一根长线，不过线上并没有打结。

拖鞋的接缝处裂开了，需要缝一下，所以手指正用这根针钉女厨子的一只拖鞋。

"这真是一件庸俗的工作，"织补针说，"我可不愿钻进去。我要折断！我要折断！"——于是她真的折断了。"我不是说过吗？"织补针说，"我是非常细的呀！"

手指想：她现在没用了。不过它们仍然不愿意丢掉她，因为女厨子在针头上滴了一点封蜡，同时把她别在一块手帕上。

"我现在成为一根领针了！"织补针说，"我早就知道我会得到光荣的：一个不平凡的人总会得到一个不平凡的地位！"

于是她心里笑了——当一根织补针在笑的时候，人们是没有办法看到她的外部表情的。她别在那儿，显得很骄傲，好像她是坐在轿车里，左顾右盼似的。

"我能问一声：您是金子做的吗？"她问她旁边的一根别针，"你有一张非常好看的面孔，一个自己的头脑——只是小了一点。你得使它再长大一点才成，因为封蜡并不会滴到每根针头上的呀。"

织补针很骄傲地挺起身子，没想到一下子从手帕上落了下来，一直落到厨子正在冲洗的污水沟里去了。

"现在我可以去旅行了，"织补针说，"我只希望不要迷路！"

不过她却迷了路。

"就这个世界说来，我是太细了，"她来到了排水沟的时候说，"不过我知道自己的身份，而这也算是一点小小的安慰！"所以织补针继续保持着她骄傲的态度，同时也不失掉她得意的心情。从她身上浮过去许多不同的东西：菜屑啦，草叶啦，旧报纸碎片啦。"它们游得多么快！"织补针说。"它们并不知道下面还有一件什么东西！我就在这儿，我坚定地坐在这儿！看吧，浮过来了一根棍子，它以为世界上除了棍子以外再也没有什么别的东西。它就是这样一个骄傲的家伙！浮过来了一根草。你看它扭着腰肢和转动的那副得意样儿！不要以为自己了不起吧,你很容易撞到一块石头上去呀！一张破报纸游过来了！它上面印着的东西早已被人家忘记了,但是它仍然伸展开来,神气十足。我很有耐心地、静静地坐在这儿。因为我知道我是谁,我会永远保持住我的本来面目！"

有一天一件东西躺在她旁边。射出美丽的光彩。织补针认为它是一颗金刚钻。不过事实上它是一个石子的碎粒。织补针觉得它比较高贵,所以就跟它讲话,把自己介绍成为一根领针。

"我想你是一颗钻石吧?"她说。

"嗯,对啦,是这类东西。"

于是双方都相信自己很有价值。他们开始高谈阔论,说世上的人一般都觉得自己非常了不起。

"我曾经住在一位小姐的匣子里,"织补针说,"这位小姐是一个厨子。她每只手上有五个指头。我从来没有看到像这五个指头那样骄傲的东西,不过他们的作用仅仅是拿着我,把我从匣子里取出来和放进去罢了。"

"他们也能射出光彩来吗?"石子的碎粒问。

"光彩!"织补针说,"什么也没有,不过自以为了不起罢了。他们都属于手指这个家族是五个兄弟。虽然他们长短不齐但却互相标榜:最前面的又短又肥的是'笨摸'。他走在最前列,背上只有一个节,因此他只能鞠一个躬;不过他说,假如一个人身上没有了他那这人就不够资格服兵役了。第二个指头叫作'■罐',他伸到酸东西和甜东西里面去,他指着太阳和月亮;当大家在写字的时候,他握着笔。第三个指头是'长人',他伸在别人的头上看东西。第四个指头是'金火',一条金带子围在他腰间。最小的那个是'比尔——无用的朋友',他什么事都不干,却还因此感到骄傲呢。他们除了吹牛什么也不做,因此我才到排水沟里来了!"

"这要算是升级!"石子的碎粒说。

这时有更多的水冲进排水沟里来了,漫得遍地都是,结果石子的碎粒被冲走了。

"是啊,他倒是升级了!"织补针说,"但是我还坐在这儿,不过我感到骄傲也很光荣的是,我还是那么细。"于是她骄傲地坐在那儿,发出了许多感想。

"我几乎以为自己是从日光里出生的了,你瞧我多么细呀!我觉得日光老是到水底下来寻找我。啊!我是这么细,连我的母亲都找不到我了。如果我的老针眼没有断了的话,我想我是要哭出来的——但是我不能这样做:哭不是一桩文雅的事情!"

有一天,几个野孩子在排水沟里找东西——在这里他们有时能够找到旧钉、铜板之类的物件。这是一件很脏的工作,不过他们却非常热心于这类事儿。

"哎哟!"一个孩子叫了起来,被织补针刺了一下,"原来是你这个家伙！"

"我不是一个家伙,我是一位年轻小姐啦!"织补针说。可是谁也不理她。她全身已经变得乌黑，因为身上的那滴封蜡早就消失了。但是她相信她比以前更细嫩苗条，因为黑颜色能使人变得苗条。

"瞧，一个蛋壳漂过来了！"孩子们说。他们把织补针插到蛋壳上面。

"这倒配得很好！四周的墙是白色的，而我是黑色的！"织补针说，"现在谁都可以看到我了。——我只希望不要晕船才好，因为这样我就会折断的！"不过她一点也不会晕船，而且也没有折断。

"一个人是不怕晕船的，只要她有钢做的肚子，同时还不要忘记，我和一个普通人比起来，是更高一招的。我现在一点毛病也没有。一个人越纤细，他能承受的东西就越多。"

"砰！"这时蛋壳忽然裂开了，因为一辆载重车正在它上面碾过去。

"我的天，它把我碾得真厉害！"织补针说，"我现在有点晕船了——我要折断了！我要折断了！"

虽然那辆载重车在她身上碾过去了，可是她并没有折断，因为她有一个钢做的肚子。她直直地躺在那儿——而且尽可以一直在那儿躺下去。

（1846 年）

拇指姑娘

从前有一个女人,她非常希望有一个丁点儿小的孩子。

她就去请教一位巫婆,因为她不知道从什么地方可以得到。她对巫婆说:"我非常想要有一个小小的孩子!你能告诉我什么地方可以得到一个吗?"

"嗨!这容易得很!"巫婆说,"你看到这颗大麦粒了吗?它可不是乡下人的田里长的那种大麦粒,也不是鸡吃的那种大麦粒啦。你只要把它埋在一个花盆里。不久就可以得到你想要的东西了。"

"谢谢您,"女人说。她给了巫婆三个银币。她回到家来就种下那颗大麦粒。不久以后,长出来了一朵美丽的大红花。它看起来很像一朵郁金香,不过它的叶子紧紧地包在一起,好像仍旧是一个花苞似的。

"这是一朵很美的花,"女人说,同时吻了一下那美丽的、黑而带红的花瓣。忽然噼啪一声,花儿开放了。现在人们可以看出,这是一朵真正的郁金香。但是在这朵花的正中央,在那根绿色的花蕊上面,坐着一位娇小的姑娘,她看起来又白嫩,又可爱。似乎没有大拇指的一半长,因此拇指姑娘就成了她的名字。

拇指姑娘的摇篮是一个光得发亮的漂亮胡桃壳,蓝色紫罗兰的花瓣是她的鞋子,玫瑰的花瓣是她的被子。她晚上就睡在这儿。但是白天她在桌子上玩耍——在这桌子上,那个女人放了一个盘子,上面又放了一圈花儿,花的枝干浸在水里。水上浮着一片很大的郁金香花瓣。拇指姑娘可以坐在这花瓣上,用两根白马尾作桨,从盘子这一边划到那一边。这样儿真是美丽啦!她还能唱歌,可是没有一个人听到过她那温柔和甜蜜的歌声。

一天晚上,一个难看的癞蛤蟆从窗子上的一块破玻璃处跳进来的时候,拇指姑娘正睡在桌子上鲜红的玫瑰花瓣下面。这癞蛤蟆又丑又大,而且是粘糊糊的。她一直跳到桌子上。

"这姑娘倒可以做我儿子的漂亮妻子哩,"癞蛤蟆看到了小女孩。于是一把抓住拇指姑娘正睡着的那个胡桃壳,背着它跳出了窗子,一直跳到花园里去。

一条很宽的小溪在花园里流着。癞蛤蟆和她的儿子就住在这儿,那又低又潮的岸边。哎呀!他跟他的妈妈简直是一个模子铸出来的,也长得奇丑不堪。"阁阁!阁阁!呱!呱!呱!"当他看到胡桃壳里的这位美丽小姑娘时,他只能讲出这样的话来。

"不要那么大声讲话啦,要不你就把她吵醒了,"老癞蛤蟆说,"她还可以从我们这儿逃走,因为她轻得像一片天鹅的羽毛!我们得把她放在溪水里睡莲的一片宽叶子上面。在那上面她是没有办法逃走的。因为她是这么娇小和轻巧,那片叶子对她说来可以算作是一个大岛了。在这期间我们就可以把泥巴底下的那间好房子修理好——你们俩以后就可以在那儿住下来过日子。"

许多叶子宽大的绿色睡莲。漂浮在水面上。最大的一片叶子也就是浮在最远的那片叶子。老癞蛤蟆向它游过去,把胡桃壳和睡在里面的拇指姑娘放在它上面。

大清早这个可怜的、丁点小的姑娘醒来了。当她看见自己现在在什么地方的时候,就不禁伤心地哭了起来,因为这片宽大的绿叶子的周围全都是水,她怎么才能回到陆地上去呢?

老癞蛤蟆坐在泥里,用灯芯草和绿睡莲把房间装饰了一番——有新媳妇住在里面,当然应该收拾得漂亮一点才对。他们要在她没有来以前,先把她的那张美丽的床搬走,安放在洞房里面。于是她就和她的丑儿子向那片托着拇指姑娘的叶子游去。这个老癞蛤蟆在水里向她深深地鞠了一躬,同时说:

"这是我的儿子;你未来的丈夫。你们俩在泥巴里将会生活得很幸福的。"

"阁!阁!呱!呱!呱!"这位少爷所能讲出的话,就只有这一点。

他们搬着这张漂亮的小床,在水里游走了。拇指姑娘独自坐在绿叶上,她不喜欢跟一个讨厌的癞蛤蟆住在一起,也不喜欢有一个丑少爷做自己的丈夫,她越想越难过不禁大哭起来。在水里游着的一些小鱼曾经看到过癞蛤蟆,同时也听到过她所说的话。因此它们都伸出头来,想瞧瞧这个小小的姑娘。它们一眼看到她,就觉得她非常美丽,让这样一个人儿嫁给一个丑癞蛤蟆它们感到非常不满意,那可不成!决不能让这样的事情发生!它们在水里一起集合到托着那片绿叶的梗子的周围——小姑娘就住在那上面。它们用牙齿咬断叶梗子,这片叶子就顺着水流走了,带着拇指姑娘流走了,流得非常远,流到癞蛤蟆完全没有办法达到的地方去。

拇指姑娘经过了许许多多的地方。"多么美丽的一位小姑娘啊!"住在一些灌木林里的小鸟儿看到她,都这么唱。

叶子托着她漂流,越流越远;最后拇指姑娘就漂流到外国去了。

一只很可爱的白蝴蝶不停地环绕着她飞,最后就落到叶子上来,因为它是那么喜欢拇指姑娘;而她呢,她也非常高兴,因为癞蛤蟆现在再也找不着她了。同时她现在所流过的这个地带是那么美丽——太阳照在水上,如同最亮的金子。她解下腰带,把一端系在蝴蝶身上,把另一端紧紧地系在叶子上。叶子带着拇指姑娘一起很快地在水上漂走了。

这时飞来了一只很大的金龟子。他一看到她。立刻用爪子抓住她纤细的腰,带着一起飞到树上去了。但是那片绿叶继续顺着溪流漂去,而那只蝴蝶因为他是系在叶子上的,没有办法飞开,也跟着一起漂去。

天啦!当金龟子把她带进树林里去的时候,可怜的拇指姑娘该是多么害怕啊!可是她一想起紧紧地系在那片叶子上的美丽白蝴蝶就更难过了,因为如果他没有办法摆脱的话,就一定会饿死的。但是狠心的金龟子一点也不理会白蝴蝶的生死。

现在,他们坐在树上最大的一张绿叶子上,金龟子把花里的蜜糖拿出来给她吃,同时说她是多么漂亮,虽然她一点也不像金龟子。不多久,住在树林里的那些金龟子出于好奇全都来拜访了。他们上下打量着拇指姑娘。金龟子小姐们耸了耸触须,说:

"嗨,这是怪难看的只有两条腿。"

"她连触须都没有!"她们说。

"她的腰太细了——呸!她完全像一个人——她是多么丑啊!"所有的女金龟子们齐声说。

其实拇指姑娘确是非常美丽的。甚至劫持她的那只金龟子也不免要这样想。只是当大家都说她很难看的时候,他也只好相信这话了,最后他也不愿意要她了!他们把她从树上带下来,放在一朵雏菊上面。现在她可以随便到什么地方去了,她在那上面哭得怪伤心的,因为她长得那么丑,连金龟子也不要她了。可是她仍然是人们所想象不到的一个最美丽的人儿,像一片最纯洁的玫瑰花瓣,那么娇嫩,那么明艳。

整个夏天,在这个巨大的树林里,可怜的拇指姑娘一个人生活,她学会了自己照顾自己。她用草叶为自己编了一张小床,把它挂在一片大牛蒡叶底下,使得雨水不致淋到身上。她的食物就是从花里取出来的蜜,而每天早晨凝结在叶子上的露珠就是她的饮料。夏天和秋天一晃就过去了。现在,冬天——那又冷又长的冬天——来了。那些为她唱着甜蜜的歌的鸟儿现在都飞走了。飞去寻找温暖的地方。树和花凋零了。那片大的牛蒡叶——她一直是在它下面住着的——也卷起来了,只剩下一根枯瘦的梗子。她的衣服都破了,这使她感到十分寒冷。而她的身体又是那么瘦削和纤细——可怜的拇指姑娘啊!她一定会冻死的。天开始降雪了,落到她身上的每朵雪花,就好像一个人把满铲子的雪块打到我们身上一样,不过我们高大,而她不过只有一寸来长。她只好找来一片干枯的叶子裹在自己身上,可是这并没有给她带来些许温暖——她冻得直发抖。

现在她来到一片树林的附近,看到一块很大的麦田;不过田里的麦子早已经收割了。只留下一些光赤的麦茬儿挺立在冻结的地上。对她说来,从它们中间走过去,简直等于穿过一片广大的森林。啊!她冻得发抖,抖得多厉害啊!最后一只田鼠的家出现在她面前——这就是一棵麦茬下面的一个小洞。田鼠住在那里面,又温暖,又舒服。她藏的麦子可以装满整整一房间,她还有一间漂亮的厨房和一个饭厅。可怜的拇指姑娘像一个讨饭的穷苦女孩子站在门里。请求施舍一颗大麦粒给她,因为她已经两天没有吃过一丁点儿东西了。

"你这个可怜的小人儿,"田鼠说——因为她本来是一个好心肠的老田鼠——"快进来和我一起吃点东西吧。"

现在她很喜欢拇指姑娘,所以她说:"这个冬天你可以跟我住在一块,不过你得把我的房间收拾得干净整齐,我喜欢听故事,所以你还得讲些故事给我听。"

这个和善的老田鼠所要求的事情,拇指姑娘都一一答应了。在那儿她住得非常快乐。

"不久我们就要来一个客人，"田鼠说，"通常我的这位邻居每个星期来看我一次，在他那宽大的房间里住的可比我这儿舒服得多，他穿着非常美丽的黑天鹅绒袍子。如果你能让他做你的丈夫，那么你一辈子可就享福。不过他的眼睛看不见东西。你得讲一些你所知道的、最美的故事给他听。"

拇指姑娘对于这事毫无兴趣。她不愿意跟这位鼹鼠邻居结婚。他穿着黑天鹅绒袍子来拜访了。田鼠说，他是怎样有钱和有学问，他的家也要比田鼠的大20倍；他有很高深的知识，不过他不喜欢太阳和美丽的花儿；而且他还喜欢说这些东西的坏话，因为他自己从来没有看见过它们。

拇指姑娘由于礼节，不得不为他唱一曲歌儿。她唱了《金龟子呀，飞走吧!》，又唱了《牧师走上草原》。她的声音是那么美丽动听，鼹鼠不禁爱上她了。不过他是一个很谨慎的人没有表示出来。

最近他从自己房子里挖了一条长长的地道，通到她们的这座房子里来。他说现在是冬天，外面冷极了，为了健康的身体，他希望田鼠和拇指姑娘到这条地道里来散步，而且只要她们愿意，随时都可以来。不过他忠告她们不要害怕躺在地道里的一只死鸟。他是一只完整的鸟儿，有翅膀，也有嘴。毫无疑问，他是不久以前、在冬天开始的时候死去的。他现在被埋葬的这块地方，恰恰被鼹鼠打穿了成为地道。

鼹鼠走在前面嘴里衔着一根引火柴——它在黑暗中可以发出闪光，为她们照明这条又长又黑的地道。当她们来到那只死鸟躺着的地方时，鼹鼠就用他的大鼻子顶着天花板，朝上拱着土，拱出一个大洞来。阳光就通过这洞口射进来。一只死了的燕子躺在地上的正中央，他的美丽的翅膀紧紧地贴着身体，小腿和头缩到羽毛里面：这只可怜的鸟儿无疑是冻死了。拇指姑娘感到非常难过，因为她喜爱一切鸟儿。的确，整个夏天他们对她唱着美妙的歌，对她喃喃地讲着话。不过鼹鼠用他的短腿踢了一下燕子："现在他再也不能唱什么了! 生来就是一只小鸟——这该是一件多么可怜的事儿! 谢天谢地，我的孩子们不会是一只鸟。它们什么事也不能做，只会叽叽喳喳地叫，到了冬天不饿死了才怪!"

"是的，你说得有道理你真是一个聪明人，"田鼠说，"冬天一到，他只有挨饿和受冻一条路。这些'叽叽喳喳'的歌声对于一只雀子根本没有什么用! 不过我想这就是大家所谓的了不起的事情吧!"

拇指姑娘没有说一句话。趁着他们两个人把背掉向这燕子的时候，她就弯下腰来轻轻地吻了一下他紧闭的双眼并随手把盖在他头上的那一簇羽毛温柔地拂向旁边。

"在夏天也许就是他对我唱出那么美丽的歌，"她想。"这只亲爱的、美丽的鸟儿不知给了我多少快乐!"

现在鼹鼠封住了那个透进阳光的洞口；然后就送这两位小姐回家。但是这天晚上拇指姑娘怎么也睡不着。她爬起床来，用草编成了一张宽大的、美丽的毯子。

然后拿着它到那只死了的燕子的身边去,盖在他身上。为了使他在这寒冷的地上能够睡得温暖,她同时还把她在田鼠的房间里所寻到的一些软棉花紧紧裹在燕子的身上。

"美丽的小鸟儿,再会吧!"她说,"再会吧!在夏天,当所有的树儿都披上了绿装,当太阳光温暖地照着大地,我们听到了你那美丽的歌声——我要为这感谢你!"于是她把头贴在这鸟儿的胸膛上。他身体里面好像有件什么东西在跳动,这是鸟儿的一颗心!她马上惊恐起来,这鸟儿没有死!他只不过是躺在那儿冻得失去了知觉。现在他得到了温暖,所以又活了过来。

在秋天,燕子们要飞向温暖的国度去。不过,假如有一只不幸掉了队,他就会遇到寒冷,冻得落下来,如同死去一样,这时他能做的唯一的一件事就是躺在他落下的那块地上,任凭冰冻的雪花盖满他全身。

拇指姑娘真是抖得厉害,因为她是那么惊恐;跟只有寸把高的她比起来,这鸟儿实在是太庞大了。但是她鼓足勇气紧紧地把棉花裹在这只可怜的鸟儿的身上;同时拿来自己常常当作被盖的那张薄荷叶,覆在这鸟儿的头上。

第二天夜里,她又偷偷地去看他。现在他已经活过来了,不过还是有点昏迷。他只能把眼睛微微地睁开一忽儿,望了一下拇指姑娘。拇指姑娘站在它跟前手里拿着一块引火柴,因为她没有别的照明用具。

"我感谢你——你,可爱的小宝宝!"这只身体很虚弱的燕子对她说,"我现在感到很舒服和温暖!不久我就可以恢复体力,又可以飞了,在暖和的阳光中飞了。"

"啊,"她说,"外面是多么冷啊。遍地都在结冰,雪花在空中飞舞。还是请你睡在你温暖的床上吧,我可以来照料你呀。"

她把水盛在花瓣里递给燕子。燕子喝了以后,就告诉她说,在一个多刺的灌木林上他不小心擦伤了一个翅膀,因此不能跟别的燕子们飞得一样快;那时他们正在远行,要飞到那遥远的、温暖的国度里去。最后他只好落到地上来了,可是其余的事情他现在就记不起来了。至于自己怎样来到了这块地方他更是完全不知道。

燕子在这儿住了整整一个冬天。拇指姑娘待他很好,非常喜欢他,关于这事鼹鼠和田鼠一点儿也不知道,因为他们对这只可怜的、孤独的燕子没有一点同情心。

当春天一到,太阳温暖地照着大地的时候,燕子就跟拇指姑娘告别了。她打开鼹鼠在顶上挖的那个洞。太阳非常明亮地照着。于是燕子就问拇指姑娘愿意不愿意跟他一起离开:她可以骑在他的背上,这样他们就可以远远地飞走,飞向绿色的树林里去。可是拇指姑娘觉得,如果她这样离开的话,田鼠就会感到痛苦的。

"不成,田鼠会痛苦的!"拇指姑娘说。

"那么再会吧,你这善良的、可爱的姑娘,再会吧!"燕子说。于是他就向太阳飞去。拇指姑娘在后面望着他,眼里闪着泪珠,她是多么喜爱这只可怜的燕子啊!

"滴丽!滴丽!"燕子唱着歌,飞向一个绿色的森林。

拇指姑娘感到非常难过。因为田鼠不许她走到温暖的太阳光中去。田鼠屋顶上的田野里,麦子已经长得很高了。对于这个可怜的小女孩子来说,这麦子简直是一片浓密的森林,因为她毕竟只有一寸来高呀。

"在这个夏天,你得缝好你的新嫁衣!"田鼠对她说,因为她的那个讨厌的邻居——那个穿着黑天鹅绒袍子的鼹鼠——已经向她求婚了。"做了鼹鼠太太以后,你应该有坐着穿的和睡着穿的衣服呀,所以你还得准备好毛衣和棉衣。"

现在拇指姑娘得学起摇纺车来。鼹鼠特地请了四位蜘蛛,日夜为她纺纱和织布。每天晚上鼹鼠来拜访她一次。他老是在咕噜地说:夏天过去了太阳就不会这么热了;现在太阳把地面烤得像面包一样软。是的,等夏天过去以后,他就要跟拇指姑娘结婚了。因为她的确不喜欢这位讨厌的鼹鼠,所以她怎么能感到高兴呢。每天早晨,当太阳升起的时候,每天黄昏,当太阳落下的时候,她就偷偷地走到门那儿去。风儿把麦穗吹向两边,使得她能够看到蔚蓝色的天空,她就想象外面是非常光明和美丽的,于是她就热烈地希望再见到她的亲爱的燕子。可是这燕子不再回来了,无疑地,他已经飞向很远很远的、美丽的、青翠的树林里去了。

现在是秋天了,拇指姑娘的全部嫁衣也准备好了。

"你的婚礼在四个星期以后举行,"田鼠对她说。但是拇指姑娘哭了起来,说她不愿意和这讨厌的鼹鼠结婚。

"胡说!"田鼠说,"你要听话!不然我就要用我的白牙齿来咬你!你得和他结婚,他是一个多么可爱的人!就是皇后也没有他那样好的黑天鹅绒袍子哩!他的厨房和储藏室里都藏满了东西。你嫁给这样一个绅士,应该感谢上帝!"

现在婚礼要举行了。鼹鼠已经亲自来迎接拇指姑娘了。她得跟他一起生活在深深的地底下,永远也不能到温暖的太阳光中来,因为他不喜欢太阳。这个可怜的小姑娘现在不得不向那光耀的太阳告别了她心里难受极了——这太阳,当她跟田鼠住在一起的时候,她还能得到许可在门口望一眼吗?

"再会吧,光明的太阳!"她说着,同时向空中伸出双手好像要拥抱太阳似的,并且向田鼠的屋子外面走了几步——这儿只剩下干枯的茬子,因为现在大麦已经收割了。"再会吧,再会吧!"她重复地说,同时用双臂抱住一朵还在开着的小红花。"假如你看到了那只小燕子,我请求你代我向他问候一声。"

"滴丽!滴丽!"这时,一个声音忽然在她的头上叫起来。她抬头一看,正是那只小燕子刚刚在飞过。他一看到拇指姑娘,就显得非常高兴。她告诉他说,她多么不愿意嫁给那个丑恶的鼹鼠做妻子;她还说,她得永远住在深深的地底下,永远也见不到太阳了。一想到这点,她就忍不住哭起来了。

"现在寒冷的冬天就要来了,"小燕子说,"我要飞得很远,一直飞到温暖的国度里去。你愿意跟我一块儿去吗?你可以骑在我的背上!用你的腰带紧紧地把你自己系牢。这样我们就可以离开这丑恶的鼹鼠,从他黑暗的房子飞走——远远地、远远地飞过高山,飞到温暖的国度里去:那儿的太阳光比这儿更美丽,那儿永远只有夏天,永远开着美丽的花朵。跟我一起飞吧,你,甜蜜的小拇指姑娘;当我在那个阴森的地洞里冻得僵直的时候,是你救了我的生命!"

"是的,我愿意和你一块儿去!"拇指姑娘说。她坐在这鸟儿的背上,把脚搁在他展开的双翼上,同时把自己用腰带紧紧地系在他最结实的一根羽毛上免得掉下去。这么着,燕子就飞向空中,飞过森林,飞过大海,高高地飞过常年积雪的大山。在这寒冷的高空中,拇指姑娘冻得直发抖,于是她就钻进这鸟儿温暖的羽毛里去。只伸出她的小脑袋,欣赏下面的美丽风景。

最后他们踏上了温暖国度的土地。那儿的太阳更光明,天空也是加倍地高。田沟里,篱笆上,都生满了最美丽的绿葡萄和蓝葡萄。树枝上挂满了柠檬和橙子。桃金娘和麝香的香味弥漫在空气里;在路上跑来跑去的是一群非常可爱的小孩子,他们跟一些颜色鲜艳的大蝴蝶儿一块儿嬉戏。燕子越飞越远,而风景也越来越美丽。在一个碧蓝色的湖旁有一丛最可爱的绿树,里面坐落着一幢白得放亮的、大理石砌成的、古代的宫殿。许多高大的圆柱被葡萄藤缠绕着,许多燕子在它们顶上做巢。现在带着拇指姑娘飞行的这只燕子就住在其中的一个巢里。

"这儿就是我的家,"燕子说,"不过,下面长着许多美丽的花,你可以选择你最喜欢的一朵;我把你放在它上面。那么你要想住得怎样舒服,就可以怎样舒服了。"

"那好极了,"她高兴地拍着一双小手。

那儿有一根已经倒在地上的巨大的大理石柱,它跌成了三段。不过在它们中间却生出一朵最美丽的白色鲜花。燕子带着拇指姑娘飞下来,把她放在它的一片宽阔的花瓣上面。这个小姑娘感到多么惊奇啊!一个小小的男子正坐在那朵花的中央!——他好像是玻璃做成的那么白皙和透明。他头上戴着一顶最华丽的金色王冠,肩上生着一双发亮的翅膀,而最重要的是他本身并不比拇指姑娘高大。他就是花中的安琪儿。每一朵花里都住着这么一个小小的男子或妇人。不过这一位却是他们大家的国王。

"我的天啦!他真美啊!"拇指姑娘对燕子低声说。

这位小小的王子非常害怕这只燕子,因为他是那么细小和柔嫩,对他说来,燕子简直是一只庞大的鸟儿。不过当他发现拇指姑娘的时候,他马上就变得高兴起来:她是他一生中所看到的最美丽的一位姑娘。因此他从头上取下金王冠,戴到她的头上。他问了她的姓名,问她愿不愿意做他的夫人——这样她就可以做一切花儿的皇后了。比起癞蛤蟆的儿子和那只穿大黑天鹅绒袍子的鼹鼠来,这位王子完全不同!他才是配称为她的丈夫呢,因此她就对这位逗她喜欢的王子说:"我愿意。"这时从每一朵花里走出一位小姐或一位男子来。他们是那么可爱,就是看他们一眼也是幸福的。他们每人送了拇指姑娘一件礼物,但是其中最好的礼物是从一只大白蝇身上取下的一对翅膀。他们把这对翅膀安到拇指姑娘的背上,这么着,她现在就可以在花朵之间飞来飞去了。这时大家都欢乐起来。燕子坐在上面自己的巢里,为他们唱出他最好的歌曲。其实在他的心里,他也感到有些悲哀,因为他是那么喜欢拇指姑娘,他的确希望永远不要和她离开。

"你现在不应该再叫拇指姑娘了!"花的安琪儿对她说,"你长得那么美,可你的名字却一点儿也不好听!我们要把你叫玛珈。""再会吧!再会吧!"那只小燕子说。他要飞到遥远的丹麦去,所以离开了这个温暖的国度。在丹麦,他把他的小巢筑在一个会写童话的人的窗子上。他对这个人唱:"滴丽!滴丽!"我们这整个故事就是从他那儿听来的。

（1835 年）

跳蚤和教授

从前有一个喜欢冒险的气球驾驶员;他很倒霉,他的氢气球在空中爆炸了,结果他落到地上,跌成肉泥。两分钟以前,他把他的儿子用一张降落伞放下来了,这孩子真算是运气。没有受伤。他表现出相当大的本领他将来可以成为一个优秀的气球驾驶员,但是他没有气球,而且也没有办法弄到一个。

他得生活下去,因此他就想出一套魔术来:他能叫他的肚皮讲话——这叫作"腹语术"。他很年轻,而且相当漂亮。当他留起一撮小胡子穿上一身整齐的衣服时,人们可能待他当作一位伯爵的少爷。太太小姐们都被他迷住了。有一个年轻女子被他的外表和法术迷倒了甚至和他一同到外国的城市里去生活的地步。他在那些地方自称为教授——他不能有比教授更低的头衔。

他唯一的愿望是要获得一个氢气球,同他亲爱的太太一起飞到天空中去。不过到目前为止,他还没有办法实现这个梦想。

"总会有办法的!"他说。

"我希望有,"太太说。

"我们还年轻,何况现在我还是一个教授呢。面包屑也算面包呀!"

太太忠心地帮助他。她坐在门口,为他的表演卖票。并且在一个节目中也帮了他的忙。他把太太放在一张桌子的抽屉里——一个大抽屉里。她从后面的一个抽屉爬进去,在前面的抽屉里人们是看不见她的,这给人一种错觉。

不过有一天晚上,太太失踪了。她既不在前面的一个抽屉里,也不在后面的一个抽屉里。整个屋子里都没有她的影子,也听不见她的声音。她也有她的一套法术。因为她对她的工作感到腻烦了,所以再也没有回来。他也感到腻烦了,再也没有心情来笑或讲笑话,因此也就没有谁来看了。收入渐渐少了,他的衣服也渐渐破旧了。最后他只剩下他太太的一笔遗产一只大跳蚤,所以他非常爱这只跳蚤。并且训练它,教给它魔术,教它举枪敬礼,放炮——不过是一尊很小的炮。

教授因跳蚤而感到骄傲;它自己也感到很了不起。跳蚤确实学习到了一些东西,而且它身体里有人的血统。它去过许多大城市,见过王子和公主并获得过他们高度的赞赏。报纸和招贴上都出现过它的身影。它知道自己是一个名角色,能养活一位教授,是的,甚至能养活整个家庭。

跳蚤非常骄傲,不过当它跟这位教授在一起旅行的时候,在火车上总是坐第四等席位——这跟头等相比,走起来当然是一样快。他们之间有一种默契:他们永远不会分离,永远不会结婚;跳蚤要做一个单身汉,教授仍然是一个鳏夫。这两件事情是半斤八两，没有差别。

"一个人在一个地方获得了极大的成功以后，"教授说，"就不宜到那儿再去发展！"他是一个会告别人物性格的人，而这也是一种艺术。

最后除了野人国以外他走遍了所有的国家——因此他现在就决定到野人国去。在这个国家里，人们的确都把信仰基督教的人吃掉。教授是知道这事情的，但是他认为他们可以到野人国去发一笔财，因为他并不是一个真正的基督教徒，而跳蚤也不能算是一个真正的人。

他们坐着汽船和帆船去。跳蚤表演了它所有的花样，所以在整个航程中他们没有花一个钱就到了野人国。

一位小小的公主统治着这个国家，虽然她只有 6 岁。这种权力是她从父母的手中拿过来的。因为她很任性，但是分外地美丽和顽皮。

跳蚤马上就举枪敬礼，放炮。公主迷上了跳蚤，她说："我什么人也不要，除了它以外！"她热烈地爱上了跳蚤，而且她在没有爱它以前就已经疯狂起来了。

"甜蜜的、可爱的、聪明的孩子！"她的父亲说，"只希望我们能先把它变成一个人！"

"老头子，这是我自己的事情！"她说。作为一个小公主，这样的话说得很粗鲁，特别是对自己的父亲，但是她已经疯狂了。

她把跳蚤放在她的小手中。"现在你是一个人，和我一道来统治这个国家；不过你得听我的话办事，否则我就要杀掉你，吃掉你的教授。"

教授现在住在一间很大的房子里。甜甘蔗编的墙壁可以去舔，但是甜食并不是他的爱好。他睡在一张吊床上。这倒有些像是躺在他一直盼望着的那个氢气球里面呢。这个氢气球一直萦绕在他的脑海中。

跳蚤跟公主在一起，形影不离，不是坐在她的小手上，就是坐在她柔软的脖颈上。她从头上拔下一根头发来。让教授用它绑住跳蚤的腿。这样，她就可以把它系在她珊瑚的耳坠子上。

对公主说来，这是一段非常快乐的时光。她想，跳蚤也该是同样快乐吧。可是这位教授却有些不安。作为一个旅行家，他喜欢从这个城市旅行到那个城市去，喜欢在报纸上看到人们把他描写成为一个怎样有毅力，怎样聪明，怎样能把一切人类的行动教给一个跳蚤的人。而现在他日日夜夜躺在吊床上打盹，吃着丰美的饭食：新鲜鸟蛋，像眼睛，长颈鹿肉排，因为吃人的生番不能仅靠人肉而生活——人肉不过是一样好菜罢了。"孩子的肩肉，加上最辣的酱油，"母后说，"是最好吃的东西。"

教授希望离开这个野人国，因为他感到有些厌倦，但是跳蚤得和他一齐走，因为它是他的一件财宝和生命线。但是要达到这个目的并不是一件容易的事。

他集中一切智慧来想办法，最后他终于想出了一招。

"公主的父王，请允许我做点事情吧！我想训练全国人民学会举枪敬礼。这在世界上一些大国里叫作文化。"

世界经典文库

世界二十大名著

安徒生童话

图文珍藏版

"你可以教给我什么呢?"公主的父亲说。

"放炮,"教授说,"只需轰的一声整个地球都会震动起来,一切最好的鸟儿落下来时都被烤得很香了!""让我看看你的大炮吧!"公主的父亲说。

可是在这里全国上下没有一尊大炮,只有跳蚤带来的那一尊,但是这尊炮未免太小了。

"我来制造一门大炮吧!"教授说,"你只需供给我材料,我需要做氢气球用的绸子、针和线,粗绳和细绳,以及气球所需的灵水——这可以使气球膨胀起来,变得很轻,能向上升。然后气球在大炮的腹中就会发出轰声来。"

他得到了所要求的东西。

全国的人都来看这尊大炮。这位教授并不招呼他们因为他还没有把氢气球吹足气。

跳蚤坐在公主的手上,在旁观看。气球现在装满气了,它控制不住地膨胀起来;它是那么狂暴。

"我得把它放到空中去,好使它冷却一下,"教授说,同时坐进吊在它下面的那个篮子里去。

"不过恐怕我单独一个人无法驾驭它。我需要一个有经验的助手。这儿谁也不成,除了跳蚤以外!"

"我不同意!"公主说,但是她却把跳蚤交给教授了。跳蚤现在坐在教授的手中。

"请放掉绳子和线吧!"他说,"现在氢气球要上升了!"

大家以为他在说:"发炮!"

气球越升越高,升到云层中夫,离开了野人国。

那位小公主和她的父亲、母亲以及所有的人群都在站着等待着轰轰的炮声。他们现在还在等待哩。如果你不相信,可以到野人国去看看。那儿的小孩子还在谈论着关于跳蚤和教授的事情。他们相信,等大炮冷了以后,这两个人就会回来的。但是他们却永远不会回来了,他们现在和我们一样坐在家里。他们在自己的国家里,坐着火车的头等席位——不是四等席位。他们走了运,有一个巨大的气球。谁也没有问他们是怎样和从什么地方得到这个大气球的。跳蚤和教授现在都是有地位的富人了。

(1873 年)

区别

那正是五月。冷风仍然在吹着；但是灌木和大树，田野和草原，都说春天已经到来了。放眼望去一直到灌木丛组成的篱笆上都满是花。春天就在这儿在一棵小苹果树上讲它的故事——粉红色的、细嫩的、随时就要开放的花苞布满了苹果树鲜艳的绿枝上面。它知道自己很美丽——它这种先天的知识好像是流在血液里一样深藏在它的叶子里。因此有人热情赞美它时，它一点儿也不惊奇，有一天一位贵族的车子停在它面前的路上，年轻的伯爵夫人一眼就喜欢上了它，说这根柔枝是世界上最美丽的东西、是春天最美丽的表现，这枝子接着就折断了。伯爵夫人一只柔嫩的手握着它，另一手还用绸阳伞替它遮住太阳。他们回到他们华贵的公馆里来。这根苹果枝就插在一个简直像是新下的雪雕成的花瓶里，与几根新鲜的山毛榉枝子在一起。看它一眼都使人感到愉快。它环顾四周发现这儿有许多高大的厅堂和美丽的房间。洁白的窗帘在敞着的窗子上迎风飘荡；好看的花儿亭亭地立在透明的、发光的花瓶里。

这根枝子立刻变得骄傲起来；这也是人之常情。

各色各样的人走过这房间。他们根据自己的身份来表示他们的赞赏。有些人很沉默；有些人却又滔滔不绝。苹果枝子知道，正如在植物中间一样，人类中间也存在着区别。

"有些东西只是外表美丽；有些东西却相当有用；但是也有些东西却是毫无用途。"苹果树枝想。

现在有许多花儿和植物可以供它思索和考虑了。每天它站在一个敞开的窗子前，看着眼前的花园和田野，不由得感慨万分：是啊！植物中有富贵的，也有卑贱的——有的简直是太卑贱了。

"可怜的没有人理的植物啊！"苹果枝说，"这种区别真的存在啊！如果像我和我一类的那些东西那么深刻地体味到这种区别，它们一定会感到多难过啊！是啊！一切东西的确有区别，而且也应该如此，否则大家都一个样了！"

苹果枝特别怜悯某些平凡的花儿，像田里和沟里丛生的那些花儿。谁也不把他们扎成花束。因为它们那么普通甚至在石头中间都可以看得到。像野草一样，它们在什么地方都可以生长，而且连名字都不好听，叫作什么"魔鬼的奶桶"。

"可怜被人瞧不起的植物啊！"苹果枝说。"你们是无法选择自己恶劣的处境，你们的平凡甚至这些丑名字，因为在植物中间，正如在人类中间一样，一切都有个区别啦！"

"区别?"阳光奇怪了。它吻着这盛开的苹果枝,同时也吻着那些田野里的白色的"魔鬼的奶桶"。阳光的所有弟兄们都吻着它们——吻着下贱的花,也吻着富贵的花。

苹果枝从来就没想到,一切活着和动着的东西都可以接受造物主那无限的慈爱。很多时候美和真的东西可能会被暂时掩盖住了,但是造物主没有忘记它们——这也是合乎人情的。

太阳光——明亮的光线——深深懂得这一点:

"你的眼光短浅又模糊!哪些植物是你特别怜悯的、没有人理的呢?"

"魔鬼的奶桶!"苹果枝说,"人们从来不用它扎花束,而是把它踩在脚底下,当它们结子的时候,就像小小的羊毛,在路上到处乱飞,还附在人的衣上。天哪!它们长得太多了!不过是一些野草罢了!——它们也只能是野草!啊,真要谢天谢地,我跟它们不一样!"

一大群孩子从田野上走来了。最小的一个还要别的孩子抱着他。当他被放到这些白花中间的时候,他是那么高兴!小腿踢着,满地翻滚。他天真烂漫地吻着它们并摘了下来。那些较大的孩子从空梗子上折下这些白花,并把它们一根一根地插在一起,一串一串地联成链子。他们先做一个项链,然后又做一个挂在肩上的链子,一个系在腰间的链子,一个悬在胸脯上的链子,一个戴在头上的链子。好一个绿环子和绿链子的展览会!那几个大孩子当心地摘下那些落了花的梗子——它们的果实是白色的绒球,它看起来像羽毛、雪花和茸毛。这松散的、缥缈的绒球,本身不就是一件小小的完整的艺术品吗?他们把它放在嘴里,想要一口气吹走整朵的花球,因为祖母曾经说过:要想在新年到来以前得到一套新衣,就得去吹白绒球。

所以在这种情况下,这朵被瞧不起的花就变成了一个真正的预言家。

"你看到没有?"太阳光说,"还有它的力量?"

"看到了,不过只有和孩子在一起时,它才会这样!"苹果枝说。

这时一个老太婆来到田野里。她用一把没有柄的钝刀子挖这花并把它从土里取走。这花一部分的根子将用来煮咖啡吃;另一部分则被拿到一个药材店里当药用。

"不过美是一种更高级的东西呀!"苹果枝说,"只有少数特殊的人才可以走进美的王国。正如人与人之间有区别一样,植物与植物之间还是有区别的。"

于是太阳光就谈到造物主对于一切造物和有生命的东西的无限的爱,和对于一切东西永恒公平合理的分配。

"是的,这只是你的看法而已!"苹果枝说。

这时那位美丽年轻的伯爵大人走进房间了——就是她把苹果枝插在透明的花瓶中,放在太阳光里。现在她手里拿着一朵花——或者一件类似花的东西。三四片大叶子掩住了它,紧紧地围在它周围像一顶帽子似的保护着它,使它受不到微风或者大风的伤害。它被小心翼翼地端在手中,这可是那根娇嫩的苹果枝从来也没受到过的待遇啊!

现在那几片大叶子被轻轻地挪开了。人们认出了就是那个被人瞧不起的白色"魔鬼的奶桶"的柔嫩的白绒球！这就是它！她那么小心地摘下它！那么谨慎地带它回家，好使那个云雾一般的圆球上的细嫩柔毛不致被风吹散。它被保护得多么完整啊！它漂亮的形态，透明的外表，它特殊的构造，和不可捉摸的、被风一吹即散的美都深深地吸引了她。

"看吧，造物主把它创造得多么可爱！"她说，"我要把这根苹果枝换下来。现在大家都觉得它比以前更漂亮，不过这朵微贱的花儿，也从上天得到了同样多的恩惠只不过它用了另一种方式。虽然它们两者存在区别，但它们都是美的王国中的孩子。"

于是太阳光吻了这微贱的花儿，也吻了这开满了花的苹果枝——它的花瓣似乎泛出了一阵难为情的绯红。

（1852 年）

一本不说话的书

　　在公路旁的一片树林里,有一座孤独的农庄。人们沿着公路可以一直走进这农家的大院子里去。阳光四射;所有的窗子都敞开着。房子里面传来一片忙碌的声音;一口敞着的棺材就停在院子里,停在一个开满了花的紫丁香组成的凉亭下,一个死人已经躺在里面,这天上午就要入葬了。没有任何一个悼念死者的人守在棺材旁;没有任何人对他流一滴同情的眼泪。一块白布盖着他的面孔,他的头底下枕着一大本厚书。书页是由一整张灰纸叠成的;每一页上夹着一朵被遗忘的萎谢了的花。这是一本完整的植物标本,是在许多不同的地方搜集得来的。根据遗嘱它要陪死者一同被埋葬掉,他生命的每一章都联系着每一朵萎谢的花。

　　"死者是谁呢?"我们问。回答是:"乌卜萨拉的一个老学生。人们说:他曾经是一个活泼的年轻人;他懂得古代的文学,会唱歌,甚至还写诗。但是由于生活中他曾经遭遇到某种事故,所以他把他年轻的思想和生命完全沉浸在忧郁里面。直到最后他的健康也毁了的时候,他就搬到这个乡下来住。只要他没有产生阴郁的情绪,他会纯洁得像一个孩子,变得活泼起来,像一只被追逐着的雄鹿在森林里跑来跑去。不过,只要我们把他喊回家来,让他看看这本装满了干植物的书,他就能坐一整天,一会儿看看这种植物,一会儿瞧瞧那种植物。这时他的眼泪就止不住地沿着他的脸滚落下来:只有上帝知道他在想什么东西!但是他要求与这本书合葬。因此现在它就躺在那里面。再过一会儿,人们就会钉上棺材盖子,那么他将在坟墓里得到安息。"

　　他的面布揭开了。一种祥和的表情呈现在死人的脸上。一丝太阳光照在它上面。一只燕子像箭似的飞进凉亭里来,很快地掉转身,喃喃地在死人的头上叫了几声。

　　我们都知道,假如我们读读年轻时代的旧信,心里就会产生一种非常奇怪的感觉!整个的一生和这生命中的希望和哀愁都会浮现出来。在那时和我们来往很亲密的一些人,现在有多少已经死去了啊!然而他们还活着,只不过我们很久没有想到他们罢了。那时我们以为会跟他们永远亲密地生活在一起,会跟他们一起共甘苦。

　　一片萎枯了的栎树叶子夹在这书里面。它使这书的主人记起一个老朋友——一个老同学,一个终身的友伴。在一个绿树林里面他把这片叶子插在学生帽上,从那时起他们结为"终身的"朋友。现在他住在什么地方呢?这片叶子被保存了下来,但是友情到什么地方去了?

这儿有一棵异国的、在温室里培养出来的植物；这是一位贵族花园里的小姐摘下来送给他的。对于北国的花园说来，它是太娇嫩了；它的叶子似乎还保留着它的淡淡香气。

　　这儿有一朵他亲手摘下来的睡莲，并且用他的咸眼泪润湿过的一朵在甜水里生长的睡莲。

　　这儿有一根荨麻——它的叶子说明什么呢？当他把它采下来并保留下来的时候，他心中会有些什么想法呢？

　　这朵铃兰花曾经幽居在森林里；那朵金银花是从商店的花盆里摘下来的；这儿还有一片尖尖的草叶！

　　开满了花的紫丁香在死者的头上轻轻垂下它新鲜的、芬芳的花簇。"唧唧！唧唧！"燕子又飞过去了。这时人们拿着钉子和锤子走过来了。棺材盖在死者身上盖下了——他的头在这本不说话的书上安息。埋葬了——遗忘了！

　　（1851 年）

夏日痴

这正是冬天。天气异常寒冷,风刺骨地吹着;但是屋里却是非常舒适和温暖的。花儿藏在屋子里:藏在地里和雪下的球根里。

有一天下起雨来。雨滴渗入积雪,透进地里,接触到花儿的球根,就告诉它说,上面的世界是光明的。不久一丝又细又尖的太阳光穿透积雪,射到花儿的球根上,抚摸了它一下。

"请进来吧!"花儿说。

"我恐怕做不到,"太阳光说。"我还没有足够的气力打开门。等到夏天我就会有力量了。"

"夏天什么时候才来啊?"花儿问。每次太阳光一射进来,它就重复地问这句话。不过夏天还早得很呢。地上仍然盖着厚厚的雪;每天夜里水上都结了冰。

"夏天来得多么慢啊!夏天来得多么慢啊!"花儿说。"我感到身上发痒,我要活动活动伸伸腰,我要开放,我要走出去,对太阳说一声'早安'!那才痛快呢?"

花儿伸了伸腰,抵着薄薄的外皮挣了几下。外皮已经被水浸得很柔软,被雪和泥土温暖过,被太阳光抚摸过。它从雪底下冒出来,绿梗子上结着淡绿的花苞,还长出又细又厚的叶子——它们好像是要保卫花苞似的。尽管雪是冰冷的但是很容易被冲破。这时太阳光射进来了,它的力量比从前要强大得多。

花儿终于伸到雪上面来了,见到了光明的世界。"欢迎!欢迎!"每一线阳光都这样唱着。

为了让它开得更丰满,阳光抚摸并且吻着它。它像雪一样洁白,身上还饰着绿色的条纹。它昂起头来,心情是说不出的高兴。

"美丽的花儿啊!"阳光歌唱着,"你是多么新鲜和纯洁啊!你是第一朵花,你是唯一的花!你是我们的宝贝!你在田野里和城里预告着夏天的到来!——美丽的夏天!我们将统治着万物!一切将会变绿!所有的冰雪都会融化!冷风将会被驱走!那时你将会有朋友:紫丁香和金链花,最后还有玫瑰花。但是你是第一朵花——那么细嫩,那么可爱!"

多么令人愉快啊。空气好像是在唱着歌和奏着乐,阳光好像钻进了它的叶子和梗子。它立在那儿,是那么柔嫩,容易折断,但同时在它青春的愉快中又显得那么健壮。它穿着带有绿条纹的短外衣,称赞着夏天。但是太阳被雪块遮住了,寒风在花儿上吹。哪有一丁点夏天的迹象呢?

"怎么这么早就出来了,"风和天气忍不住说,"我们仍然在统治着大地;你应该能感觉得到,你应该忍受!你最好还是待在家里,不要跑到外面来表现你自己吧。时间还早呀!"

天气冷得厉害!日子一天一天地过去,看不到一丝阳光。对于这样一朵柔嫩的小花儿说来,这样的恶劣的天气只会使它冻得裂开。但是它是很健壮的,它从快乐中,从对夏天的信心中获得了力量。虽然它自己并不了解这一点。它渴望的心情总是在提醒它夏天一定会到来的,温暖的阳光也肯定了这一点。因此它满怀信心地穿着它的白衣服,站在雪地上。当密集的雪花一层层无情地压下来的时候,当刺骨的寒风在它身上横扫过去的时候,它就赶紧低下头来。

"你会裂成碎片!"它们高声说,"你会枯萎,会变成冰。你为什么要跑出来呢?你为什么要受诱惑呢?阳光骗了你呀!你这个夏日痴!"

"夏日痴!"在寒冷的早晨有一个声音回答说。

"夏日痴!"有几个跑到花园里来的孩子兴高采烈地说,"这朵花是多么可爱啊,多么美丽啊!它是唯一的头一朵花!"

听这几句话花儿感到浑身舒服;这几句话简直就是温暖的阳光。在快乐之中,这朵花儿一点也没有注意到已经被人摘下来了。现在它躺在一个孩子的手里,被他的小嘴吻着,被带到一个温暖的房间里去,一双柔的眼睛看着被浸在清澈水里的它——因此它获得了更强大的力量和生命。这朵花儿以为它已经进入夏天了。

这一家的女儿——一个年轻的女孩子——刚刚受过坚信礼。她有一个也是刚刚受过坚信礼的亲爱的朋友;"他将是我的夏日痴!"她说。她拿起这朵柔嫩的小花,把它轻放在一张芬芳的纸上,纸上写着诗——关于这朵花的诗。这首诗是以"夏日痴"开头,也以"夏日痴"结尾的。"我的小朋友,就做一个冬天的痴人吧!"她用夏天来跟他开玩笑。现在,它的周围全是诗。它被装进一个信封。这朵花儿孤单地躺在里面,四周是漆黑一团,正如躺在花球根里的时候一样。这朵花儿被挤着,压着开始了在一个邮袋里的艰难旅行。这些事都令人很不愉快,但是任何旅程总会结束的。

旅程完了以后,信就被拆开了,那位亲爱的朋友高兴地读着。他吻着这朵美丽的花儿;把花儿跟诗一起放在一个装着许多可爱的信的抽屉里,但是抽屉里就是缺少一朵花。它正像太阳光所说的,那唯一的、第一朵花。它一想起这事情就感到心情愉快。

它花了一整个夏天的时间来想这件事情。漫长的冬天过去了,现在又是夏天。这时它被取出来了。不过这一次那个年轻人并不是十分快乐的。他一把抓起那张信纸,连诗一同扔到一边,弄得这朵花儿也落到地上了。它不应该被扔到地上呀,尽管它已经变得扁平了,枯萎了。不过比起被火烧掉,躺在地上并不算很坏的。那些诗和信就是被火烧掉的。究竟发生了什么事情呢?嗨,就是平时常有的那种事情。这朵花儿曾经愚弄过他——这是一个玩笑。女孩在六月间爱上了另一位男朋友了。

太阳在早晨爱怜地照着这朵压扁了的"夏日痴"。这朵花儿看起来好像是被绘在地板上似的。扫地的女佣人把它捡起来,夹在桌上的一本书里。她以为这是在她收拾东西的时候落下来的。这样,这朵花儿就又回到诗——印好的诗——中间去了。这些诗比那些手写的要伟大得多——最低限度,它们是花了更多的钱买来的。

许多年过去了。那本书一直躺在书架上。有一天它被取下来,翻开,读着。这是一本好书:里面全是丹麦诗人安卜洛休斯·斯杜卜所写的诗和歌。这个诗人是值得认识的。读这书的人翻着书页。

"哎呀,这里有一朵花!"他说,"一朵'夏日痴'!它躺在这儿绝不是没有什么用意的。可怜的安卜洛休斯·斯杜卜!他不也是一朵'夏日痴'吗? 一个'痴诗人'! 在富恩岛上的一些大人先生们中间他只不过像是花瓶里的一朵花,诗句中的一朵花。他是一个'夏日痴',一个'冬日痴',一个笑柄和傻瓜;然而他仍然是唯一的,第一个年轻而有生气的丹麦诗人。他出现得太早了,就不可避免地碰上了可怕的冰雹和刺骨的寒风。是的,小小的'夏日痴',你就躺在这书里作为一个书签吧!把你放在这里面的确是有用意的。"

这朵"夏日痴"于是便又被放回到书里去了。它感到很荣幸和愉快。因为它知道,它是一本美丽的诗集里的一个书签,而最初歌唱和写出这些诗的人也是一个"夏日痴",一个在冬天里被愚弄的人。这朵花儿懂得这一点,正如我们也懂得我们的事情一样。

这就是"夏日痴"的故事。

(1863 年)

笔和墨水瓶

在一位诗人的房间里,有人看到桌上的墨水瓶,说:"一个墨水瓶所能产生的东西真是了不起!下一步可能是什么呢?是,那一定是非常了不起的!"

"一点也不错,"墨水瓶说,"那真是不可想象——我常常这样说!"它对那枝鹅毛笔和桌上其他的东西说。"我身上产生出来的作品该是多美妙呵!是的,这几乎叫人不相信!当人把笔伸进我身体里去的时候,我自己也不知道,下一步我会产生出什么新作品来。我只需拿出我的一滴就可以写满半页字,记载一大堆东西。我

的确是一件了不起的东西。在我身上可以产生出所有诗人的作品:人们以为自己所认识的那些生动的人物、一切深沉的感情、幽默、大自然美丽的图画等。我自己也不理解,因为我不认识自然,但是毫无疑问,它是存在于我身体里的。从我的身体产生出来的有:动荡的人群、美丽的姑娘、骑着骏马的勇士、比尔·杜佛和吉斯丹·吉美尔。是的,我自己也不知道。——坦白说,我真想不到我能拿出什么东西来。"

"你这话说得对!"鹅毛笔用笔尖敲敲墨水瓶的小脑袋说,"你是一个不知道用头脑的大笨蛋,你只不过供给一点带颜色的液体罢了。你流出水,好使我能把诗人

心里所想的东西清楚地表达出来,真正在纸上写字的是笔呀!任何人都不会怀疑这一点。大多数的人对于诗的理解和一个老墨水瓶差不了多少。"

"你的经验实在少得可怜!"墨水瓶说,"用不到一个星期,你就已经累得半死了。你在幻想自己是一个诗人吗?你不过是一个佣人罢了。在你没有来以前,我可是认识不少你这种人。他们有的是属于鹅毛这个家族,有的是英国造的!鹅毛笔和钢笔,我都打过交道!许多都为我服务过;当他——诗人——回来时,还有更多的笔会来为我服务,——他这个人代替我行动,写下他从我身上取出来的东西。我倒很想问问你,他会先从我身上取出什么来呢?"

"墨水!"笔说。

晚上很迟的时候,诗人回来了。他去听了一个音乐会,被一位杰出提琴家的演奏,被这美妙的艺术给迷住了。这位音乐家在他的乐器上奏出惊人的丰富的调子、一会儿像滚珠般的水点,一会儿像小鸟在啾啾合唱,一会儿像风声吹过枞树林的萧。他觉得听到自己的心在哭泣,但是在和谐地哭泣,像一个女人的悦耳的声音一样。看样子不仅是琴弦在发出声音,而且是弦柱、甚至梢和共鸣盘都在发出声音。这是一次很惊人的演奏!虽然乐器不容易演奏,但是弓却轻松地在弦上来回滑动着,像游戏似的。你很可能以为任何人都可以拉它几下子。

提琴几乎自己在发出声音,弓也似乎自己在滑动——全部音乐几乎就是这两件东西奏出来的。人们忘记了那位紧握它们和给予它们生命与灵魂的杰出艺术家。但是这位诗人却牢牢地记住了他,写下了他的名字,也写下了自己的感想:

"提琴和弓只会吹嘘自己的成就,这是多么傻啊!然而我们人类常常干这种傻事——诗人、艺人、科学发明家、将军。我们表现出自高自大,然而我们大家却不过是上帝用来演奏的乐器罢了。真正的光荣应该属于上帝!我们没有什么东西可以值得骄傲。"

是的,诗人写下这样的话,把它作为寓言写下来,并且命名为:艺术家和乐器。

"这是讲给你听的呀,太太!"当旁边没有别人的时候,笔这样对墨水瓶说,"你没有听到他在高声朗诵我所写的东西吗?"

"是的,这就是我交给你、让你写下的东西呀,"墨水瓶说。"这正是对你自高自大的一种讽刺!你还不知道,别人是在挖苦啊!我从心里向你射出一箭——当然我是知道我的恶意的!"

"你这个墨水罐子!"笔说。

"你这根笔杆子!"墨水瓶也说。

它们各自都相信自己回击得很有力,回击得很漂亮。这种想法使得它们感到身心愉快——它们抱着这种愉快的心情睡着了。不过那位诗人却始终无法入睡。他心里涌出许多思想,像提琴的调子,像滚动的珠子,像吹过森林的萧萧风声。在这些思想中他能够真实地触觉到自己的心,能够看到永恒的造物主的一线光明。

真正的光荣应该属于他!

(1860 年)

风车

山上有一个骄傲的风车。事实上,它把谁都不放在眼里。

"我一点也不骄傲!"它说,"不过太阳和月亮照得我的里里外外都很明亮。我还有混合蜡烛的。我还很有思想;人们一看我那匀称的构造就会感到愉快的。一块上好的磨石躺在我怀里;我有四个翅膀——它们生长在我的头上,恰恰在我的帽子底下。但是雀子只有两个翅膀,而且只生在背上。

"我生出来就是一个荷兰人;这点可以从我的形状看得出来——'一个飞行的荷兰人'我知道,大家把这种人叫作'超自然'的东西,但是我却很自然。我的肚皮上围着一圈走廊,下面有一个住室——我的深刻的'思想'就藏在这里面。我的主人是磨坊人。他知道他的要求是什么,他管理面粉和麸子。他有一个伴侣:名叫'妈妈'。她是我真正的心。她并不傻里傻气地乱跑。她知道自己要求什么,知道自己能做些什么。她有时像微风一样温和,有时又像暴风雨一样强烈。她知道怎样应付事情,而且总会达到自己的目的。她是我的温柔的一面,而'爸爸'却是我的坚强的一面。他们是两个人,但也可以说是一个人。他们彼此称为'我的老伴'。

"这两个人还有小孩子——'小思想'。这些小家伙老是闹个不停,我真希望他们快点长大成人!最近我曾经严肃地叫'爸爸'和孩子们把我怀里的磨石和轮子检查一下。因为我的内部现在好像出了点问题,我希望知道这两件东西到底怎么了。一个人也该定期把自己检查一下了。这些小家伙又在闹出一阵可怕的声音来。对我这样一个高高立在山上的人说来,真是太不像样子了,一个人应该记住,自己是站在光天化日之下的,而在光天化日之下,一个人的毛病是一下子就可以看出来的。

"我刚才说过,这些小家伙闹出可怕的声音来。原来是最小的那几个钻到我的帽子里乱叫,弄得我怪不舒服的。我知道得很清楚。小'思想'可以慢慢长大成人。外面也有别的不是属于我这个家族的'思想'来访,他们跟我没有什么共同之处。那些没有翅膀的屋子——你听不见他们磨石的声音——也有些'思想'。他们来看我的'思想'并且跟我的'思想'闹起所谓恋爱来。这真是奇怪;的确,怪事也太多了。

"我的身上——或者身子里——最近起了某种变化:磨石的活动有些异样。我好像觉得'爸爸'换了一个'老伴':他似乎得到了一个比原来那位更温和、更热情的配偶——非常年轻和温柔。其实人还是原来的人,只不过时间使她变得更可爱,更温柔罢了。不愉快的事情现在都溜走了,一切都非常愉快。

"今天过去了,明天又来了,日复一日。时间一天一天地接近光明和快乐,直到最后我的一切完了为止——但不是绝对地完了。我将被拆掉,好使我又能够变成一个新的、更好的磨坊。我将不再存在,但是我将继续活下去!这一点我实在很难理解,我将变成另一个东西,但同时又没有变!不管我是被太阳、月亮、混合烛、兽烛和蜡烛照得怎样'明亮'。我的旧木料和砖土将会又从地上立起来。

"我希望我仍能保持住我的老'思想'们:磨坊里的爸爸、妈妈、大孩和小孩——整个的大家庭。我把他们大大小小都叫作'思想的家属',因为我没有他们是不成的。同时我也要保留住我自己——保留住我胸腔里的磨石,头上的翅膀,肚皮上的走廊,否则我就认不出我自己了,别人也不会认识我,同时会说:'山上有一个磨坊,看起来倒是蛮了不起的,可是也没有什么了不起嘛。'"

这是磨坊说的话。事实上,它说的远不止这些,不过这是最重要的一部分罢了。

明天来,今天去,而昨天是最后的一天。

这个磨坊忽然着火了。火焰升得很高。张牙舞爪地燎向周围的一切。它舔着大梁和木板。结果这些东西就全被吃光了。磨坊倒下来了,化为了灰烬。燃过的地方还在不时地冒着烟,但是风把它吹走了。

磨坊里的人们,现在仍然活着,并没有因为这场意外大火而消失。事实上磨坊还因为这个意外事件而得到许多好处。磨坊主的一家——一个灵魂,许多"思想",但仍然只是一个思想——又新建了一个更新更漂亮的磨坊。这个新的跟那个旧的没有任何区别,同样有用。人们说:"山上有一个磨坊,看起来很像个样儿!"不过这个磨坊采用了最先进的设备,比前一个更近代化,因为事情总归是进步的。那些旧的木料都被虫蛀了,潮湿了。现在它们变成了尘土。这和它最初想象的完全相反,磨坊的躯体并没有重新站立起来。这是因为它太相信字面上的意义了,而人们是不应该从字面上看一切事情的意义的。

(1865 年)

瓦尔都窗前的一出人生戏剧

一幢非常高大的红房子对着围绕哥本哈根的、生满了绿草的城堡。它有很多窗子,放眼望去窗子上尽是凤仙花和青蒿一类的植物。房子内部是一副不忍目睹的穷相;许多穷苦的老人就住在这儿,这就是"瓦尔都养老院"。看吧!一位老小姐倚着窗槛站着,她摘下凤仙花的一片枯叶,同时望着城堡上的绿草。许多小孩子就在那上面玩耍。这位老小姐正在想什么呢?这时她心里正在上演一出人生的戏剧。

"这些贫苦的孩子们,他们玩得多么快乐啊!多么红润的小脸蛋!多么幸福的眼睛!但是他们没有鞋子和袜子。就赤脚在这青翠的城堡上跳舞。根据一个古老的传说,许多年以前,这儿的土一直在崩塌,直到一个天真的小宝宝,带着她的花儿和玩具被诱到这个敞着的坟墓里去才停止;当她正在玩耍和吃着东西的时候,城堡就筑起来了。从那会儿起,这座城堡就一直坚固的保存了下来;很快它上面就盖满了美丽的绿草。小孩子们如果知道这个故事,就会听到那个孩子还在地底下哭,就会觉得草上的露珠是热乎乎的眼泪。这儿还有一个丹麦国王的故事:当敌人在外边围城的时候,他骑着马走过这儿,他发誓说要死在他的岗位上。那时许多男人和女人立刻集拢来,从城墙上倒下滚烫的开水,倒在了那些穿白衣服,在雪地里爬城的敌人身上。

"这些贫穷的孩子生活得非常快乐。

"看吧,你这位小小的姑娘!幸福的日子不久就要来到——是的,那些幸福的日子:那些准备去受坚信礼的青年男女手挽着手在漫步着。你穿上一件白色的长衣——你妈妈真是费了不少的气力,虽然它是由一件宽大的旧衣服改制而成。还有肩上的一条红披肩;它拖得太长了,所以人们一眼就看出它有多么宽大!你在考虑你的打扮,想着善良的上帝。

在城堡上漫步是多么浪漫啊!

"岁月带走了许多阴暗的日子也带走了青春美好的心情。你也不知道怎么回事就认识一个男朋友,你们常常约会。在早春的日子里你们会到城堡上去散步,那时教堂的钟为伟大的祈祷日发出悠扬的声音。可爱的紫罗兰花还没有开,但是高大的罗森堡宫外一株树已经冒出新的绿芽。这株树每年生出绿枝,你们就在这儿停下步来。人类心中并不总有希望!一层层阴暗的云块在它上面浮过去,比在北国上空所见到的还要多。

"可怜的孩子,你的未婚夫躺在棺材里,而你自己也变成了一个老小姐。在瓦尔都,你从凤仙花的后面看见了这些玩耍着的孩子,也看见了你一生的历史的重演。"

这就是当这位老小姐专注地望着城堡的时候,在她眼前所展开的一出人生的戏剧。红脸蛋的、没有袜子和鞋子穿的贫苦的孩子们像天空的飞鸟一样,在那地堡上面发出欢乐的叫声,太阳光暖暖地照着他们。

(1847 年)

甲虫

皇帝的马儿钉有金马掌;每只脚上都有一个金马掌。为什么他会有金马掌呢?他是一个很漂亮的动物,他的腿那么细长,眨着聪明的眼睛;他的鬃毛悬在颈上,像一匹丝织的面纱。他曾背着他的主人在枪林弹雨中死命拼杀奋勇前进,听到过子弹飒飒地呼啸。当敌人贴近的时候,他还英勇地作战,狠狠地踢过咬过那些敌人。他背过他的主人从敌人倒下的马身上跳过去,救过皇帝宝贵的生命——比赤金还要贵重的生命。因此皇帝的马儿钉有金马掌,而且每只脚上有一个金马掌。

甲虫这时就爬过来了。

"大的先来,然后轮到小的,"他说,"身体的大小不是问题。"他这样说的时候就伸出自己又瘦又小的腿来。

"你要什么呢?"铁匠问。

"要金马掌,"甲虫回答说。

"乖乖! 你也想要有金马掌吗? 你的脑筋一定是有问题,"铁匠说。

"对,我要金马掌!"甲虫不服气地说,"难道我跟那个大家伙有什么两样不成?他被人伺候,被人梳刷,被人看护,有吃的,也有喝的。难道我不是皇家马厩里的一员么? 我就不能享有同样待遇吗?"

"但是马儿为什么要有金马掌呢?"铁匠问,"难道你还不懂得这个道理吗?"

"懂得? 你说的话对我是一种侮辱,"甲虫说,"简直是太瞧不起人了。——好吧,我现在就要离开这里,到外面广大的世界里去。"

"那就请便吧!"铁匠说。

"这个无礼的家伙!"甲虫恨恨地说。

于是他飞出去了。飞了一小段路程,在他面前出现一个美丽的小花园,这儿盛开着玫瑰花和薰衣草,浓浓的香味真令人陶醉。

"你看这儿的花开得美丽不美丽?"一只在附近飞来飞去的小瓢虫问。许多黑点子在他那红色的、像盾牌一样硬的红翅膀上亮着。"多么香啊! 多么美啊!"

"这有什么好的?,"甲虫说,"难道你认为这就是美吗? 咳,连一个粪堆都没有真是差远了。"

于是他向前走到一棵大紫罗兰花荫里去。一只毛虫正在这儿爬行。

"这世界是多么美丽啊!"毛虫说:"太阳那么温暖,一切东西都是那么快乐!我睡了一觉——也就是大家所谓'死'了一次——以后,醒转来就变成了一只蝴蝶。"

"你真是自高自大!"甲虫说,"乖乖,原来你是一只飞来飞去的蝴蝶!我曾经住在皇帝的马厩里。在那儿,没有任何人,连皇帝那匹心爱的、穿着我不要的金马掌的马儿,也没有这么想过。长一双翅膀能够飞几下!咳,我们来飞吧。"

于是甲虫就飞走了。"我可不愿意生些闲气,可是我却真的生了闲气了。"

不一会儿,他落到一大块草地上。躺了一会儿,接着就睡着了。

我的天,多么大的一阵暴雨啊!雨声把甲虫吵醒了。他倒很想马上就钻进土里去的,但是没有办法。他栽了好几个跟头,一会儿用他的肚皮、一会儿用他的背拍着水,至于说到起飞,那简直是不可能了。无疑地,他再也不能从这地方逃出去。他只好在原来的地方躺下,不声不响地躺下。

天气略微有点好转。甲虫把他眼里的水挤出来迷迷糊糊中看到了一件白色的东西。这是晾在那儿的一床白被单。他费了一番气力才爬过去,然后钻进这潮湿单子的折褶里。当然,比起马厩里的温暖土堆来,躺在这种地方并不是很舒服的。可是更好的地方也不容易找到,因此他也只好在那儿躺了整整一天一夜。雨不停地下着。到天亮时分,甲虫才爬了出来。

两只青蛙坐在被单上。愉快的光芒闪现在他们明亮的眼睛里。

"天气真是好极了!"他们之中一位说。"多么使人精神爽快啊!被单把水兜住,真是再好也没有了!我的后腿有些发痒,真想去游泳。"

"我倒很想知道,"第二位说,"那些飞向遥远的外国去的燕子,在他们无数次的航程中,是不是会碰到比这更好的天气。这样的暴风!这样的雨水!这叫人觉得像是呆在一条潮湿的沟里一样。凡是不能欣赏这点的人,也真算得是不爱国的人了。"

"你们大概从来没有到皇帝的马厩里去过吧?"甲虫问。"那儿的潮湿是既温暖又新鲜。那正是我所住惯了的环境;非常合我的胃口。不过我没有办法把它带来。在这个花园里难道找不到一个垃圾堆,好使我这样有身份的人能够暂住进去,舒服一下子吗?"

不过这两只青蛙听不懂得他的意思,或者还是不愿意懂得他的意思,连理都没理它。

"我从来不问第二次的!"甲虫说,但是他已经把这问题问了三遍了,而且都没有得到回答。

于是他觉得没趣,便独自走开了。他碰到了一块花盆的碎片。这东西的确不应该躺在这地方;但是既然在这儿,被当成一个可以躲避风雨的窝棚用了。在他下面,住着好几家蠼螋。他们不需要广大的空间,但却需要许多朋友。他们的女性富于强烈的母爱,每个母亲都认为自己的孩子是世上最美丽、最聪明的人。

"我的儿子订婚了,"一位母亲说,"我那天真可爱的宝贝!他想有一天能够爬到牧师的耳朵里去。他真是可爱和天真。现在他既然订了婚,对一个母亲而言,这也算是一件喜事!因为他总算可以稳定下来。"

"我们的儿子刚一爬出卵子就相当顽皮,"另外一位母亲说,"他可是生气勃

世界二十大名著 安徒生童话 图文珍藏版

勃。他简直可以把他的角都跑掉！对于一个母亲说来，这是一种多大的愉快啊！你说对不对，甲虫先生？"她们根据这位陌生客人的形状，已经认出他是谁了。

"你们两个人都是对的，"甲虫说。这样他就被请进她们的屋子里去——也就是说，他在这花盆的碎片下面能钻进多少就钻进多少。

"现在也请你瞧瞧我的小蟭螟吧，"第三位和第四位母亲齐声说，"他们都是非常可爱的小东西，而且也非常有趣。除非他们感到肚子不舒服，否则他们从来不捣蛋。不过在他们这样的年纪，这是常有的事。"

每个母亲都谈到自己的孩子。孩子们也在谈论着，同时调皮地用他们尾巴上的小钳子来夹甲虫的胡须。

"这些小流氓，他们老是闲不住的！"母亲们说。她们的脸上射出伟大的母爱之光。可是对于这些事儿甲虫感到非常无聊；因此他就问最近的垃圾堆离此有多远。

"在世界很遥远的地方——在沟的另一边，"一只蟭螟回答说，"我希望我的孩子们千万不要跑那么远，否则我会急死的。"

"但是我倒想走那么远哩，"甲虫说。于是他没有正式告别就走了；这是一种很漂亮的行为。

他在沟旁碰见好几个族人——都是甲虫之流。

"我们就住在这儿，"他们说，"我们这里很舒服。请准许我们邀您光临这块肥沃的土地好吗？你走了这么远的路，一定是很疲倦了。"

"一点也不错，"甲虫回答说，"我在雨中的湿被单里躺了一阵子。清洁这种东西特别使我吃不消。我翅膀的骨节里还得了风湿病，因为我在一块花盆碎片下的阴风中站过。回到自己的族人中来，真是轻松愉快。"

"可能你是从一个垃圾堆上来的吧？"他们之中最年长的一位说。

"比那还高一点，"甲虫说，"我是从皇帝的马厩里来的。我在那儿一生下来，脚上就有金马掌。我是负有一个秘密使命来旅行的。请你们不要问我什么，因为我是不会回答的。"

于是甲虫就走到这堆肥沃的泥巴上来。三位年轻的甲虫姑娘坐在这儿。她们傻乎乎地笑着，因为她们不知道该讲什么。

"她们谁也不曾订过婚，"她们的母亲说。

这几位甲虫姑娘又憨笑起来，这次是因为她们感到难为情。

"我在皇家的马厩里，从来没有看到过比这还漂亮的美人儿，"这位旅行的甲虫说。

"请不要夸我的女孩子；也请您不要跟她们谈话，除非您的意图是严肃的。——不过，您的意图当然是严肃的，因此我祝福您。"

"恭喜恭喜！"别的甲虫都齐声祝贺。

就这样我们的甲虫订婚了。接着是结婚，因为拖下去是没有道理的。

婚后的头一天非常愉快；第二天也勉强称得上舒服；不过第三天，太太的、可能还有小宝宝的吃饭问题就需要考虑了。

"我让我自己上了钩,"他说,"那么我作为报复。也要让她们上一下钩——"于是,他开小差偷偷地溜了。——他的妻子成了一个活寡妇。

别的甲虫说,他们请到家里来住的这位仁兄,原来是一个不折不扣的流浪汉子;现在他却把养老婆的这个重担送到他们手里了。

"唔,那么让她离婚、仍然回到我的女儿中间来吧,"母亲愤愤地说,"那个恶棍真该死,遗弃了她!"

在这期间,甲虫继续他的旅行。他乘着一片白菜叶渡过了那条宽沟。天快要亮了,走过来两个人。他们看到了甲虫,把他捡起来,翻来覆去地研究。这是很有学问的两个人,尤其是那位年轻的男孩。

"安拉在黑山石的黑石头里发现黑色的甲虫《古兰经》上不是这样写着的吗?他问;于是他就把甲虫的名字译成拉丁文,并且把这动物的种类和特性叙述了一番。这位年轻的学者说他们已经有了同样好的标本不同意把他带回家。甲虫觉得这话有点不太礼貌,所以他就忽然挣脱这人的手飞走了。现在可以飞得很远了,因为他的翅膀已经干了。他飞到了一个温室里。这儿屋顶有一部分是开着的,所以他轻轻地溜进去,钻进新鲜的粪土里。

"这儿真是舒服极了,"他满意地说。

不一会儿他就睡去了。他梦见自己得到了马儿的金马掌因为那匹马死了,而且人们还答应将来再造一双给他。

这是多么美妙的事情啊!甲虫从梦中笑醒了。他爬出来,环顾四周,多么可爱的温室!巨大的棕榈树高高地向空中伸去;太阳照得它们异常透明。在它们下面展开一片丰茂的绿叶,一片光彩夺目、红得像火、黄得像琥珀、白得像新雪的花朵!

"这要算是一个空前绝后的花展了,"甲虫说,"当它们腐烂了以后;它们的味道将会是多甜美啊!到时这儿就是一个食物储藏室!在这儿,一定住着我的一些亲戚。我要去瞧瞧去,看看能不能找到一位可以值得跟我来往的人物。当然我是很骄傲的,同时我也正因为这而感到骄傲。"

这样,他就高视阔步地走进来。正当他想着刚才关于那只死马和他获得的那双金马掌的梦时,忽然一只大手抓住了它,抱着他,同时把他翻来翻去。

原来园丁的小儿子和他的玩伴正在这个温室里。他们看见了这只甲虫,想跟他开开玩笑。先把他裹在一片葡萄叶子里,然后把他塞进一个温暖的裤袋里。甲虫拼命爬着,挣扎着,不过孩子的手紧紧地捏住了他。后来这孩子跑向小花园尽头的一个湖去。在这儿,甲虫就被放进一个破旧的、失去了鞋面的木鞋里。这里面插着一根小棍子,作为桅杆。可怜的甲虫就被一根毛线绑在这桅杆上面。所以现在他成为一位船长了;他得亲自驾着船航行。

这个湖又宽又长;对甲虫说来,简直是汪洋大海。他害怕极了,但他只能仰躺着,乱蹬着他的腿。

这只木鞋浮走了。被卷入水流中去。不过当船一旦离岸太远的时候,便有一个孩子扎起裤脚，在后面追上，把它又拉回来。没想到，当它又漂出去的时候，这两个孩子忽然被喊走了，而且被喊得很急。所以他们就匆忙地离去了，让那只木鞋顺水而流。这样，木鞋就离开了岸，越漂越远。甲虫吓得全身发抖，因为他被绑在桅杆上，没有办法飞走。

这时有一个苍蝇来访问他。

"天气是多好啊！"苍蝇说，"我想在这儿好好休息一下，在这儿晒晒暖和的太阳。你已经享受得够久了。"

"你怎么会这么想呢！难道你没有看到我是被绑着的吗？"

"啊，但我并没有被绑着呀，"苍蝇说着就飞走了。

"我现在可知道这个世界是个什么样子了，"甲虫说，"这是一个卑鄙的世界！而我却是它里面唯一的老实人。第一，他们不让我得到那只金马掌；我不得不躺在湿被单里，站在阴风里；最后他们硬送给我一个太太。于是我采取紧急措施，逃离到这个大世界里来。我发现了人们是怎样生活，同时也知道自己应该怎样生活。这时人间的一个小顽童来了，把我绑住任凭那些狂暴的波涛对付我，而皇帝的那匹马这时却穿着金马掌散着步。我简直要气死了！不过你不要希望这个世界能给你什么同情！我的事业一直是很有意义的；不过，如果没有任何人知道它的话，那又有什么用呢？世人也不配知道它，否则，当皇帝那匹爱马在马厩里伸出它的腿来让人钉上马掌的时候，大家就应该让我得到金马掌了。如果我得到金马掌的话，我也可以算作那马厩的一种光荣。现在马厩对我说来，算是完了。这世界也算是完了。一切都完了！"

不过一切倒还没有完。有一条船划了过来，上面坐着几个年轻的女子。

"看！有一只木鞋在漂，"一位说。

"还有一个可怜的小生物绑在上面，"另外一位发现了甲虫。

这只船驶近了木鞋。她们把木鞋从水里捞上来。一位女子取出一把剪刀，把那根毛线剪断，而没有伤害到甲虫。当她们走上岸的时候，她就把他轻轻地放到草上。

"爬吧，爬吧！飞吧，飞吧！如果你可能的话！"她说，"自由是一种美丽的东西。"

于是甲虫飞起来，一直飞到一个巨大建筑物的窗子里去。然后又累又困地落了下来，恰恰落到国王那只爱马的又细又长的鬃毛上去。马儿正站立在它和甲虫同住在一块的那个马厩里面。甲虫紧紧地抓住马鬃，坐了一会儿，恢复恢复自己的精神。

"我现在坐在皇帝爱马的身上——作为骑他的人坐着！我刚才说的什么呢？现在我懂得了。这个想法很对，很正确。那个铁匠问过我这句话。马儿为什么要有金马掌呢？现在我可明白了。马儿得到金马掌完全是为了我的缘故。"

现在甲虫又变得心满意足了。

"一个人的头脑只有旅行一番以后才会变得清醒一些，"他若有所悟。

这时太阳照在他身上,而且照得很美丽。

"这个世界还不坏,"甲虫说,"一个人只需知道怎样应付它就成。"

这个世界是很美的,因为皇帝的马儿钉上金马掌,而他钉上金马掌完全是因为甲虫要骑他的缘故。

"现在我要下马去告诉别的甲虫,说我被大家伺候得如何舒服。我还要告诉他们我在国外的旅行中所得到的一切愉快。对了我还要告诉他们,说从今以后,不出去了,除非马儿把他的金马掌穿破了。"

(1861 年)

幸福的家庭

牛蒡的叶子无疑要算是这个国家里最大的绿叶子。

它像一条围裙可以围在你的肚子上。在雨天,你可以把它当作伞用。因为它是出奇的宽大。牛蒡从来不单独地生长;在它周围你一定还可以找到好几棵。这是它最可爱的一点,而这一点对蜗牛说来只不过是食料。

在远古时候,许多大人物把这些白色的大蜗牛做成"碎肉";当他们享用时候,就说:"哼,味道美极了!"这些蜗牛都靠牛蒡叶子活着;因此人们才种植大片大片的牛蒡。

现在有一个古代的公馆,住在里面的人已经不再吃蜗牛了。所以蜗牛都死光了,不过牛蒡却轻松愉快地活着,这植物在小径上和花园上长得非常茂盛,人们怎么也没有办法阻止它们。那一片繁茂的绿荫郁郁葱葱,简直快成了森林。要不是这儿那儿还有几株苹果树和梅子树,谁也不会想到这是一个花园。在这个牛蒡的大森林里还生活着最后两个蜗牛遗老。

它们忘了自己的年龄。不过它们很清楚地记得:它们的家庭曾经相当庞大,整个森林就是为它们和它们的家族而发展起来的。它们从来没有离开过家,不过却听说过:这个世界上还有一个叫作什么"公馆"的东西,它们在那里面被烹调着,然后变成黑色,最后被盛在一个银盘子里。不过结果怎样,它们一无所知。此外,它们也想象不出来,烹调完了以后盛在银盘子里,究竟是一种什么味道。那一定很美,特别排场!它们请教过小金鱼、癞蛤蟆和蚯蚓,但是什么也问不出来,因为它们谁也没有被烹调过或盛在银盘子里面。

那对古老的白蜗牛要算世界上最有身份的人物了。它们很清楚森林就是为了它们而存在的,公馆也是为了使它们能被烹调和放在银盘子里而存在的。

它们过着安静和幸福的生活。他们收养了一个非常普通的小蜗牛,因为自己没有孩子。它们把它当自己亲生的孩子抚育。不过这小东西就是长不大,因为它不过是一个普通的蜗牛而已。但是这对老蜗牛——尤其是妈妈——觉得她能看出它在长大。假如爸爸看不出的话,她就要求他摸摸小蜗牛的外壳。因此他就摸了一下;结果发现妈妈说的话有道理。

有一天下起了倾盆大雨。

"咚咚咚!咚咚咚!——请听这就是牛蒡叶子上的响声!"蜗牛爸爸说。

"这就是雨点,"蜗牛妈妈说,"它沿着梗子滴下来了!这儿马上就会潮湿了!我很高兴,我们一家人都有自己的房子;任何别的生物都比不上我们。大家一眼就可以看出,我们是世界上最高贵的人!因为我们一生下来就有房子住,而且这一堆牛蒡林完全是为我们而存在的——它到底有多大呢?还有些什么别的东西在它的外边!"

"它的外边什么别的东西也没有!"蜗牛爸爸说,"世界上再也没有比我们这儿环境更好的地方了。"

"对,"妈妈说,"我倒很想到公馆里去被烹调一下,然后放到银盘子里去。我们的祖先们都是这样;你要知道,这是世上最了不起的贡献!"

"也许公馆已经塌了,"蜗牛爸爸说,"或者它上面已经出现了一片牛蒂林,密得人们都走不出来了。你不要急——你怎么老是那么急,连那个小家伙也开始学起你来。你看他这三天来不老是往梗子上爬吗?当我抬头看看他的时候,我的头都昏了。"

"请你不要骂他,"蜗牛妈妈说,"他这么做没错。他给我们带来了那么多快乐。这个世上再没有别的什么东西值得我们这对老夫妇活下去了。不过,你想过没有:我们去哪儿给他找个太太呢?在这林子的远处,可能住着我们的族人,你想过没有?"

"我相信黑蜗牛住在那儿,"老头儿说,"没有房子的黑蜗牛!一帮卑下的东西,而且还喜欢摆架子。也许我们可以托蚂蚁办办这件事情,他们好像很忙似的总是跑来跑去。他们一定能为我们的小少爷找个太太。"

"我认识一位最美丽的姑娘!"蚂蚁说,"不过她是一个王后恐怕不成!"

"这有什么关系,"两位老蜗牛不以为然,"她有房子吗?"

"她有一座宫殿!"蚂蚁说,"一座最美丽的蚂蚁宫殿,里面有700条走廊。"

"谢谢你!"蜗牛妈妈说,"让我的孩子钻蚂蚁窝,那可不行!我们会托白蚊蚋来办这件差事,假如你找不到更好的姑娘。他们不论天晴下雨都在外面飞。牛蒡林的里里外外,他们比任何人都清楚。"

"我们为他找到了一个太太,"蚊蚋说,"离这儿100步远的地方,有一个有房子的小蜗牛孤独地住在醋栗丛上。她很寂寞,她已经够结婚年龄。她住的地方离此地只不过100步远!"

"好的,我们想见见她,让她来吧,"这对老夫妇说,"我们的儿子拥有整个的牛蒡林,而她只不过有一个小醋栗丛!"

于是,那位姑娘足足走了八天才来到目的地,但这是一种很珍贵的现象,因为这说明她是一个很正经的女子。

于是它们就举行了婚礼。六个萤火虫聚集在一起尽量发出光来照着为它们的婚礼助兴。除此以外,一切是非常安静的,因为这对老蜗牛夫妇不喜欢大喝大闹。不过蜗牛妈妈发表了一番动人的演说。蜗牛爸爸感动地一句话也讲不出来。它们把整座牛蒡林作为遗产送给这对年轻夫妇;并且说了一大堆它们常常说的话,那就是——世界上最好的一块地方就是这儿了,如果它们要正直地,善良地生活和繁殖下去的话,它们和它们的后代将来就应该到那个公馆里去,以便被煮得发黑、放到银盘子上面。

讲完了这番话,这对老夫妇就钻进它们的屋子里去,再也没有出来。它们放心地离开了这个世界。

现在年轻的蜗牛夫妇占有了这整座的森林,以后又生了一大堆孩子。不过它们从来没有被烹调过,也没有到银盘子里去过。因此它们认为那个公馆已经塌了,人类都已经死去了而且一直坚持这种看法,因为谁也没有反对它们这么想。雨打在牛蒡叶上,为它们奏出咚咚的音乐来。太阳为它们发出亮光,使这牛蒡林增添了不少亮丽光彩。就这样,它们过得非常愉快幸福——这整个家庭是幸福的,说不出的幸福!

(1844 年)

最后的一天

我们死去的那一天,将是一生中最圣洁的一天。

因为这是最后一天——庄圣、伟大、转变的一天。在这最后的、肃穆和不容否定的时刻,你是否认真地思考过?

从前,有这么一个人,他是上帝所谓忠诚的信徒;对他来讲,上帝的话简直就是法律;他是上帝的一个热忱的追随者。现在,带着一幅庄严、神圣面孔的死神就站在他身边。

"来吧,时间已经到了,现在就请跟我来"死神说话的同时用冰冷的手指摸一下他的脚,马上他的脚就变得冰冷。死神接着又在他的前额上摸了一下,然后,他的心也被摸了一下。他的心随即爆炸了,于是灵魂随着死神而逝去。

只不过几秒钟以前,当死亡从脚一直延伸到前额和心里去的时候,这个垂死的人一生所经历和做过的事情,就踏着随波涌动的巨大沉重的浪花,一阵阵向他袭来。

在这个时刻,一个人看到的是无底的深渊,转念之间便会认清茫茫的大道。这个时刻,一瞬间一个人就可以看到空中无以数计的星星,识别出宇宙中的各种星体以及大千世界。

在这样的一个时刻,罪孽深重的人会感到无比的恐惧,浑身瑟瑟发抖。他没有一点倚靠,好像在无边的空虚中迅速下沉! 但是,虔诚的人会静静地把头靠在上帝的身上,好像一个孩子般地信赖上帝:"我完全遵从您的意志!"

但是,眼前的这个死者却没有孩子的心境;他觉得自己是一个大人。并不像罪人那样颤抖,因为他知道他是一个真正有信心的人。宗教的一切教条正被他完完全全、严格地遵守着,他知道千千万万的人要一同走向灭亡。他可以用剑和火把他们的躯壳毁掉,因为他们的灵魂早已消亡,而且会永远消亡下去! 他现在正走在通往天国的道路上,上天为他打开了慈悲的大门,并会对他表示慈悲。当他的灵魂跟着安琪儿一起飞走的时候,他回头向睡榻望了一眼。睡榻上躺着一具裹着白尸衣的躯壳,他的"我"仍清晰地印在躯壳身上。接着他们继续向前飞。他们好像飞在一间令人眩目的华贵大厅中,一会儿,又像飞进了一个郁郁葱葱的森林。大自然就好像古老的法国花园在经过一番修剪、扩张、捆扎、分拣和艺术加工后,在这儿正举行一场化装舞会。

"人生就是这样!"死神说。

所有的人都化了妆,或多或少;并不是所有一切最高贵和有权势的人物都是穿着天鹅绒的礼服和戴着金灿灿的饰品,而那些卑微和地位低下的人也并不都裹在褴褛的外套里。这是一个稀有的舞会。令人感到十分奇怪的是,大家在各自的衣服下面都隐藏着某种秘密的不可告人的东西。这个人撕着那个人的衣服,企图揭露出这些秘密。于是,人们看见一个兽头从衣服里露出来。在这个人的眼中,它是一个冷冰冰的人猿;而在另一个人的眼中,它是一只丑陋的山羊,一条全身布满粘糊糊鳞片的蛇或者一条异常呆板的鱼。

这就是寄生在我们大家身体中的某种动物。它从小到大一直生长在人的身体里面,等它成熟了便跳着蹦着,想要跑出来。每个人都用衣服紧紧地把它盖住,但是别的人却偏要把衣服撕开,大声喊着:"看呀!看呀!这就是他!这就是他!"于是,这个人的丑态就毫无保留地暴露在众人面前。

"哪种动物会长在我的身体里呢?"飞行着的灵魂说。死神指着立在他们面前一个高大的人物。这人的头上笼罩着五颜六色的光环,但是在他的心里却藏着一双动物的脚——孔雀的脚。他的荣光只不过是这鸟儿的彩色的尾巴罢了。

他们继续向前飞着。一只巨鸟在树枝上发出令人厌恶的哀号声。它用清晰的人声尖叫道:"你这个死神的陪行者,还记得我吗?"现在对他大声吼叫的就是生前的那些罪恶的思想和欲望:"你记得我吗?"

灵魂颤抖起来,因为他十分熟识这种声音。在上帝面前,这些罪恶的思想和欲望一一聚拢起来,同时到来,作为见证。

"在我们的肉体和天性里面是不会有什么好的东西存在的!"灵魂说,"不过,对于我说来,我的罪恶还仅仅是思想,并没有变成行动,也就没有罪恶的结果让人看到!"为了逃避这种难听的叫声,他加快速度向前飞,可是一只庞大的黑鸟尾随着他,在他的上空久久盘旋,而且不停地叫着,好像它希望全世界的人都能听到它刺耳的声音似的。灵魂像一只被追赶着的鹿迅速地向前跳。但是他每跳一步就会撞着尖锐的燧石。他的脚被燧石划开让他感到异常痛楚。

"那些尖锐的石头遍地都是!像枯叶一样,是从什么地方来的呢?"

"这就是你讲的那些不小心的话语。这些话伤害了你周围人的心,而这种伤害比起石头对你的脚的伤害要厉害得多!"

"这点我倒从来没有想到过!"灵魂说。

"你们不要论断人,免得你们被论断!"一个声音在空中响起。

"我们都犯过罪!"灵魂说着,同时直起腰来,"我始终遵守着教条和福音;我做了力所能及的事情;我跟别人是不一样的。"

这时他们来到了天国的门口。守门的安琪儿问:

"你是谁?告诉我你的信心,把你所做过的事情指给我看!"

"我严格地遵守一切戒条。在世人的面前我尽量地谦虚。罪恶的事情和罪恶的人都是我所憎恨的,我跟这些事和人做斗争——这些罪恶之人将走向永恒的毁灭。假如我有能量的话,我将用火和剑来继续与这些事和人斗争!"

"那么你是穆罕默德的一个信徒吧?"安琪儿说。

"不，我绝不是！"

"耶稣说，凡动刀的人，必死在刀下！你没有这样的信心。也许你是一个犹太教徒吧。犹太教徒跟摩西说：'以眼还眼，以牙还牙！'犹太教徒把他们自己民族的上帝视为独一无二的上帝。"

"我是一个基督徒！"

"我在你的信心和行动中看不出来这一点。基督的教义是：和睦、博爱和慈悲！"

"慈悲！"无垠的天空中发出这样一个深厚的声音，同时天国的门也开了。灵魂忽地向一道光飞去。

不过，道道光芒非常强烈和锐利，好像一把抽出的刀子扎在灵魂的身上，灵魂不得不向后退。这时一道温柔、动人的音乐自空中缓缓飘来——实在无法用人世间的语言来形容它。灵魂颤抖着，慢慢垂下头，越垂越低。天上的光芒射进他的身体里。这时他感受到、也领悟到他以前从来没有感觉到的东西：他的傲慢、残酷和罪过的重负——现在都清清楚楚地呈现在他眼前。

"如果说：我在这世界上做了什么好事，那是因为我非这样做不可。至于坏事——则完全是我罪过的想法使然！"

天上刺目的光芒照得灵魂睁不开眼睛。他已经变得没有一丝力量，开始往下坠落。他觉得自己坠得很深，渐渐缩成一团。他太沉重了，还没有达到进入天国的境界。一想起严肃公正的上帝，连"慈悲"这个词他也不敢喊出来了。

但是"慈悲"——他不敢祈盼的"慈悲"——却到来了。

上帝的天国遍布在广阔无垠的太空中每一个地方，上帝的爱撒满了灵魂的全身。

"人的灵魂啊，你永远是神圣、幸福、善良和不灭的！"洪亮的歌声响起来。

所有的人，我们每一个人，在一生中最后的一天，也会像这个灵魂一样，在天国的光辉和荣耀面前缩回来，垂下头，卑微地向下面坠落。但是上帝的爱和仁慈又把我们托起来，让我们在一条新的航线上飞翔，我们会变得更圣洁、优秀和善良。在上帝的扶持下，一步一步地接近光芒，融进永恒的光明中去。

（1852 年）

完全是真的

"那件事情简直太可怕了!"母鸡说。她讲这话的地方并不是故事的发生地——城里另一个区。"那件可怕的事情发生在鸡屋里!我今晚可不敢一个人睡觉了!真是太幸运了,我们大伙儿都在一根栖木上休息!"于是她讲了一个故事,弄得其他的母鸡毛骨悚然羽毛根根竖立,而公鸡的鸡冠却垂了下来。这完全是真的!

不过还是让我们从头开始吧。事情是发生在城里另一区的鸡屋里面。当太阳落下的时候,所有母鸡都飞上了栖木。有一只母鸡,羽毛很白,长着洁白的羽毛短短的腿,她每次下蛋总是按规定的数目。从各方面讲,她都是很有身份的。当她飞到栖木上去的时候,便用嘴啄了自己几下,弄得有一根小羽毛脱落下来。

"事实就是如此!"她说,"我越使劲地啄自己,我就越漂亮!"她说这话时露出一幅十分快乐的神情,因为她是母鸡中一个心情愉悦、乐观的人物,虽然我刚才说过她是一只很有身份的鸡。不久她渐渐睡着了。

四周一片漆黑。母鸡跟母鸡站在一起,不过在她身边的那只母鸡却没有睡着。她在静听着——从一只耳朵进,另一只耳朵出;一个人要想安静地生活下去,就非得有如此功夫不可。但是她总是禁不住要把她所听到的事情全都告诉她的邻居:

"刚才的话你听见了吗?名字我不想指出来。有那么一只母鸡,她为了使自己好看,竟然啄掉羽毛。假如我是公鸡的话,我才看不起这样的呢。"

这些母鸡的上面住着一只猫头鹰和她的丈夫以及孩子。她这一家人的耳朵都很尖:刚才邻居所讲的话,他们都听见了。他们向上翻翻眼睛;于是猫头鹰妈妈就拍拍翅膀说:

"不要听那种话!不过刚才的话我想你们都听到了吧?我是亲耳听到过的,听得多了才能记住。有一只母鸡根本把应当有的礼节忘记了:她甚至啄掉自己身上的羽毛,就是为了让公鸡把她看个仔细。"

"Prenezgardeauxen HPeants,"猫头鹰爸爸说。"孩子们不应该听这样的话。"

"我得把这些话告诉对面的猫头鹰!她的作风很正派,值得我们来往!"说着猫头鹰妈妈向对面飞去。

"呼!呼!呜——呼!"他们俩同时喊起来,而喊声刚好被下边鸽子笼里面的鸽子听见了。"刚才那句话你们听到过没有?呼!呼!有一只母鸡为了讨好公鸡,向公鸡献媚她把羽毛都啄掉了,她肯定会被冻死的——如果她现在还没有死的话。呜——呼!","在哪里?在哪里?"鸽子着急地咕咕地直叫。

"在对面的那个屋子里!差不多可以说是我亲眼看见的。我真不好意思把它

图文珍藏版

讲出来,可那确确实实是真的!"

"是真的!真的!字字是真的!"所有的鸽子齐声说,同时向下边的养鸡场咕咕地叫:"有一只母鸡,也有人说是两只,她们把所有的羽毛都啄掉了,为的是要独树一帜,与众不同,借此引起公鸡的注意。这样做真的太过于冒险了,因为她们很容易伤风,最后的结果就是会因高热而死掉。现在她们两位都死了。"

"醒来呀!醒来呀!"公鸡一边大声叫着,一边向围墙上飞去。他的眼睛还没有睁开仍然睡意朦朦,不过这并没影响他在大喊大叫。"三只母鸡因为与一只公鸡在爱情上产生不幸,全都死去了。她们的羽毛都被自己啄得精光。这是一件很丢人的事情。可是我不愿意把它闷在心里;让所有的都知道它吧!"

"让大家都知道它吧!"蝙蝠说。此时母鸡叫,公鸡啼。"让大家都知道它吧!让大家都知道它吧!"于是从这个鸡屋传到那个鸡屋,这个故事一直传下去,最后又回到原来传出的那个地方。

这故事变成:"五只母鸡为了表示她们之中到底是谁因为和那只公鸡失恋而变得最瘦弱,而把自己的羽毛都啄得精光,后来她们相互啄起来,流泪不止,以至于五只鸡全都死掉了。她们的家庭为此蒙受极大的羞辱,她们的主人也因此而遭到极大的损失。"

落掉了一根羽毛的那只母鸡当然不知道这个故事的主人公就是她自己。因为她是一只很有身份的母鸡,所以她就说:

"我最瞧不起那些母鸡;不过像这类没有出息的东西到处都是!我们不应该掩藏这类事情。我要尽力把这故事写出来在报纸上发表,让全国都知道。那些母鸡活该倒霉!她们的家庭也活该倒霉!"

这故事终于被报纸刊登出来了。这完全是真的:小小的一根羽毛可以变成五只母鸡。

(1852年)

蓟的遭遇

一个非常美的小花园坐落在一幢豪华公馆旁边,里面种着许多稀有的树木和奇异的花草。来公馆的客人们都很羡慕这些。在星期日和节日,附近城里和乡下的村民都特地赶来要求参观这个美丽的花园;甚至有的学校也都来参观。

花园外面,一棵很大的蓟长在田野小径旁的栅栏附近,从根处还分出许多枝丫来,因此可以把它说成是一个蓟丛。但是除了一只老驴子用来拖牛奶车,谁也不理睬它。驴子把脖子伸向蓟这边来,对它说:"你太可爱了!我真想一口把你吃掉!"但是它的脖子太短了,没法够到。

公馆里的客人很多——有从京城里来的典雅高贵的客人,有年轻漂亮的小姐。在这些人之中有一个出身高贵的姑娘。她来自苏格兰,拥有很多田地和金钱。她的确是一个非常值得争取的新嫁娘——不止一个年轻人说这样的话,许多母亲们也这样认为。

年轻人有的在草地上面玩"捶球",有的在花园中散步。小姐们摘下一朵自己喜欢的花,插在年轻绅士衣服的扣眼上。不过这位苏格兰来的小姐在四周观察了很久也没有选中,不是这一朵看不上,就是说得那朵也不漂亮,整个花园里几乎没有一朵花可以讨到她的欢心。苏格兰小姐失望中把头转向栅栏外面,她眼睛一亮,那儿正有一个开着大朵紫花的蓟丛。她微微而笑,请这家的少爷为她摘下一朵这样的花来。

"这是苏格兰之花!"她说。"在苏格兰的国徽上她会射出耀眼的光芒,请把它摘给我吧!"

这位少爷摘下其中最美丽的一朵,并用它刺刺自己的手指好像它是一支多刺的玫瑰花。

她把这朵蓟花插在这位年轻人的扣眼里的。他觉得非常荣耀。别的年轻人都想把插在自己身上那只美丽的花弃去,而去戴上那朵由苏格兰小姐的美丽的小手所插上的花朵。如果这家的少爷感到很光彩,那么这棵蓟丛就没有感觉到吗?它感到似乎有许多阳光和雨露渗进了它身体里,让它十分兴奋、舒适。

"我一点儿也没有想到我是如此重要!"它在心里想。"我的位置应该是在栅栏里啊,而不是在栅栏外面。一个人在这个世界上所处的地位常常是处在一个很奇怪的!不过现在我却有一朵花超越了栅栏,而且还被插在扣眼里呢!"

它把这件事情对每个刚冒出的花苞和开放的花朵讲了一遍。没过几天,它听到一个重要消息。这个消息,自己不是从过路人那里听来的,也不是从鸟儿的叫鸣

世界经典文库

世界二十大名著

安徒生童话

图文珍藏版

中听来的,而是从空气中听来的,因为空气收集到这种声音——花园里荫深小径上的声音,公馆里最深的房间里的声音(只要门和窗户是开着的)——然后把它们传送到远近不同的地方去。它听说,那位年轻的绅士,不仅从苏格兰小姐的手中得到一朵美丽的蓟花,而且还得到了她的爱情,赢得了她的芳心。这是多么漂亮的一对——真是一门好亲事。

"完全是由我促成这件事的!"蓟丛想,同时也想起了那朵由它贡献出的、插在扣眼的花。每朵开放的花苞都听见了这个好消息。

"我一定会被移植到花园里去的!"蓟想。"可能还被移植到一个缩手缩脚的花盆里去呢:这可是最高的荣誉!"

对于这件事情蓟非常殷切地盼望着,它信心百倍地说:"我一定会被移植到花盆里去的!"

它告诉每一朵开放了的花苞,它们也会被移植到花盆里去,还有可能被插进扣眼里:对一个人来讲这是它能达到的最高境界。不过,最后谁也没有被移植到花盆里去,当然更不用说插在扣眼上了。它们享受着空气和阳光,在白天吸收温暖的阳光,晚间喝着洁净的露水。它们开出的花朵吸引着蜜蜂和大黄蜂时常来拜访,花蜜——是它们四处寻找的嫁妆。蜂儿把花蜜采走,只留下孤零零的花朵。

"这一群可恶的东西!"蓟气愤地说,"我真希望我能刺到它们! 但是我没有办法!"

原来的花儿慢慢地都垂下头,新的花儿又争相开放出来。

"好像别人请你们似的,你们全来了!"蓟说。"每一分钟我都盼着能走到栅栏那边去。"

几棵天真的雏菊和尖叶子的车前草怀着非常羡慕的心情在旁边静听。它们对蓟所讲的每一句话都深信不疑。

套在牛奶车子上的那只老驴子在路旁痴痴地望着蓟丛。但是它的脖子太短,可望而不可即。

这棵蓟总是在想苏格兰的蓟,它以为自己也是属于这一家族的。最后它就真的相信自己是从苏格兰来的,相信曾经被雕刻在苏格兰的国徽上的蓟是它的祖先。这是一种大胆的想法;只有伟大的蓟才能有这样伟大的思想。

"有时一个人出身于高贵的家族,会使它连想都不敢想一下!"一棵长在旁边的荨麻说。它也有一个想法:如果人们能恰当地运用它,它可以变成"麻布"。

夏天远去了,秋天也很快过去。树上的叶子纷纷落下;花儿的颜色好像被染过一样变得更深了,同时香味也渐渐散去。花园里园丁的学徒朝着栅栏外吟唱:

爬上了山又下山,

世事一直没有变!

虽然现在圣诞节还有一段时间,树林里年轻的枞树已经开始盼望圣诞节的到来。

"我仍然呆在这儿!"蓟想。"在这个世界上,我几乎没有受到任何一个人的重视,但是我却促成了他们的婚姻。他们订了婚,而且在八天前就结婚了。是的,我没有动一下,因为我根本动不了。"

几个星期又过去了。蓟只剩下最后一朵花。这朵花很大也很圆,是从根部开出来的。冷冷的清风从它身上吹过,颜色褪了,昔日的美丽也不存在了;它的花萼有朝鲜蓟那么粗,看起来就像一朵银色的向日葵。这时候那对年轻——丈夫和妻子——到这花园里来了。他们沿栅栏走着,年轻的妻子朝外望了一眼。

"噢那棵大蓟还在那儿!"她说,"不过它现在已经没有什么花了!"

"还有,还剩下最后一朵幽灵!"他说着,指向那朵花儿的银色的残骸——其实它本身就是一朵花。

"它很可爱!"她说。"我们要把这种花刻在我们的画像框子上!"

于是年轻人越过栅栏,摘下蓟的花萼。他的手指被花萼刺了一下——因为他刚刚把它叫作"幽灵"。花萼被带走了带进花园,带进屋子,带进客厅——这对"年轻夫妇"的画像就挂在那儿。新郎的扣眼上画着一朵蓟花。他们谈论着那朵花,也谈论着现在带进来的这朵花萼——这朵像银子一般漂亮的最后的蓟花,将被他们刻在相框上。

空气把他们所讲的话传播出去——传到很远的地方。

"一个人的遭遇真无法预测!"蓟丛说。"我第一个孩子被插在扣眼上,而最后一个孩子又被刻在相框上!我自己到什么地方去呢?"

站在路旁的那只驴子斜着眼睛望了它。

"亲爱的,请到我这儿来吧!我没法走到你跟前去,我的脖不够长呀!"

但是蓟丛却不回答。它陷入了深深的沉思。它想啊想,一直想到圣诞节来临。最后终于开出了这样一朵思想之花:

"只要孩子走到里面去了,即使妈妈站在栅栏外面也没有任何遗憾,应该满足了!"

"这个想法是很公正的!"阳光说。"你也应该得到一个好的归宿!"

"是在花盆里呢?还是在相框上?"蓟问。

"在一个童话里!"阳光说。

这就是那个童话!

(1869 年)

世界经典文库

世界二十大名著

安徒生童话

图文珍藏版

新世纪的女神

我们的后代,孙子的孩子——或许比这还要更后的一代将会认识一位新世纪的女神,但是我们并不认识她。她究竟出现在什么时候呢?她的外表又是什么样子?她会为谁而歌唱?谁的心弦将会被她拨动呢?她将会使新的时代上升到一个怎样的高度呢?

在这样一个忙忙碌碌的时代里,我们为什么要问这么多问题呢?在这个时代里,诗看起来几乎是多余的。人们很清楚地知道,我们现代的诗人所写的诗中,将来有许多会被人用炭黑涂写在监狱的墙上,少数人只是出于好奇心而去阅读一下。

诗得参加斗争,至少得参加派系斗争,不管它流的是血还是墨汁。

也许许多人会说,这不过是一面之词;诗在我们的时代里并没有被遗忘。

是的,没有,现在还有人在感觉空闲的时候,想到了诗。只要他们的心里感觉苦闷无处发泄,他们就会到书店里去,花几个钱买些最流行的诗。有的人只喜欢读不花钱的诗;有的人只愿意在杂货店的纸包上读上几行,这是一种廉价的读法——在我们这个忙碌的时代里,也不得不去考虑一些便宜的事情。只要我们有什么,就有人要什么——这就说明问题!未来的诗,像还不曾露面的音乐一样,是属于堂·吉诃德这一类型的问题。要讨论它,那简直就跟讨论到天王星上去旅行一样,不会有任何结果。

时间短促,也极其宝贵,我们不能把它花在没有结果的幻想身上。如果我们有一点理智地说,诗究竟是什么呢?思想和情感的表露不过是神经的搏动而已。据许多学者的说法,一切热忱、欢乐、痛苦的流露,甚至身体的活动,都不过是神经的震动。我们每个人都是一具复杂的弦乐器。

但是由谁来弹这些弦呢?是谁使它们震颤和搏动呢?精神——不可觉察的、神圣的精神——我们的感情和动作通过这些弦表露出来。另外一具弦乐器会听懂这些动作和感情;它们用和谐的曲调或强烈的噪音来做出回答。人类在充分的自由感中不断向前进——过去是这样,将来也是这样。

每一个世纪,每1000年,都会在诗中有所表现,表现出它的伟大。它在一个时代结束的时候诞生,大踏步地向前进,它统领正在到来的新时代。

在我们这个繁杂、忙碌的机器时代里,她——新世纪的女神——正在向我们走来。我们向她致敬!让她某一天听见我们现在所说的或是在变成铅字的字里行间里读到吧。她的摇篮在震动,从探险家所征服的北极,一直延伸到了广无边际的漆黑南极夜空。在机器的喧闹声,火车头的尖鸣声,石山的爆裂声以及我们的精神挣脱束缚的裂碎声中,我们听不见这种震撼人心的震动。

她是在我们这个时代的大工厂里出生的。在这个工厂里,蒸气发出无比巨大的威力,"没有血肉的主人"和他的勤劳的工人在日夜工作着。

她有一颗女人的心;这颗心充满了伟大的爱情、贞节的火焰和灼热的感情。她获得了理智的光辉;一切三棱镜所能反射的色彩都包含在这种光辉之中,这些色彩不停地变化从这个世纪到那个世纪——变成当时最流行的颜色。由幻想做成的宽大天鹅羽衣将她打扮起来,是她飞行的力量。科学织成了这件羽衣,汇集"原始的力量"使它具有飞行的特性。

就父亲的血统而言,她是人民的孩子,有健康的精神和思想,有一双严肃、清澈的眼睛和一个富有幽默感的嘴唇。她的母亲是一个外地人的女儿,出身高贵,受过高等教育,时刻暴露出那个浮华的洛可可式的痕迹。新世纪的女神继承了这两方面的血统和灵气。

她的摇篮四周装点着许多美丽的生日礼物。大自然存在的许多谜和这些谜的答案,像糖果似的粘在她的周围。从潜水钟里变出许多深海中的瑰丽斑斓的饰品映衬着她。盖在她身体上的被子是一张天体地图。地图上绘着风平浪静的大洋和无数的小岛——每一个岛代表一个世界。太阳为她绘出色彩纷纷的图画;照相术给她提供许多新奇的事物。她的保姆在她面前歌颂美好的事物歌颂过"斯加德"演唱家爱文德和费尔杜西,歌颂过行吟歌人,歌颂过诗人海涅在少年时代所表现出的才华。她的保姆给她讲过许多东西——许许多多的东西。她知道了老曾祖母爱达的众多骇人听闻的故事——在这些故事里,"诅咒"震颤它血腥的翅膀。她在一刻钟以内把整个的《一千零一夜》都听完了。

虽然新世纪的女神还是一个天真可爱的孩子,但是她已经从摇篮跳出来。她有很多欲望,但是她不知道她究竟要什么东西。

她仍然生活在巨大的育婴室里,在充满了珍贵艺术品和洛可可艺术氛围的房间里玩耍。这里有用大理石雕成的希腊悲剧和罗马喜剧,每一种民族的民间歌曲就像干枯的植物一样,挂在墙上。只经你轻轻地在上面吻一下,它们就立刻又变得,发出淡淡的香气。贝多芬、格路克和莫扎特的永恒的交响乐在她周围奏响,这些音乐是鲜活音乐大师们用旋律所表现出来的思想。她的书架上摆着许多著名作家的作品——这些作家在世的时候是不朽的;现在书架上还有空间可以放更多的书籍——我们在的电报机中可以经常听到它们作者的名字,但是这些名字不会永存会随着电波而消失。

她读了很多书,相当多的书,因为她在我们的这个时代生长。当然,她同样又会忘记掉很多书——女神是知道怎样把它们忘掉的。她并没有考虑到她的歌——像摩西的作品,像比得拜笔下所描写的有关狐狸的狡诈和幸运的美丽寓言一样这歌,将会世世代代传下去。她并没有考虑到她的艰巨的任务和她的轰轰烈烈的未来。在她还只是玩耍的同时,国与国之间发生了震天动地的斗争,笔与炮形成各自的音符,相互掺杂混做一团——这些交杂的音符像北欧的古代文字一样,难以辨认。

她戴着一顶加里波第式的帽子,但是她却读着莎士比亚的传世之作,忽然,她产生了这样一个念头:"我长大以后剧院仍可以上演他的剧本。而加尔德龙,他只配躺在墓里用他的作品当陪葬,当然歌颂他的碑文可以刻在墓上。"对于荷尔堡,嗨,女神是一个仁慈大义者:她把他的作品与莫里哀、普拉图斯和亚里斯多芬的作品装订在一起,不过她只喜欢莫里哀。

她完全没有那股使羚羊也难以安静的冲劲,但是她的灵魂急切地希望得到生命的乐趣,正如羚羊祈望得到在山中的欢愉一样。在她的心中滋生一种安静的感觉。这种感觉很像古代希伯莱人传说中的那些游牧民族在星斗满天的静夜里、倚坐在翠绿的大草原上所唱出的悠扬歌声。但是在歌声中她的心会变得非常激动——比古希腊塞萨里山中的那些勇敢的战士的心还要激动。

对于基督教的信仰她又是怎样呢?哲学中一切的奥妙她都学习到了。宇宙间的某种元素敲落了她的一个乳齿,但是一排新牙早已长了出来。在摇篮里的时候她就尝到了咬知识之果,并把它咬掉,深深咀嚼,因此她变得聪明起来。人类文明最智慧的思想成为"永恒的光芒",笼罩在她面前,照亮了她。

新世纪在什么时候出现呢?女神什么时候才会被人承认呢?她的声音什么时候才能被人听见呢?

她将在春天一个美丽的早晨骑着龙——火车头——穿过隧道,越过桥梁,轰轰烈烈的地到来;或者她在喷水的海豚身上横渡温柔而坚毅的海洋;或者跨在蒙特果尔菲的巨鸟洛克身上掠过太空。在她落下的国土上她将,用她纯洁、神圣的声音,第一次为人类而欢呼。这国土在什么地方呢?在哥伦布发现新大陆上——自由的国土上吗?在这片国土上,士人成为被追逐猎取的对象,非洲人成为辛勤劳作的牛马——我们从这片国土的上空听到《海华沙之歌》。在地球的另一边——南洋的金岛上吗?这片国土黑白颠倒——我们的黑夜就是白天,白天也是黑夜。这里的黑天鹅躲在含羞草丛里唱歌。在曼农的石像所在的国土上吗?这石像天论过去还是现在都发生响声,虽然我们不懂得沙洲上的斯芬克斯之歌。在那个布满了煤矿的岛上吗?在这个岛上,从伊丽莎白王朝开始莎士比亚就成了统领者。在蒂却·布拉赫出生的那片国土上吗?蒂却·布拉赫在这块土地上没有长久的居留权。在位于加利福尼亚州的童话王国里吗?这里的水杉叶莎高高的向上挺拔,被称为世界树林之王。

女神眉尖上的那颗星会在什么时候亮起来呢?这颗星是一朵奇异的花——这个世纪所有形式的、色彩的和香气的美丽外表都写它的每一片花瓣上。

"这位新女神有什么计划呢?"我们这个时代的聪明政治家问。"她究竟想做些什么呢?"

你还不如问一下她到底不打算做些什么吧!

她不是过去时代幽灵的化身——她不会以这种形式出现。她将不会从舞台上拾起那些美丽的却早已被用过的东西创造新的戏剧。她也不会以抒情诗作为屏帐来掩饰戏剧结构上的缺憾！她离开了我们，飞走了，正如她走下德斯比斯的马车，然后登上大理石的舞台一样。她不会把人间的正常语言打成片片碎块，却又把这些碎片聚拢起来组成一个能够发出"杜巴多"竞赛的那种音调的八音盒。她将不会把诗看成贵族的代名词，而把散文看成平民——这两种东西在韵律、和谐和力量方面表现出的效果是平等的。她将不会在冰岛传奇的木简上再次去雕刻古代神像，因为她知道这些神早已离我们远去，我们这个时代跟他们会有什么情感和联系呢？她将不把法国小说中的那些情节放进她这一代人的心里。她将不以这些平淡无奇咀之无味的故事去麻醉人们的神经。她带来生命的仙丹。她把韵文和散文编成歌曲唱出来，是那样简洁、明了和丰富。各个民族的脉搏在人类进化文字中不过是一个字母。她把自己的爱融进每一个字母，把它们组成字，用这些字汇编成动听的颂歌来赞美她的这个时代。

这个时代什么时候成熟起来呢？

对于我们落在后面的人来说，这个时候的到来还有一段距离。对于已经走在前面去的人来说，它就在你的眼前。

中国的万里长城不会永久存在下去；欧洲的火车将要开到亚洲开到那些闭关自守的文化中去——这两种文化将要汇合起来汇成一条奔腾的瀑布！可能这条瀑布要发出惊天动地的回响：在这巨大的响声面前我们这些近代的老人将要发抖，因为我们将会听到"拉涅洛克"正一步步走来——一切古代的神灵都将灭亡。我们忘记了，过去的时代和种族不得不消逝，留下的只是它们很微小的缩影。这些缩影被文字包裹在胶囊里，像一朵莲花飘浮在永不干涸的河流上。它们向我们宣布：它们是我们的血与肉，虽然外在的装束不尽相同。犹太种族的缩影在《圣经》里显现出来，希腊种族的缩影显现在《伊里亚特》和《奥德赛》里来。但是我们的缩影呢？——让新世纪的女神在"拉涅洛克"到来的时来告诉你吧。新的"吉姆列"。将会在这个时候，出现于光荣和理智中。

蒸气所发出的威力和近代的压力都是杠杆。"没有血肉的主人"和他的忙碌的助手——他很像我们这个时代一个强大的统治者——不过是仆人，是用来装饰华美厅堂的黑奴罢了。他们带来珍宝，铺好桌子，准备迎接一个盛大节日的到来。这一天，女神像孩子般天纯真，姑娘般的热情，主妇般的镇静若定和聪慧，她挂起一盏绮丽的诗的明灯——它就是人类的一颗充实、丰富的心，能够发出神圣的火焰。

新世纪诗一般的女神啊，我们向你致敬！愿风儿将我们的敬礼带到高空，让你亲耳听到，正如蚯蚓为你而歌的感谢颂歌一样被你听见——春天到来了，这蚯蚓在农民翻土的犁头下被切成数段，他们把我们摧毁，为了让你的祝福可以落到这未来新一代的头上。

新世纪的女神啊，我们向你致敬！

（1861年）

各得其所

这件事情发生在100多年以前。

有一座古老的邸宅坐落于树林后面的大湖旁边。在它周围有一道很深的壕沟;里面杂草丛生,还有许多芦苇。通向入口的桥旁边,有一棵年纪很大的柳树;它的树枝很重,一直垂向这些芦苇。

从空巷里传来一阵急促的号角声和马蹄声;一个牧鹅姑娘赶着一大群鹅从桥过走过,她要趁着一群猎人没有奔过来以前,把鹅赶走。猎人飞快地跑近了。她匆忙爬到桥头的一块石头上,免得被他们踩倒。她还是个孩子,一幅瘦削的身材;但是在她脸上却有一种平和的表情和一双明亮的眼睛。那位老爷可没有在意到这点。当他飞驰过去的刹那,把鞭子掉过来,恶作剧地朝这女孩子的胸脯抽下去,女孩从石头上仰着滚了下去。

"各得其所!"他大声说,"快滚到泥巴里去吧!"

他哈哈大笑起来。似乎他觉得这实在好笑,所有和他一道来的人也都笑起来。人笑着、叫着马儿大肆鸣叫,连猎犬也狂吠着凑起热闹。这真是所谓:

"富鸟飞来声音大!"

只有上帝知道,他现在是不是真的富有。可怜的牧鹅女往下落的时候,伸手乱抓,恰好抓住了柳树的一根垂枝,她在泥潭的上面悬着。老爷和他的猎犬走进大门不见了踪影。就在她想办法往上爬的时候,枝子忽然从顶上断了;要不是上面有一只强壮的大手把她抓住,她就要落到芦苇塘里去了。这人是一个流浪的小贩。他在不远的地方看到了刚才一幕,所以就急忙赶过来帮助她。

"各得其所!"他模仿那位老爷的口吻开着玩笑。说话的同时,他把小姑娘拉到地面上来。他倒很想把那根断了的枝子再接上,但是并不是在任何场合下都可以做到!于是他就把这枝子插到柔软的土里。"假如你能够生长的话,那么就生长吧,一直长到你可以成为那个公馆里的人们的一支笛子!"

他很希望这位老爷和他的一家人痛痛快快地挨一次打呢。他走进公馆,但并没有走进客厅,因为他的身份太卑微了!他走进仆人住的地方。仆人翻了翻他带来的货物,正在进行一番讨价还价,忽然从上房的酒席桌上,传来一阵嘈杂和尖叫声——这是他们在唱所谓的歌,比这好的东西他们就不会了。笑声和犬吠声、大吃大喝声,混做一团。烈酒装在瓶罐和瓶罐玻璃杯里,冒着气泡,狗主人旁边与主人一起吃喝。有的狗子把耳朵、鼻子擦干净后,还可以得到少爷们的亲吻。

他们让这小贩带着他货物走上来,他们的用意只是想开他的玩笑。酒是进了肚子,理智也就去了。他们把酒倒进袜子里,让这小贩跟他们一起喝,但是必须要快快喝下去!他们说得这办法既巧妙,而又能令人大笑。于是他们把牲口、农奴和农庄都拿出来压作赌注,有的人赢,有的输了。

"各得其所!"小贩在走出这个"罪恶的渊宅"的时候说,"宽广的大道是我的处所,我在那家感到很不舒服、自在。"

牧鹅的小姑娘从田野的篱笆那儿对他点头。

日子一天天过去了。那根被小贩插在壕沟旁边折断了的杨柳枝,显现出新鲜和翠绿;甚至它还冒出了一些嫩芽。牧鹅的小姑娘知道这根树枝正在生根发芽后,感觉非常愉快,因为她觉得这棵树是属于她的。

这棵树在生长。但是公馆里的一切财物,在喝酒和赌博中很快就被挥霍一光——因为这两件东西像车轮一样,任何人站在上面都不能稳稳当当。

还不到六个年头,那位变成一个可怜的穷人老爷拿着袋子和手杖,走出了这个公馆。公馆被一个富有的小贩买去了。他曾经在这儿被戏弄和讥笑过——他就是那必须得从袜子里喝酒的那个人。勤劳和朴实给他带来了兴旺;现在这个小贩成为公馆的主人。不过从这时起,在这里就不允许出现打纸牌这种赌博游戏。

"这种消遣很糟糕,"他说,"当魔鬼第一次看到《圣经》的时候,他就像一本坏书来抵消它,于是他就发明了纸牌戏"

公馆的新主人娶了一位太太。她不是别人,正是那个牧鹅的女郎。她一直都是一名诚实、恭敬和善良的姑娘。当她穿上新衣服时漂亮极了,好像她天生就是一个贵妇人。事情怎么会是这样呢?是的,在我们这个忙碌的时代里,这是一个很长的故事;不过事情就是如此,而且后面的另一部分才是最重要的。

住在这座古老的宅邸里是很幸福的。家里的事由母亲来管,父亲负责外面的事,幸福好像是一汪泉水不断涌出来的。凡是幸运的地方,经常伴随着有幸运的来临。这座老房子被打扫和粉刷得焕然一新;填埋了壕沟,种起果树。这一切都显得那么温馨而愉快;地板擦得亮晶晶的,像一个大银盘。在冬天的漫漫长夜里,女主人同她的女佣人坐在屋里织羊毛或纺线。礼拜天的晚上,司法官——小贩成为一名司法官,虽然他现在已经老了——诵读一段《圣经》。他的孩子们——因为他们生了孩子——都长大了,并且受到了很好的教育,与其他别的家庭一样,他们能力不同,各有特长。

插在公馆门外的那根柳树枝已经长成一棵美丽的大树。它自由自在地立在那儿,还没有被剪过枝。"这是象征我们家族的树!"这对老夫妇说;这树应该得到尊敬——他们这样告诉自己的孩子,包括那些头脑不太聪明的孩子。

100 年过去了。

到了我们这个时代。一块沼泽地替代了那个大湖。老宅邸也不见了,现在只剩下一个长方形的水潭,两边立着一些断垣残壁。这就是那条壕沟的遗址。这儿还立着一株壮丽的老垂柳。它就是那株老家族树。这几乎是说明,一棵树如果你不去管它,它也会变得非常美丽。当然,它的主干从根到顶都裂开了;风暴也把它打得略为弯了一点。虽然如此,它仍然挺立着,而且在每一个裂口里——一些泥土随风和雨填了进去——还长出了各式的草和花;尤其是在顶上大枝丫分叉的地方,许多覆盆子形成一个悬空的花园。这儿甚至还长出了几棵山楂树;它们苗条地立在这株老柳树的身上。当风儿轻轻地把青浮草吹到水潭的一个角落里去了的时候,老柳树的影子就在荫深的水上出现。一条小径从这树的近旁一直伸到田野。

树林附近有一座风景秀美的小山,上面建起一幢宽敞、华美的新房子。窗玻璃清澈透明,让人们觉得玻璃框完全是空的,好像没有装玻璃。大门前面的宽大台阶由玫瑰花和绿叶植物装点起来就像一个大花亭。草儿碧绿欲滴,每一片叶子好像都被反复冲洗过似的。厅堂里悬挂着稀世珍画。椅子和沙发套着锦缎和天鹅绒,它们生动极了,仿佛自己能走来走去。此外厅堂里还有闪亮的大理石桌子,烫金的古装的书籍。是的,这里住着富贵的人;也就是贵族——男爵。

这儿的一切东西都搭配得很和谐。这里流行这样一句格盲:"各得其所!"从前那座老房子里曾经很荣耀、风光的一些名画,现在统统都被挂在了通向仆人住处的走廊上。现在它们已经成了废物——尤其是那两幅老画像:一幅画了一位伸士,他穿着粉红上衣,戴着假发,上面还粘了一些粉,另一幅画是一位太太——她头发高高的向上梳起并粘了粉,她的手里拿着一朵红玫瑰花。在他们周围环绕着一圈用柳树枝编成的花环,因为小男爵们经常拿这两位老人当成他们射箭的靶子,以至于两张旧画上布满了圆润。这两位老人就是司法官和他的夫人——这个家族的始祖。

"但是他们并不是这个家族的真正所属!"一位小男爵说。"他只是一个小贩,而她是一个牧鹅的丫头。他们和爸爸妈妈一点也不像。"

这两张画成为没有任何价值的废品。因此,正如人们所说的,它们"各得其所"!曾祖父和曾祖母就只能歇息在通向仆人宿舍的走廊里了。

牧师的儿子在这个公馆里任家庭教师。有一天,他和小男爵们以及他们的姐姐出去散步,小姐不久前刚受了坚信礼。他们走在小径上朝那棵老柳树后走去;只在走路的功夫,这位小姐就用路边的小花扎了一个花束。"各得其所",所以这些花儿成为一个完整美丽的共同体。同时,她仔细倾听着大家的谈论。她喜欢听牧师的儿子谈论大自然的威力,谈论古今杰出的男人和女人。她的个性是健康而快乐的,具有崇高的思想和灵魂,还有一颗博爱的心,她喜爱上帝所创造一切事物。

他们在老柳树旁边停下来。那位最小的男爵很想要一支笛子,他从前也曾有过一支用柳枝做成的笛子。牧师的儿子便折下一根树枝。

"啊,请不要这样做!"年轻的女男爵阻止道。然而事情已经做了。"这是我们家族的一棵老树很有名,我非常心疼它!因此,常常在家里常常被他们取笑,但是我不管!这棵树有一个不凡的来历!"

于是,她就把她所知道的关于这树的事情全讲出来:关于那个老宅邸的故事,以及那个小贩和牧鹅姑娘在这地方是如何邂逅、后来他们又怎样成为这个着名家族和这个女男爵的始祖的事情。

"这两个善良的老人,他们不愿意成为所谓的贵族!"她说,"他们恪守着'各得其所'的格言;因此他们认为,如果他们用钱去买一个爵位,那就与他们的地位不相符了。只有他们的儿子——我们的祖父——才真正成为一位男爵。据说,他是一位非常博学的人,常常往来于王子和公主之间,并经常参加他们的宴会。家里所有的人都非常喜欢他。但是,我不明白为什么,最初的那对老人对我更有某种特别的吸引力。那个老房子里的生活一定十分安静和庄重:主妇和女仆们坐在纺纱一起,老主人放声朗读着《圣经》。"

"他们是一对可爱的通情达理的人!"牧师的儿子说。

到这儿,他们的谈话内容自然而然地涉及贵族和市民了。几乎看不出牧师的儿子属于市民阶层的人,因为当他谈到关于贵族的事情时,显得那么内行。他说:

"一个人生长在一个有名望的家庭是一桩幸运的事!同样,一个人血统里涌动着一种激励向上的动力,也是一桩幸运的事。一个人冠有一个族名作为桥梁而加入上流社会,是一桩很美的事。贵族是高贵的意思。它好比一块金币,价值就在上面刻着。我们这个时代的调子——许多诗人也随声附和的——是:一切高贵的东西总是愚蠢和没有价值的;至于穷人,他们越不行,他们就越聪明。但这并不是我的见解,因为我认为这种看法是完全错误的,伪善的。在上流社会里,人们依然可以发现许多令人感到的美丽的东西。我的母亲曾告诉过我一个故事,而且我还可以举出许多别的来。有一天,我母亲到城里去拜访一个贵族家庭。以前,那家主妇的乳母是我的祖母当母亲正与那位富贵的老爷坐在一个房间里时,老爷看见一个老太婆拄着拐杖蹒跚地朝屋里走来。她每个礼拜天都要来一次的,而且一来就带走一些银两。'这个老太太很可怜,'老爷说:'她走路非常困难!'我的母亲还没有明白得他听说的话,他已经走出了房门,跑下楼梯,亲自走到那个穷苦的老太婆身边,免得她为了取几个银两而要走艰难的路。这不过是一件很小的事情;但是,正像《圣经》上所写的寡妇的一文钱一样,它在人的内心深处,在人类的天性中引发了回响,产生共鸣。诗人应该把这样的事情写出来,赞美它,特别是在我们现在这个时代,这样做会起到意想不到的好作用,会说服人心。但是有的人,因为出身于望族,有高贵的血统,常常像阿拉伯的马一样,喜欢翘起前腿在大街上嘶鸣不止。只要有一个普通人来过,他就在房间里说'平民曾经到过此地!'这说明贵族在腐化,变成了一个贵族的假面具,一个德斯比斯所创造的那种面具。人们讥笑这种人,把他当成讽刺的对象。"

这是牧师的儿子的一番议论。它的确未免太长了一点,但在这期间,那管笛子却雕成了。

公馆里有一大批客人。他们有的就住在附近,有的从京城里来。有些女士们穿得很入时,有的很普通。大客厅被众人充斥得满满的。来自附近地区的一些牧师是那么恭恭敬敬地在一个角落里拥挤着——让人觉得这里好像要举行一个葬礼似的。但这却是一个欢乐的场合,只不过欢乐还没有开始罢了。

这里最好应该有一个盛大的音乐会。于是那位小男爵把他的柳树笛子取出来,不过他吹不出声音来,他的爸爸也吹不出,所以笛子在他们手中成了一个废物。

慢慢地韵声在这儿响起,也有了歌唱,感到最愉快的都是演唱者本人,当然对他们来讲这也不坏!

"您也是一个音乐家吗?"一位漂亮绅士问——他只不过是他父母的儿子——"你亲手作成这支笛子还能够吹奏它,真是个天才,而天才才会坐在光荣的席位上,统治着一切。啊,天啦!我跟着时代的脚步——每个人非这样不可。啊,你用这小小的乐器演奏一曲,让我们陶醉一下,好吗?"

于是他就把那支用水池旁的柳树枝雕成的笛子交给牧师的儿子。同时大声宣布说,这位家庭教师将要用这乐器为大家独奏一曲。

现在他们要开他的玩笑,这是再明白不过的了。这位家庭教师就想不吹了,虽然他可以吹得很好。可是这群人却一再地要求他吹,最后弄得他只好拿起笛子,凑到嘴边。

这支笛子真的很奇妙!它发出一个怪音,比蒸汽机所发出的汽笛声还要粗。它在院子上空,在花园和森林里盘旋,一直飘到远处的田野上去。一阵狂风伴随着笛音呼啸而来,它狂啸着说:"各得其所!"于是爸爸被风吹动着,飞出了大厅,落在牧人的房间里;而牧人也飞起来,但是却没有飞进那个大厅里去,因为他不能去——嗨,他却飞到了仆人的宿舍里,飞到那些穿着丝袜子、大摇大摆地走着路的、漂亮的侍从中间去。这些微慢的仆人们顿时变得目瞪口呆,想道:这样一个下贱之人竟然敢跟他们坐在一张桌子上。

但是在大厅里,年轻的女男爵被风吹着,落在了桌子的首席位置。她是有资格坐在这儿的。她的旁边坐着牧师的儿子。他们两人这样坐着,好像是一对新婚夫妇。只有那位老伯爵——他属于这国家的一个最老的家族——仍然坐在他尊贵的位子上没有动;因为这支笛子是很公正的,人也应该得到公正的对待。那位幽默的漂亮绅士——他只不过是他父亲的儿子——煽动牧师儿子吹笛的人,倒栽葱地飞进一个鸡屋里,但在那儿他并不是孤独的一个人。

在附近十多里内的地带,人们都听到了笛声,看到了一些稀奇古怪的事情。一个有钱商人的全家,坐在一辆四轮马子里,被风吹出车厢落在地上,连一块落脚之地都找不到。两个富有钱的农夫,他们在我们这个时代里长得比他们田里的麦子还高,却被吹到泥巴沟里去了。这是一支危险的笛子!幸运的是,它在发出第一个音调后就裂开了。这是一件好事,它又被放进衣袋里去了:"各得其所!"

随后的一天,没有人提起这件事情,于是我们就有了"笛子入袋"这个成语。每件东西都应该回到它原有的位置上去。只有那两幅小贩和牧鹅女的画像被风吹到大客厅的墙上。现在,它们就端正地挂在那儿。正如一位真正的鉴赏家所说的,它们出自一位名家画之手;所以它们现在挂在本应该属于它们的地方。从前人们不知道它们的价值是什么,而人们又怎么会知道呢?现在它们悬挂在光荣的位置上:"各得其所!"事情是这样!永恒的真理是长久存在的——比这个故事要长得多。

(1853 年)

一星期的日子

有一天,一星期里的所有日子都忽然产生了一个想法,他们想停止工作,聚集到一起开一个联欢会。每一个日子从早到晚都是忙忙碌碌的;一年到头,他们腾不出一点空闲来。他们必须有一整天的闲空才成,而这仅仅每隔四年才碰到一次。这样的一天要放在二月里举行,为的是要使年月的计算不至于混乱起来。

因此他们就决定把他们的联欢会放在这个闰月里举行。二月也是一个狂欢节的月份,他将要依照自己的意愿和个性,穿着表现狂欢的衣服来参加。他们将要大吃大喝一顿,发表一些演讲,同时在相互友爱的气氛中无所顾忌地说些令人愉快和不愉快的话语。在古代,战士们常常在吃饭的时候,把啃光了的骨头朝彼此的头上扔。不过一星期的这几个日子却只是想痛快淋漓地开一通玩笑和说一些幽默风趣话——当然这以合乎狂欢节日的氛围为原则的。

这一天终于到来了,于是他们举办了联欢会。

星期日是这几天的首领。他穿着一件黑丝绒外套。虔诚的人可能以为他是穿着牧师的衣服,要到教堂去做礼拜呢。不过世故的人都知道,他穿的是化装舞会的服装,而且他打算要去狂欢一阵。在他的扣眼上插着一朵鲜红的荷兰石竹花,那是戏院的一盏小红灯—— 它说:"票已卖完,请各位自己另去找消遣吧!"

下面一位是星期一。他是一个年轻英俊的小伙子,跟星期日有亲族关系;他特别喜欢寻开心。他说他是近卫队换班的时候离开工厂的。

"奥芬巴赫的音乐我必须得出来听听。虽然我的大脑和心灵并不受它的任何影响,但是它却使我腿上的肌肉发痒。我不得不喝点酒,跳跳舞,在头上挨几拳,然后再开始第二天的工作。我是整个星期的开始!"

星期二是杜尔的日子——象征力量的日子。

"是的,这一天就是我!"星期二说。"我开始繁忙的工作。我把麦尔库尔的翅膀粘在商人的鞋上,到工厂去走一走看看轮子是不是已经上好了油,正常转动起来。我认为裁缝应该坐在案板旁边,铺路工人应该在街上。每个人都应该各负其责,做应做的工作,我关心大家的事情,因为我身穿一套警察的制服,我自称为巡警日。如果你不爱听我说的这话,那么请你去找 个会说好听话的人吧!"

"现在我来了!"星期三说。"我位于在一星期的中间。德国人把我叫作中星期先生。在店铺里我像一个店员;我是一朵花,盛开在一星期所有不平凡的日子中。如果我们排起队,一起向前走,那么我前面有三天,后面也有三天,他们好像就是我的仪仗队,伴随前后。我必须得认为我是一星期中最了不起的一天!"

星期四也来了；他穿着一身铜匠的工作服，同时还带着一把锤头和铜壶——这些标志着他的贵族身份。

"我有最高贵的出身！"他说，"我既是异教徒，同时又很神圣。在北部我的名字是来源于多尔；而在南方又源出于丘比特。他们既会雷鸣，又会闪电，这个家族的本领到现在仍然还保留着。"

于是他敲敲铜壶，以显示他出身的高贵。

星期五来了，把自己打扮成年轻姑娘的样子。她把自己叫作佛列亚；有时为了换换口味，也叫维纳斯——这要根据她所在国家的语言而定。她说自己平时是一个温柔恬静的人，不过今天却变得有点大胆，因为这是闰日——这一天给妇女很大的自由了，因为按照惯例，在这天可她以向人求婚，而不必等人向她求婚。

星期六带着一把扫帚和洗刷的用具，像位老管家婆一样出现了。她最心爱的菜女是一碗用啤酒面包片做的汤。不过，在今天她可不希望把汤放在桌子上让大家吃。她只是想独自享用，而她也就得到那碗汤了。

一星期的日子就这样在餐桌旁坐下来。

他们每个人都是不同的样子，人们可以把他们当作模特绘成连环画，作为家庭里的一种娱乐消遣。在画中人们可以尽可能展开让他们变得滑稽可笑。在这儿我们只不过把他们拉出来，当作对二月开的一个玩笑，毕竟只有这个月才多出一天。

（1869 年）

存钱猪

婴儿室里的玩具种类众多,在橱柜顶上放着一个泥烧的装满钱的罐子。它的形状像一头猪,背上自然还有一道狭口。后来这狭口又被人用刀子扩大一些,这样可以塞进整个银圆。的确,除了许多银毫以外,里面还有两块银圆。

钱猪装得满满的,怎么摇也摇不响——这的确达到是一只钱猪所能达到的最高容量了。现在他高高地站在橱柜上,时不时观察房里的一切东西。他清楚地知道,他肚子里的钱可以买下这所有的玩具。这就是我们所说的"心中有数"。

别的玩具也想到了这一点,但是它们并不说出来——因为还有许多其他的事情要讲。有一个很大的玩具,躺在桌子的抽屉里,抽屉半开着,可以看到她略有点儿旧,脖子曾经修理过一次。她朝外边望了一眼,说:

"让我们现在来扮演人好吗?毕竟这件事是值得一做的呀!"

大家骚动起来,甚至那些挂在墙上的画也转过身来,表示它们有反对意见;不过这并不是说明它们在抗议。

现在正是半夜。月亮从窗子外面照进来,送来不花钱的光。游戏就要开始了。所有的玩具都被邀请,甚至包括学步车,它属于较粗糙的那类玩具。

"每个人都有自己的优点,"学步车说。"我们不能全都是贵族。正如俗话所说的,总要有人做事才成!"

只有钱猪接到了一张手写的请帖,因为他的地位很高,大家都相信口头邀请他肯定不会接受。的确,他并没有回答,而事实上他没有来。如果要他参加的话,他得呆在自己家里欣赏。大家可以照他的意思办,结果他们也就照办了。

那个小玩偶舞台被布置得很恰当,可以让他一眼就能看到台上的演出。大家计划先演一出喜剧,然后再吃茶和做知识测验。他们立刻就进行了。摇木马的谈话涉及训练和纯血统问题,学步车谈到铁路和蒸气的威力。这些事情都属于他们的本行,所以谈起来头头是道。座钟谈起政治:"滴答——滴答"。它确定它敲的是什么时间,不过,有人说他走的并不准确。竹手杖站得笔挺竖直,高傲得不可一世,因为它上面包了银头,下面箍了铜环,从头到脚被包裹起来。沙发上躺着两个绣花垫了,外套好看,内心却糊涂的很。现在戏可以开始了。

大家围坐在一起看戏。事先大家都说好了,观众要根据自己对表演的喜欢程度欢呼、鼓掌和跺脚。不过马鞭说他从来不为老人鼓掌,他只为还没有结婚的年轻人鼓掌。

"我为所有的人鼓掌,"爆竹说。

"一个人应该有自己的立场!"痰盂说。这是演出过程中他们每个人心中的想法。

虽然这出戏无价值可言,但是演得很出色。所有的人物都把它们的一面涂了颜色并将这面掉向观众,因为他们只能让别人看他们的正面,而不能把反面拿出来看。大家都很投入,都兴奋地跑到舞台前面来,拉着它们的线很长,不过这样人们可以更清楚地看到他们。

那个被修理了一次的玩偶显得那么兴奋,以至于她的补丁都松开了。钱猪也看得兴致盎然,他决定要为其中的某位演员做点事情:他想立下遗嘱,到了适当的时候,他要这位演员跟他一起葬在公墓里。这才是真正的快乐,大家就放松一会儿,然后吃茶,继续做知识测验。这就是他们所谓的扮演人类了。这里面一点儿恶意也没有,他们只不过是扮演罢了。每件东西只为自己着想,同时也猜想钱猪的心思;而这钱猪想得最远,因为他想到了写遗嘱和人葬的事情。这事会在什么时候发生,他总是能在别人之前考虑。

啪! 他从橱柜上掉下来了——落到地上,跌成了碎片。小银毫蹦着、舞着,小些的在原地打转,那些大的一边转着一边滚开了,特别是那块大银圆——他竟然想跑到广阔的世界里去。结果他就真的跑去了,其他的也都是一样。摔成碎片的钱猪被扫进垃圾箱里。不过,在第二天,又有一个新的泥烧存钱猪出现在碗柜上。它肚子是空的还没有装进钱,因此它也摇不出响声来;从这一点上讲,它跟别的东西完全是一样的,没有任何差别。不过,这仅仅是一个开始而已——与这开始同时,我们做一个结尾。

(1855 年)

在辽远的海极

几艘大船向北极开去；它们的目的是要发现陆地和大海的界线,同时也想做个试验,人类到底能够航行多远。它们在雾和冰中已经航行了几个年头,而且也吃过不少苦头。现在到了寒冷的冬天,太阳已经不见踪影了。漫漫长夜将要持续好几个星期。四周是一望无际的冰块,它们使船只冻结在其中。雪堆积得很高在雪堆中人们筑起黄蜂窠似的小屋——有的很大,就像我们的古冢;有的还要大,可以同时住下三四个人。但是这里并不是漆黑一团;北极光射出的红和蓝两种色彩,像永不熄灭的、大朵的焰火。雪发出自然的亮光,大自然笼罩在一片昏朦的彩霞中。

当天空最亮的时候,当地的土人成群结队地走出来。他们穿着皮衣,毛茸茸的皮衣,样子显得非常新奇。他们把冰块做成雪橇坐在上面,运输成捆的兽皮,好使他们的雪屋能够铺上温暖的地毯。这些兽皮还可以用来做被子和褥子。当外界是天寒地冻,冷得超乎我们想象的时候,水手们就可以裹着这些暖和的被子睡觉了。

在我们住的地方,这时候还不过是金黄的秋天。住在冰天雪地里的他们也情不自禁地想起了这件事情。他们回忆起故乡暖暖的太阳光,同时也不免想起了挂在树上的片片红叶。钟上的时针告诉他们这已是夜晚到了该睡觉的时候。事实上,雪屋里有两个人已经躺下来要睡了。

这两个人之中最年轻的那位把他最好和最珍贵的宝物带在身边———一部《圣经》。这是他祖母在他动身前送给他的。每天晚上他都把《圣经》放在枕头底下,自儿童时代起他就知道书里面的内容是什么。他每天读一小段,而且每次翻开的时候,他都要读到这样几句神圣的话语,这些话语带给他很大的安慰:"我若展开清晨的翅膀,飞到海极居住,那么就是在那里,你的左手必引导我,你的右手,也必扶持我。"

他默记着这些富有哲理的话,满怀信心,闭上眼睛;慢慢地他睡着了,进入梦乡。上帝以梦的方式给他带来精神上的启示。身体在休息,而灵魂活跃起来,他能清楚地感觉到这一点;这既像那些亲切的、熟识的、旧时的歌曲;又好像夏天的风,在他身边轻轻吹动,感觉温暖舒适。他从他睡的地方看到一线白光在他身上扩展开来,好像是一件什么东西从雪屋顶上照射进来。他抬起头来看,这白光并不是从墙上,或是天花板上射来的。它来自安琪儿肩上的两只翅膀。他朝天使发光的、柔美的脸上望去。

这位安琪儿从《圣经》的书页里升起来,如同从百合的花萼里升上来一般。他张开手臂,雪屋的墙好像只是一层轻飘飘的薄雾慢慢向下坠落。美丽的金秋中,故乡的绿草原、山丘和赤褐色的树林沐浴在阳光中静静地展开来。鹳鸟的窠已经空了，但是野苹果树上仍然悬着累累的果实，虽然叶子都已经飘落了。艳丽的玫瑰射出红光；在他的家——一间农舍——的窗子前面，一只活泼的八哥正在小绿笼子里欢唱着。这只八哥所唱的正是他以前教给它的那支歌。祖母在笼子上挂些鸟食，正如他——她的孙子——以前所作过的那样。铁匠那个年轻而美丽的女儿，正站在井边汲水。她对祖母轻轻点着头，祖母也朝她招招手，拿出一封来自遥远地方的信给她看。这封信正是这天从寒冷的北极寄来的。她的孙子现在就在上帝保护之下，住在那个地方。

她们不禁大笑起来，随后又忍不住哭起来；而住在冰天雪地里的他，在安琪儿的护翼下，也不禁在精神上跟她们一起欢笑，一起哭泣。她们高声地读着信上所写的上帝的话语：就是在海极居住，"你的右手，也必扶持我。"从四周传出阵阵念圣诗的动听声音。在这个梦中的年轻人身上，安琪儿展开迷雾一般的翅膀。

他的梦结束了。雪屋里自然漆黑一团，但是他的头底下放着《圣经》，他的心里充满了信心和希望。"在这海极的地方"，上帝在他的身边，家也在他的身边！

（1856 年）

荷马墓上的一朵玫瑰

夜莺对玫瑰花的爱情在东方的每一首歌曲中都有所表现。静夜里星星闪耀着,这只有翼的歌手就为他芬芳的花儿唱一支情歌。

离士麦那不远,一棵高大的梧桐树下,商人正赶着一群满负重荷的骆驼。由此经过这群牲口把它们的长脖子高傲地仰起来,笨重地行进在这片神圣的土地上。我看到一排美丽的篱笆,它们是由开满了花的玫瑰树所组成的。野鸽子在高大的树枝间飞来飞去。当阳光射到它们身上的时候,它们的翅膀闪闪发光,如同明珠一样。

在玫瑰树篱笆上盛开的所有鲜花中,有一朵是最出众最美丽的花。夜莺对着它将自己的爱情哀愁尽情地唱出。但是这朵玫瑰一言不发,它的叶子上竟然没有一颗同情泪珠。它的花枝只是默默地垂向几块大石头。

"这儿沉睡着世界上一个最伟大的歌唱家!"玫瑰花说。"他的墓上留有我散发出的芳香;当暴风骤雨袭来的时候,我的花瓣飘落到它的身上,这位《依里亚特》的歌唱者变成了这块土地中的尘土,我从这尘土中发芽和生长!我是荷马墓上长出的一朵玫瑰。我无比的圣洁,我不能将花儿展现在一个平凡的夜莺面前。"

于是夜莺就不辞辛苦地歌唱着,一直到死。

赶骆驼的商人带着驮着东西的牲口和黑奴走了过来。他的小儿子看到了这只死鸟。于是他把这只小小的可怜歌手埋进伟大的荷马的墓里。那朵玫瑰花在风中飘动着。黄昏来临,玫瑰花将它的花瓣紧紧地收敛起来,做了一个梦。

它梦见一个美丽的日子,阳光撒满大地。一群异国人——佛兰克人——来参拜荷马的墓地。在这些异国人之中有一位来自遥远北国的诗人;他们的故乡就是那有无数冰块和北极光的地方。他把这朵有灵性的玫瑰摘下,夹在一本书里,然后把它带到世界的另一部分里来——他辽远的北国。这朵玫瑰在无尽的悲伤中凋谢了,静静地躺在这本书里。他在家里把这本书打开,说:"这是一朵从荷马的墓上摘下的玫瑰。"

这就是这朵花做的那个梦。她惊醒了,她的心在风中开始颤抖起来。于是一颗露珠从她的花瓣上滚落到这位歌唱家的墓上。当太阳升起的时候,天气也渐渐变温暖了,玫瑰花比以前开得更加姣美可爱。她是在温暖的亚洲生长。这时脚步声惊动了玫瑰花。她在梦里见到的那群佛兰克人正向她走来;有一位北国的诗人就在他们之中:他真的摘下这朵玫瑰,轻轻吻了一下它新鲜娇嫩的嘴唇上,然后它被带到了冰块和北极光的故乡了。

　　这朵花的躯体瘦得像一具木乃伊，现在就躺在他的《依里亚特》里面。她仿佛像在做一场梦，听到他打开这本书，说："这是荷马墓上的一朵玫瑰。"

　　（1842 年）

野天鹅

当燕子开始飞向遥远的地方时,寒冷的冬天也悄悄地降临了。有一位国王住那遥远的地方。他有 11 个儿子和一个女儿艾丽莎。这 11 个兄弟都是王子。他们上学的时候,胸前佩戴着心形的徽章,身边挂着宝剑。他们写字要用钻石笔和金板。书本在他们心中生了根,他们能够熟练地从头背到尾,再从尾背到头。人们一听就知道他们是王子。妹妹艾丽莎坐的小凳子上面嵌着一面镜子。她有一本昂贵的画册,那需要半个王国的代价才能买得到。

啊,这些孩子是多么幸福;然而幸福并非永远伴随他们左右。

他们的父亲是一国之主。他娶了一个恶毒的王后。王后对这些可怜的孩子十分不好。他们在头一天就已经看出来了。盛大的庆祝活动在整个宫殿里举行,孩子们忙前顾后的招待客人。然而那些多余的点心和烤苹果他们却没有得到,王后只给他们每人一杯沙子,而且还说,这就是好吃的东西。

刚刚过了一个星期,王后就把小妹妹艾丽莎送到乡下,寄住在一个农人家里。没有多久,她在国王面前编了许多可怜王子们的坏话,让国王觉得那些王子再也不值得去理睬。

"你们飞到荒无人烟的野郊吧,自己去谋生吧,"恶毒的王后说。"你们像那些没有声音的巨鸟一样飞走吧。"可是,她计划的坏事情并没有完全实现。他们变成了 11 只美丽的野天鹅。发出了一阵奇异的叫声,便从宫殿的窗子飞出去,高高地飞过公园,向广阔的森林里飞去了。

他们的妹妹正睡在农人的屋子里面,还没有醒来。当他们从这儿经过时,天刚刚亮。于是他们在屋顶上长久地盘旋着,一儿把长脖颈掉向这边,一会儿又掉向那边,不停拍打着翅膀。可是谁也没有注意到或听到他们来了。他们不得不继续向前飞,飞进高高的云层里去,远远地飞向茫茫的世界。他们一直飞进伸向海岸的一个大黑森林里去。

可怜的小艾丽莎呆在农人的屋子里因为没有任何玩具,她只能玩着一片绿叶。她在叶子上穿了一个小洞,从这个小洞中她朝着太阳望去,每当这时她似乎看到了许多双明亮的眼睛——是她哥哥们的眼睛。当阳光照在她脸上的时候,她就会想起哥哥们给她的吻。

日子一天天地过去了。当风儿从屋外玫瑰花组成的篱笆间吹过;它轻声对这些玫瑰花儿说:"有谁还会比你们更美丽呢?"玫瑰花儿摇摇头,回答说:"还有艾丽莎!"星期天,当老农妇坐在门里、读《圣诗集》的时候,风儿把书页悄悄吹起,问道:

"还有谁比你更好呢?"《圣诗集》就说:"还有艾丽莎!"玫瑰花和《圣诗集》所说的话确确实实是真的。

当艾丽莎 15 岁的时候,她被接回国家。王后一看到她那美丽的模样,心中不禁十分恼怒,对她充满了憎恨。她倒很想把她变成一只野天鹅,像她的哥哥们一样,但是她还不敢马上这样做,因为国王想要看看自己女儿。

一天大清早,王后便走到豪华的浴室里去。浴室用白色大理石砌成的,里面陈设着柔软的坐垫和最华丽的地毡。她拿起三只癞蛤蟆,把每只都吻了一下,于是对第一只说:

"当艾丽莎走进浴池的时候,你就坐在她的头上,让她变得像你一样呆板。"她对第二只说:"你坐在她的前额上,好使她变得丑恶狰狞像你一样,叫她的父亲认不出她来。"她又低声对第三只地说:"请你躺在她的心上,使她的心成为罪恶的源泉,她会为此而感到无比的痛苦。"

于是她把这几只癞蛤蟆放进清水里;它们马上就变成了绿色。她把艾丽莎喊进来,替她脱了衣服,叫她走进水里。她刚跳进水里去,第一只癞蛤蟆就趴到她的头发上,第二只坐到她的前额上,第三只就坐到她的胸口上。可是,艾丽莎根本没有注意到这些事儿。当她从水中站起来的时候,有三朵罂粟花在水面上漂浮着。如果这几只动物没有毒,如果恶毒的巫婆不曾吻过它们,那么它们就会变成几朵红色的玫瑰。但是无论怎样,它们最后都得变成花,因为它们曾在天真无邪的艾丽莎的头上和心上躺过。她是那么的善良、纯真,魔力根本无法在她身上产生效力。

恶毒的王后看到这番情景,立刻拿来核桃汁,把艾丽莎全身涂成棕黑色。又在这女孩子美丽的脸上抹上一层发臭的油膏,并且把她漂亮的头发地揪成一团,弄得零乱难看。现在谁也没有办法认出她就是美丽的艾丽莎,

当国王看到艾丽莎的时候,不禁大吃一惊,不承认这是他的女儿。除了看家狗和燕子以外,没有人认识她。但是他们都是不会说话的可怜的动物。

艾丽莎伤心地哭起来。她想起了离她远去的 11 个哥哥。她悲哀地偷偷走出宫殿,在田野和沼泽地上走了一整天,最后走进一个大黑森林里去。她不知道哪个地方是自己的归宿,只是心里非常伤悲;她想念她的哥哥们:他们一定也会像自己一样,被巫婆从宫殿赶进这个苍茫的世界里来了。她必须寻找他们,找到他们。

她刚到森林一会儿,夜幕降临。她远离了大路和小径迷失了方向;走累了她就在柔软的青苔上躺下来。做完了祈祷,她就把头枕在一个树根上休息。四周一片静寂,空气是温和的;有无数的萤火虫在花丛中,在青苔里,闪着绿色的火星一样的亮光。当她轻轻地摇动一根树枝,这些闪闪发光的小昆虫就向她身上飞来,像从天上散落的星星。

整整一夜,她都梦着她的几个哥哥:他们像孩子一样又在一起玩耍,他们在金板上用钻石笔写着字,读着那精美的,价值连城的画册。不过,与以往不一样的是,他们写在金板上的不是零和线,不是的,而是他们做过的一些勇敢的事迹——他们亲身体验过和看过的事迹。那本画册里面的一切东西也都有了生命——鸟儿在欢

快地唱,人从画册里走出来,跟艾丽莎和她的哥哥们谈着话。不过,当她一翻开书页的时候,他们马上就又跳进去了,以免图画的位置被弄得混乱。

当艾丽莎醒来时,太阳早已高高地升起来了。高大的树木将浓密的枝叶铺展开来。实际上,她并看不见太阳,不过阳光在片片树叶上面晃动,像一朵金子做的花。从青枝绿叶中散发出一阵香味,鸟儿几乎要落到她的肩上。她听到了一阵潺潺的水声。这是几股很大的泉水奔向一个湖泊时发出来的。这湖有非常美丽的沙底。它的周围长着一圈浓密的灌木林,不过有一些雄鹿从其中一处打开了一个很宽的缺口——艾丽莎就从这个缺口向湖水那儿走去。水是那么清澈透明,假如不是风儿轻轻摇动这些树枝和灌木林的话,她就会以为它们是在湖底上的东西,每片叶子,不管被太阳照着的还是深藏在荫处,全都很清楚地映在湖上。

当她从水中看到自己的面孔时,立刻感到十分恐怖:天哪!她是那么棕黑和丑陋。她把双手打湿在眼睛和前额仔细搓揉了一番,她洁白的肌肤就又显露了出来。于是她脱下衣服,走到清凉的水里去:在这个世界上没有哪位公主会比她更美丽动人了。

她把衣服重新穿好、扎好长头发,就走到一股向前奔流的泉水边,用手捧着水喝。之后,她继续朝森林的深处走去,但是她很迷茫,不知道自己究竟要到什么地方去。她想念亲爱的哥哥们,她想着仁慈的上帝——他是不会将她遗弃的。上帝叫野苹果生长出来,让饥饿的人有吃的东西。现在他就指引着她走到一株果树下。累累的果子把树枝全压弯了。艾丽莎就在这儿吃午饭。她用一些支柱支起这些被压弯的树枝;然后就走向森林最荫深的地方。

四周是那么寂静,她的脚步声听起来那样清楚。她可以听出踩在她脚下的每一片干枯的叶子的碎裂声。这里看不到一只鸟儿,浓密的树枝遮住了阳光一丝也透不进来。当她向前望去,那些紧密地排列的高大树干,就好像一排木栅栏,密密地围在她的四周。啊,她从来没有体验过如此可怕的孤独!

夜里一片漆黑。青苔里找不到一点萤火虫发出的亮光。她躺下来睡觉的时候,心情悲伤而沉重。不一会她好像觉得上帝把头上的树枝分开来,正在用柔和的目光凝望着她。许多许多的安琪儿,从上帝的头上和臂下悄悄地向下窥看。

早晨,她醒了,她不知道自己是在梦中,还是在现实中看见了这些东西。

她朝前走去,走了几步便遇见一个提着一篮浆果的老太婆。老太婆给了她几个果子。艾丽莎问她是否看到11个王子骑着马儿从这片森林中走过。

"没有,"老太婆说,"我倒是昨天看到11只天鹅从附近的河里游过去了,它们的头顶戴着金冠。"

她领着艾丽莎向前走了一段路,上了一个山坡。一条曲曲折折的小河这山的脚下流过。在两岸生长着树木,它们长满绿叶的长树枝伸向对岸,彼此交叉缠绕。有些树的枝子没有办法伸过去,在这种情况下,它们就让树根从土里穿出来,伸到水面之上来,与它们的枝叶交织在一起。

艾丽莎告别了这位老太婆。然后就沿着小河向前走,一直走到这条河的入海口,它从这里流向广阔的大海。

现在有一个美丽的大海出现在这年轻女孩子面前,可是海面上没有一片船帆,更见不到一只船身。她怎样才能过去呢?她望着海滩上那些已经被海口冲圆了的数不尽的小石子、玻璃铁块、石头——所有淌到这儿来的东西,海水把它们的棱角磨平了,露出新的面貌——它们看起来比她细嫩的手还要柔和。

水不知疲倦地流动着,因此不管多么坚硬的东西在它的改变下都变得那样柔和。艾丽莎想:我也应该有这种永不怠倦精神!您——清亮的、流动的水波,多谢您的教导。我的心告诉我,有一天您会引导我见到我亲爱的哥哥的。

从波浪中淌来一些海草,上面有11根洁白的天鹅羽毛。艾丽莎拾起它们,扎成一束。上面还滚动着水滴——谁也说不出来这究竟是露珠呢,还是眼泪。大海是孤寂的。但是艾丽莎一点也不觉得这样,因为每时每刻大海都在变幻——它在几点钟之内所起的变化,比那些美丽的湖泊在一年中所发生的变化还要多。当一大块乌云飘过来的时候,那就好像是海在说:"我也可以显得很阴暗呢。"随后风也吹起来了,浪也翻起了白花。不过当云块发出了万丈霞光、风儿静下来的时候,海看起来就如同一片玫瑰的花瓣:它一忽儿变绿,一忽儿变白。但是不管它变得怎样的安静,海滨一带还是有轻微的波动。海水这时在轻轻地向上升,像一个熟睡的婴孩的胸脯。

就在太阳快要落下去时,艾丽莎看见11只戴着金冠的野天鹅朝着陆地飞去。它们一只接着一只地掠过去,看起来像一条长长的白色带子。艾丽莎走上山坡,藏到一个灌木林的后边去。拍着它们白色的大翅膀,天鹅们在她附近落徐徐降落下来。

当太阳落到水下面以后,这些天鹅的羽毛就马上脱落了,变成了11位英俊的王子——艾丽莎的哥哥。她惊声叫起来。虽然他们已经发生了很大的改变,可是她知道这就是他们,一定是他们。她扑到哥哥们的怀里,呼唤着他们的名字。他们认出了自己的小妹妹,能够在这里看到她让哥哥们感到非常快乐。艾丽莎现在已经长成了高挑、美丽的姑娘。他们一会儿笑,一会儿哭。大家很快知道了彼此的境遇,也知道了后母对他们是多么的狠毒。

最大的哥哥说:"只要天上还有太阳,我们兄弟们就得变成野天鹅,不停地飞来飞去。不过当它一落下去,我们就可以恢复人的原形。所以我们得时刻注意,在太阳落下去的时候,必须找到一个立脚的处所。如果这时还在云层里飞,我们变成人后就会坠落到深海里去。我们并不在这儿住。在海的另一边有一个跟这同样美丽的国度。不过这儿距离那儿是很遥远的。我们得飞过这片汪洋大海,而且在我们的旅程中,没有任何海岛可以让我们停留过夜;中途只有一块面积很小的礁石从水面冒出。它只够我们几个人紧紧地挤在一起休息。海浪一阵阵地涌动,浪花就向我们身上狠狠打来。但是,我们还是应该感谢上帝能让我们在这块礁石渡过漫漫长夜,在它上面我们又变成了人。如果没有它,我们永远也不能看见亲爱的祖国了。

"一年里,我们只有一次可以拜访父亲的家。不过只能在那儿停留11天。我们盘旋在大森林的上空,从上面望望熟悉的宫殿,看一看这块我们出生和父亲居住的土地,再望望教堂的塔楼。我们的母亲就埋葬在这教堂里。在这儿,我们把灌木林和树木当作是我们的亲属;在这儿,像我们小时候常见的样子,野马在原野上奔跑;我们聆听烧炭人唱的那些古老的歌曲,踏着它的曲调跳舞;这儿是我们的祖国:我们被一种无形的力量吸引到这儿来;我们在这儿遇见了你,亲爱的小妹妹!我们还可以在这儿停留两天,之后就得飞过大海,飞到另外那个美丽的但并不是自己祖国的国度里去,怎样才能把你也带去呢?我们既没有大船,又没有小舟。"

"我有什么办法救你们呢?"妹妹问。

他们几乎谈了整整一夜,只稍稍休息了一两个小时。

头上响起一阵天鹅的拍翅声,艾丽莎醒来了。哥哥们又变了模样。他们在头顶上盘旋,不停地绕着大圈子;最后只得向远方飞去。不过他们之中,最年轻的那一只——掉队了。他把头藏在艾丽莎的怀里,艾丽莎轻轻抚摸着他白色的翅膀。一整天他们亲昵地依偎在一起。临近黄昏,其他的天鹅又都折返回来。在太阳落下去以后,他们又恢复了原形。

"我们明天就要从这里飞走,大概整整一年的时间里,不能回到这儿来。但是我们总不能就这样地离开你呀!你有勇气跟我们一块儿去吗?既然我们的臂膀有足够的力量抱着你走过森林,那么我们的翅膀也会有足够的气力背着你越过大海。"

"是的,你们带我一同去吧,"艾丽莎说。

整整一夜,他们在织一个又大又结实的网,这个网是用柔软的柳枝条和坚韧的芦苇织成的能够让艾丽莎舒服地躺在里面。在太阳升起来的时候,她的哥哥又变成了野天鹅,他们用嘴衔起这个网,带着尚未醒来的亲爱的妹妹,向着云层高高飞去。阳光射到她的脸上,于是就有一只天鹅飞在她的上空,用他宽阔的翅膀来为可爱的妹妹挡住太阳。

艾丽莎醒来的时候,他们离开陆地已经很远了。她以为自己还在睡梦中,自己被托着,在海面上空高高地飞翔,在她看来,真是非常奇异。她身旁有一根美丽的枝条,上面结着熟透了的美丽浆果,还有一束带有甜味的草根。这是最小的那个哥哥为她采来并放在她身旁的。她向他微笑表示感谢,因为她已经认出在她头上飞翔的就是他。他正用翅膀为自己遮着阳光。

他们飞得很高,忽然发现下面有一条小船,它看起来就像一只白色的海鸥浮在水面上。一大块乌云耸立在他们的后面——这是一座山的全貌。艾丽莎在那上面看到了自己和11只天鹅投映下来的影子。他们飞行的队伍是非常壮观的,就好像是一幅美丽图画,比任何他们以前看到过东西都要美丽。太阳越升越高,他们与后面云块的距离,也随之越来越远。那些不住飘浮的形象也逝去了。

整天他们就像呼啸在空中着的箭头一样,一直向前飞。不过,因为他们带着妹妹一起飞翔,所以速度要比平时低得多。天气恶劣起来,黄昏逼近眼前,然而大海中那座孤独的礁石还没有出现,艾丽莎看到太阳徐徐地下沉心里十分焦急,她似乎感觉到这些天鹅现在正不断加大气力来拍着翅膀。咳!完全是因为她的缘故,才使他们飞不快。在太阳落下去以后,他们就得恢复人,掉到海里淹死。这时她发自内心地向我们的主真诚祈祷,但是她仍然没有看见任何礁石出现。大块乌云结成一片,越逼越近,狂风怒吼暴风雨马上就要来了。汹涌的波涛,像是威胁谁似的疯地向关推进,就像一大堆铅块。闪电掣动起来,一刻也不停。

艾丽莎看到太阳已经接近海岸线了,她的心剧烈颤抖起来。就在这时天鹅急速向下飞去,速度那么快,她相信自己一定会坠落下来。不过,只一会儿功夫他们就稳住了。太阳已经有一半沉到水里去。这时她才第一次清楚地看到下面有一座小小的礁石——它看起来比冒出水面的海豹头大不了多少。太阳下沉很快,当艾丽莎的脚刚踏上坚实的陆地时,太阳变得只有一颗星星那么大了。太阳像纸烧过后的残留的小火星,一会儿就没了踪影。她的哥哥们站在她的周围,手挽着手。她看到除了仅够他们和她自己站着的空间以外,再也找不到多余的地方了。海浪拍打着这块礁石,像阵雨似的不断袭向他们。燃烧的火焰在天空中不停地闪着,雷声一阵紧似一阵,隆隆作响。可是兄妹们仍然紧紧地手挽着手,同时唱起圣诗来——他们从中得到无穷的慰藉和勇气。

空气在晨曦中,显得那么清纯和沉静。太阳刚从海平面跃出来,天鹅们就带着艾丽莎从这小岛上起飞。海浪仍然很汹涌。不过当他们飞向高空往下看,那些白色的浪花好像变成无数的天鹅,浮在水面上。

太阳升得更高了,艾丽莎看到前面有一个多山的国度,飘浮在空中。那些出上覆盖冰层闪闪发光。有一个有很长的宏伟宫殿就耸立在冰山中间,足有两三里路长。一排一排庄严的圆柱竖立在宫殿里。圆柱下面展开一片起伏不平的棕榈树林和许多鲜艳的花朵,像水车轮那么大。她问这是否就是她所要去的那个国度。然而天鹅们都摇着头,因为她看到的只不过是仙女莫尔甘娜那华美的、永远变幻的空中楼阁罢了,他们不敢把凡人带进里面去。就在艾丽莎凝视它的时候。忽然间,山峦、森林和宫殿同时消逝了,而取而代之的是 20 所壮丽的教堂。它们像一个模子刻出来的:高塔,尖顶窗子。她在幻想中以为听到了教堂风琴的声音,而实际上她所听到的是海的呼啸。

现在她快要飞进这些教堂了,但是它们却忽然变成了一排浮在她下面的帆船。她向下面望去,原来那不过是笼罩在水面上的一层薄雾。的确,这是一系列、无穷无尽的变幻,容不得她不看。但是现在她真正看到了她所要去的那个国度。这儿有美丽的青山、杉木林、壮丽的城市和王宫。在太阳还没有落下去以前,她就已落到一个大山洞的前,细嫩碧绿的蔓藤植物铺满在洞口,看起来就像一块锦绣的地毯。

"我们要看看你今晚在这儿会做些什么梦!"她最小的哥哥说着把她的卧室指给她看。

"我希望梦见有什么办法把你们解救出来!"她说。

在她的心中一直有着这个明确的想法,这个想法让她真诚地向上帝祈祷,请求他的帮助。是的,即使在梦里,她也在不断地祈祷。于是,她觉得自己好像又高高地飞起来,飞到空中,飞到莫尔甘娜的那座神奇的云中宫殿里去了。这位仙女亲自出来迎接艾丽莎。虽然她很美丽,全身放射出耀眼的光辉,但她却很像那个老太婆——那个曾经在森林中给她吃浆果的老太婆,并且告诉她头戴金冠的天鹅们的行踪。

"你的哥哥们是能够得救的!"她说,"不过你有足够的勇气和毅力吗?海水比起你那细嫩的手还要柔和许多,可是它却能让硬梆梆的石头改变原有的形状。不过,石头并不会感觉到疼痛,而你的手指却会感到痛的。它之所以不会感觉到你所承受的那种苦恼和痛楚是因为它没有心。看看我手中这些有刺的荨麻!在你睡觉的那个洞的四周,就长着许多这样的荨麻。请你记住一点:只有它——那些生在教堂墓地里的荨麻——才能发生效力。你必须去把它们采集来,即使它们会把你的手扎伤,烧得起泡。你还得用脚把这些荨麻踩碎,只有这样你就才可以得出麻来。你要把这些麻搓成线,织出11件长袖的披甲来。你把它们披到11只野天鹅的身上,那么他们身上的魔力就可以解除掉了。不过你要记住,从开始工作的那刻起,一直到你完成任务为止,你一句话也不能说即使这工作要花费一年的时间。倘若你说出一个字,那就会像一把锋利的短剑刺进你哥哥的心里。他们的生命掌握在你的舌尖上。请牢牢记住这一点。"

于是,仙女让她在荨麻上摸了一下。它像熊熊燃烧着的火焰。艾丽莎刚碰到它就醒了。这时天已经大亮。在她睡觉的这块地方旁边就长着一根荨麻——跟她在梦中所见到的一模一样。艾丽莎跪在地上,衷心地感谢我们的主。随后她就走出山洞,开始工作起来。

她把那些恐怖的荨麻拿在她柔嫩的手里。这些植物好似一团火非常刺人。她的手上和臂上都被烧出了许多泡。不过她愿意忍受痛苦,只要能救出亲爱的哥哥们。于是她赤着脚把每一根荨麻踏碎,从中取出绿色的麻开始编织披甲。

她的哥哥们在太阳沉下去以后回来了。他们看到妹妹一句话也不讲,非常惊恐。他们确定这又是他们恶毒的后母在后面耍的新妖术。但是,当他们看到妹妹的手,就明白了一切:她是在为他们而受难。此时,最年轻的那个哥哥禁不住哭了起来。他的泪珠滴到艾丽莎受伤的地方,所到之处痛楚就消失了,连那些灼热的水泡也不见了。

她整夜都在工作,在亲爱的哥哥得救以前,她是不会停下来的。第二天,当天鹅们飞走以后一整天,她一个人孤独地坐着,从来没有感觉到时间像现在过得这样快。一件披甲织完了,她马上又开始织第二件。

这时从山间响起一阵打猎的号角声。她很害怕。声音越来越近。她听到猎狗的狂叫声,于是惊慌地躲进山洞里去。并把采集到的和整理好的荨麻扎成一小捆,自己坐在上面。

在这同时,从灌木林里跳出一只很大的猎狗;接着第二只、第三只也跳出来了。

它们狂吠着,跑过来,又转过去。过了不久,猎人都来到了洞口;这个国家的国王是他们之中最漂亮的一位。他向艾丽莎走来。在以前他还没有见过比她更美丽的姑娘。

"可爱的孩子,你是怎样来到这地方呢?"他问。艾丽莎摇着头。她不敢讲话——因为这关系到她的哥哥们的生命和能否得救。她把手藏在围裙下面,使国王看不见她极力忍受的痛楚。

"跟我一块儿来吧!"他说。"你不能总坐在这里。如果你的善良能比得上你的美貌,我会给你穿上用丝绸和天鹅绒做的衣服,把金制的王冠戴在你头上,而且,把我最华丽的宫殿送给你作为你的家。"

于是他把艾丽莎扶到马上。她痛苦地扭动双手,哭起来。可是国王并不理会,他说:"

我只是想让你得到幸福,有一天你会感激我的。

说完他骑着马从山间向远处走去。他让艾丽莎坐在他的前面,其余的猎人跟在他们后面。

太阳落下去了,一座漂亮的、有许多教堂和圆顶的都城出现在他们面前。国王把她领进宫殿里去——大理石砌成的厅堂里高阔、明亮,里面有一个巨大的喷泉喷出水来,这里在所有的墙壁和天花板上都绘有辉煌的壁画。但是她没有一丝的心情去看这些东西。她流着眼泪,心里十分悲伤。她让宫女们在她身上随意地套上宫廷的衣服,在头发里插上一些珍珠,在她满是泡的手上戴上精致的手套。

她站在那儿,衣着华贵,美丽得令人眩晕,整个宫廷的人在她面前都深深地弯下腰来。国王决定选她为自己的新娘,只是大主教一直在摇头,窃窃私语,他说这位美丽的林中姑娘是一个可怕的巫婆,大家的眼睛被他蒙住了,国王的心也被她迷住了。

可是国王不理睬这些谣言。他叫人奏起音乐,摆上最丰盛昂贵的酒席;他让美丽的宫女们在艾丽莎的周围翩翩起舞。有人领着艾丽莎走过芬芳的花园,到华贵的大厅里去;可是她的嘴角和眼睛完全是悲愁的化身,没有一丝笑容,也没有一点光彩。现在国王把旁边一间卧室的门推开——这就是她睡觉的地方。房间用贵重的绿色花毡来装饰,形状跟她住过的那个山洞完全一样。她采集的那一捆荨麻仍旧搁在地上,天花板下面挂着她那件已经织好了的披甲。猎人把这些东西作为稀奇的事物带回来。

"在这里你可以从梦中回到你的老家去,"国王说。"这是你在那儿忙着做的工作。现在住在这优越华美的环境里,你作为消遣可以去把过去的那段日子拿来回忆一下。"

当艾丽莎看到这些心爱的物件,她嘴上飘出一丝微笑,一阵红晕从脸上升起来。她想起了她要解救的哥哥,于是轻轻在国王的手上吻了一下。国王把她抱紧贴近他的心,同时命令所有的教堂把钟鼓响,宣布他的婚礼就要举行。这位不说话的来自森林的美丽的哑姑娘,现在成了这个国家的王后。

大主教在国王的耳边偷偷地讲了许多关于艾丽莎的坏话,不过国王并没有因这些话而动摇心意。婚礼终于举行了。艾丽莎头上的王冠必须由大主教亲自戴到艾丽莎的头上。他的内心充满了恶毒藐视,他把这个狭窄的帽箍紧紧地按到艾丽莎的额上,使她感到异常痛苦。不过她的心上还有一个更重的箍子——因为哥哥们而生的悲愁。她完全感觉不到肉体上的痛苦。她的嘴不能说话,因为她说出一个字就会让她的哥哥们丧失生命。不过,对于这位和善的、英俊的、想尽一切方法讨她开心的国王,从她的眼中流露出一种浓浓的爱情。她全心全意地爱他,而且这爱情是每一天都在不断地增长。啊,她多么希望能够信任他,能够向他倾诉自己的全部痛苦!然而她必须保持沉默,默默无语地完成她的工作。于是夜里她就从国王身边偷偷地走开,走到那间装饰得像山洞一样的小屋子里,去织一件又一件的披甲。不过当她织到第七件的时候,她的麻用完了。

她知道她所需要的荨麻生长在教堂的墓地里。她必须亲自去采摘。可是她怎么才能够走到那儿去呢?

"啊,我手上的这点痛苦比起我心里所要承受的痛苦又算得了什么呢?"她想。"我得去冒一下险!我们的主一定会帮助我的。"

她心里十分恐惧,好像正在计划做一桩罪恶的事儿似的。在这月明的夜里她偷偷地走到花园里去,走过长长的林荫夹道,穿过无人的小路,一直走到教堂的墓地里。她看到有一群可怕的吸血鬼,围成一个圈,正坐在一块宽大的墓石上。这些丑陋的怪物把破烂衣服脱掉,好像要去洗澡。他们用又长又尖的手指挖掘新埋的坟,拖出尸体,然后吃掉这些人肉。艾丽莎赶紧加快脚步走过他们身旁。他们用骇人的眼睛死死地盯着她。她一边念着祷告,一边采集那些棘手的荨麻。最后她把采集的荨麻带回宫里了。

只有一个人看见了她——那位大主教。当别人都在熟睡的时候,他却起来了。现在,他完全证实了所猜想的事情:这位王后并不是一个真正的王后——她是一个巫婆,所以她才能把国王和全国的人民都迷住。

在忏悔室里他把所看到的和怀疑的事情都告诉了国王。当他把这些尖刻的话语从他的舌尖上流露出来的时候,众神的雕像都摇起头来,好像是说:"这完全不是事实!艾丽莎是无辜的!"不过大主教对这作了曲解,得出另一番解释——他认为神仙们都看到过她犯罪,因此是对她的罪孽摇头。这时沿着国王的双颊流下两行沉重的眼泪。他带着一颗疑虑的心回到家里。夜里,他假装睡着了,可是他的双眼都没有一点睡意。他看到艾丽莎如何悄悄地爬起来。她每天晚上都这样做;每一次他总是在后面跟着艾丽莎,看见她怎样走到她那个单独的小房间里就不见了。

他的脸色一天比一天阴暗。艾丽莎注意到这种变化,可是她不明白其中的原因。但这使她不安起来——而同时她心中还要为她的哥哥忍受着痛苦!她的眼泪一滴滴落在的天鹅绒和紫色的衣服上面。泪珠停在那里像发亮的钻石。若一个人看到这种富丽豪华的景象,肯定希望自己也能成为一个王后。在此过程中,只差最后要织的一件披甲,她的工作差不多就要完成了,可是她的麻用完了——连一根荨麻也没有。因此她还得到教堂的墓地里去最后一趟,再去采几把荨麻来。她一想起那孤黑的路途和那些可怕的吸血鬼，就不禁害怕得发抖。可是她的意志无比坚定，正如她信任我们的上帝一样。

艾丽莎去了，国王和大主教悄悄地跟在她后面。他们看到她穿过铁格子门走到教堂的墓地里就不见了。当他们走近时，那群吸血鬼正坐在墓石上，和艾丽莎所看见过的样子完全相同。国王马上掉转身子，因为他把艾丽莎也当作是他们中间的一员。就在这天晚上，她还把头埋在他的怀里。

"让众人对她做出裁判吧！"国王说。

众人得出判决：应该用通红的火烧死她。

艾丽莎被人们从那富丽的高大宫殿带到一个潮湿阴冷的地窖里去——风呼呼地从格子窗吹进来。人们不再给她穿天鹅绒和丝制的衣服，却给她一捆亲手采集来的荨麻。她的头枕在这些荨麻上面，盖上那些她亲手织的、粗糙硬挺的披甲。不过再也没有其他的什么东西比这更让她喜爱了。她一边继续工作着，一边向上帝祈祷。在外面，孩子们在大街上唱着讥讽她的歌曲。她得不到任何的安慰，没有人会过来说一句好话。

黄昏的时候，格子窗外响起来一只天鹅的拍翅声——这就是她最小的一位哥哥，现在他找到了他的妹妹。艾丽莎快乐之极禁不住大声地呜咽起来，虽然她知道快要到来的这个夜晚可能就是她在人世上活过的最后一晚。现在，她的哥哥们都来了，而且她的工作只差一点就快要全部完成了。

这时大主教上这儿来，打算和她一起度过这最后的时刻——因为他答应过国王要这么办。不过她摇着头，用眼光和表情恳求他离去，因为她必须在这最后的一晚完成她的工作，否则她付出的全部努力，她的一切，她的泪水，她的苦痛，她的不眠之夜，将会变成徒劳。在她面前大主教说了些恶毒的话，终于离开了。不过可怜的艾丽莎知道自己是无罪的。她继续做她的工作。

小耗子在地上跑来跑去，帮她把荨麻拖到她的脚跟前，多多少少也为她做点事情。画眉鸟一整夜都栖在窗子的铁栏杆上，把最好听的歌唱给她听，鼓舞着她不要丧失勇气。

天还没有大亮。还有一个钟头太阳才出来。这时，她的11位哥哥站在皇宫的门口，要求进去拜见国王。人们回答说，这事不能照他们的意思办，因为现在是夜间，国王还在睡觉，不能叫醒他。他们恳求着，威胁着，最后引来了警卫，是的，连国王也亲自走出来了。国王想问一问这究竟是怎么一回事。就在这时太阳升了起来，那些兄弟们忽然都消失了，只有11只美丽的白天鹅，盘旋在王宫的上空。

市民们像潮水一般涌向城门外面奔跑着。他们要看看这个巫婆怎样被火烧死。一匹又老又瘦的马拖着一辆因车，艾丽莎就坐在里面。人们已经将一件粗布丧服给她穿上。她美丽的头发在头上飘着，显得很蓬松；她的双颊没有一丝血色像死人一样；嘴唇轻微地颤动，手指还在忙着编织绿色的荨麻。她不会中断她已经开始了的工作，即使是在死亡的路途上。在她的脚旁放着10件披甲，现在她正在完成第11件。所有的人都在讥笑她。

"瞧这个巫婆吧！谁知道她又在喃喃地念着什么！她手中并没有《圣诗集》；不，

她还在把弄着她那些让人憎恨的妖物——快从她手中夺过来,撕成无数的碎片吧!"

大家立刻拥到她面前,想要把她手中的东西夺过来撕成碎片。这时 11 只白天鹅飞过来,落在车上,拍着宽大的翅膀,站在她的周围。于是众人惊恐地退到两旁。

许多人互相私语着,"这是从上天降下来的一个信号!她肯定是无辜的!"但是他们不敢大声地说出来。

这时她的手被刽子手紧紧地抓住。她急忙把这 11 披甲向天鹅抛去,立刻 11 个英俊的王子就出现在众人面前,可是那位最年幼王子的一只手臂还依然是天鹅的翅膀,因为他的那件衣服还缺少一只袖子——艾丽莎还没有完全织好。

"我现在可以开口说话了!"艾丽莎说。"我是无罪的!"

众人看到这种情形,情不自禁地对她弯下腰来,好像面前站立的是一位圣徒一样。可是她突然倒在哥哥们的怀里,失去了知觉,因为一时间激动、焦虑、痛苦都一起涌到她心中。

"是的,她是无罪的,"最年长的那个哥哥说。

他把事情的来龙去脉都讲了出来。在他说话的同时,一阵阵香气徐徐地在周围散发开来,好像数百朵玫瑰花正在开放,原来柴火堆上的每根朽木已经生根发芽,冒出了绿枝——现在一排高大的篱笆竖在这里,阵阵香气扑鼻而来,上面长满了红色的玫瑰。其中,有一朵鲜花分外艳丽,像一颗星星射出耀目的光辉。国王将这朵花摘下来,轻轻插在艾丽莎的胸前。她苏醒过来,心中洋溢着一种平和、幸福的感觉。

所有教堂的钟都自动地响起来了,鸟儿成群结队地飞来。这个新婚的行列,走在回宫的路。这样的场景是从前的任何王国确确实实都没有看到过的。

(1838 年)

图文珍藏版

母亲的故事

一位母亲十分焦灼地坐在孩子身旁,她很害怕死神会将孩子带走。

他的小脸蛋显不出血色,眼睛轻轻闭起来。他的呼吸很困难,只偶尔深深地吸一口气,好像在叹息。母亲望着这个小小的生命,露出比以前更愁苦的表情。

有人在敲门。一个贫穷的老头儿走了进来。一件非常宽大像马毡一样的衣服把他裹起来,这使人感到温暖,而且他很需要这样的衣服。因为,在冬天外面异常严寒,一切都在雪和冰的覆盖之下,刺骨的寒风吹得十分厉害。

老头儿正冻得浑身发抖,这孩子暂时睡着了,母亲就走到火炉边,往上面的一个小圈子里倒进一点汤,让这老人喝下去暖和一下。老人坐下来,摇着摇篮。母亲也在他旁边的一张椅子上坐下来,注视着她那个呼吸很困难的病孩子,握住他的一只小手。

"你以为我要把他拉住,是不是?"她问。"我是不会让上帝把他从我手中夺去的!"

这个老头儿——他就是死神——以一种奇怪方式点点头,意思好像是说"是",又像"不是"。母亲低下头来望着地面,眼泪止不住地沿着双颊向下流。她已经三天三夜没有合过眼睛头昏昏沉沉。现在她睡着了,不过只是片刻功夫;她忽然惊醒,打着寒战。

"这是怎么一回事?"她说,同时向四周张望。不过那个老头儿早已不见了;她的孩子也不见了——老头儿已经把他带走了。一座老钟在墙角那儿发出嘶嘶的声音,"扑通!"那个铅做的老钟摆落到地上来了。钟的活动也停止下来。

这个可怜的母亲跑到门外来,喊着她的孩子。

一个穿黑长袍的女人坐在外面的雪地上。她说:"死神刚才和你一起坐在你屋子里;我看到他抱着你的孩子急急忙忙地跑走了。他跑起路来比风还快。凡是他所拿走的东西,他永远也不会再送回来的!"

"请告诉我,他朝哪个方向走了?"母亲说。"请把方向告诉我,我要去找他!"

"我知道!"穿黑衣服的女人说。"不过在我告诉你以前,你必须把你为孩子唱过的歌都唱给我听一次。我从前听过那些歌,非常喜欢。我就是'夜之神'。我看到你一边唱歌,一边流出眼泪来。"

"我会把这些歌都唱给你听的,"母亲说。"不过现在请千万不要让我留下,因为我必须赶上他,找回我的孩子。"

可是夜之神坐在那一言不发。母亲只有边唱边流泪,她痛苦地扭动双手,她唱的歌很多,但她流的眼泪更多,于是夜之神说:"你可以向右边的那个黑枞树林走去;我看到死神抱着你的孩子往那条路上去了。"

在树林深处,这条路和另一条路相互交叉;她不知道选择哪条路好。这儿有一丛荆棘,既没有一片叶子,也没有一朵花。此时正是严寒的冬天,那些小枝上只挂着冰柱。

"你看到死神抱着我的孩子走过去没有?"

"看到过。"荆棘丛说,"不过我不愿告诉你他所去的方向,除非你把我抱住,让我在你怀里暖和一下。我在这儿冻得要死,我快要变成冰了。"

于是她抱起荆棘丛,紧紧地贴在自己的胸脯上,好使它能够感到温暖。荆棘刺进她的肌肉;她的血一滴一滴地流出来。这位忧愁痛苦的母亲有一颗如此温暖的心!于是荆棘丛在她的怀里长出了新鲜的绿叶,而且花儿也在这寒冷的冬夜开放!荆棘丛就告诉她应该朝哪个方向走。

她走到一个大湖边。湖上既没有大船,或者小舟。也没有足够厚的可以托拄她的冰,可是水又有点深,她不能从水中踏过去。但是,她必须走过这个湖才可以找到她的孩子。她就不顾一切地蹲下来喝这湖的水;但是谁也喝不完这水的。这个满面愁容的母亲只是在幻想会有一个奇迹发生。

"不,这件事永远都不可能实现!"湖说,"我们还是来谈谈条件吧!我喜欢珠子,而你的眼睛是两颗最明亮的珠子,我以前从来没有遇见过。如果你能够把它们哭出来交给我的话,我就可以把你送到一个大的温室里去。那是死神的住处他种了许多花和树。每一棵花或树就是一个人的生命!"

"啊,我可以为我的孩子牺牲一切!"母亲哭着说。于是她更加厉害得哭起来,结果她的眼睛坠到湖里去了,变成两颗最珍贵的珍珠。湖把她托起来,她就像是坐在一个秋千上。这样,她就浮到对面的岸——这儿有一幢很宽的奇怪的房子,足有十多里宽。人们不知道这究竟是一座有很多树林和洞口的大山呢,还是一幢用木头建筑起来的房子。不过这个可怜的母亲已经将眼睛哭出,她看不见岸上的一切。

"我到哪里去找抱走我孩子的那个死神呢?"她问。

"他还没有到这儿来!"一个守坟墓的老太婆说。她负责看守死神的温室。"你是怎么来到这里的?谁帮助你的?"

"我们的上帝帮助我的!"她说。"他非常的仁慈,所以你也应该像他那样很仁慈。我到什么地方能够找到我亲爱的孩子呢?"

"我不知道,"老太婆说,"今天晚上有许多花和树都凋谢了,你是看不见的。死神马上就要到来,重新种植它们!你应该很清楚,每个人有他自己的生命之树,或生命之花,完全看他是怎样安排的。它们和别的植物没有什么不同,不过它们都有一颗搏动的心。小孩子的心也会跳的。你去找吧,或许你能听出你孩子的心跳声。不过,假如我告诉你下一步应该做的事情,你打算怎样酬谢我呢?"

"我没有什么东西可以给你了,"这个哀伤的母亲说。"但是我可以为你走到世界的尽头去。"

"我没有什么事情要你到那儿去办,"老太婆说。"不过你可以给我你那又长又黑的头发。你知道,那是很美丽的,我非常喜欢! 作为交换,你可以把我的白头发拿去——那总比没有的好。"

"如果你不再有其他什么要求的话,"母亲说,"那么我愿意送给你我的黑发!"

于是她把她美丽的黑头发交给了老太婆,同时作为交换,得到了老太婆的雪白的头发。

之后,她们就走进死神的温室里去。这儿种着形状怪异的花和树,它们繁生在一起。在玻璃罩下面培育着美丽的风信子;耐寒的牡丹盛开出大朵的花儿。在种类众多的水生植物中,有许多还很新鲜,有许多已经半枯萎了,在它们上面水蛇盘绕着,黑螃蟹用钳子紧紧夹住它们的梗子。温室里还种着许多美丽的棕榈树、栎树和梧桐树;芹菜花和麝香草也争相盛开。每一棵树和每一种花都有一个名字,它们代表着一个人的生命;这些人都是活着的散布在全世界,有的在中国,有的在英格兰。有些大树栽在小花盆里,显得很拥挤,几乎要把花盆撑破了。肥沃的土地上有好几块地方还种着许多娇弱的小花,它们周围散布着一些青苔;人们很细致地培养和照顾它们。这个悲哀的母亲在那些最小的植物面前弯下腰来,静听它们的心跳。她能在这些无数的花中听出她孩子的心跳。

"我找到了!"她高兴地叫着,同时将双手伸向一朵蓝色的早春花。这朵花的头已经垂向一边,好像病了。

"不要动这朵花!"那个老太婆说:"请你在这儿等会。当死神到来的时候——我想他可能随时都会来——你不要让他拔掉这棵花。你可以威胁他说,你要拔掉所有的植物;那样会让他很害怕。在上帝面前,他必须对这些植物负起责任;他没有得到上帝的许可以前,谁也不能拔掉它们。"

这时,一阵凉风忽然从外面吹进房间里来。这个没有眼睛的母亲看不见,死神来临了。

"你是怎么找到这块地方的?"他说。"你为什么比我来得还早?"

"因为我是一个母亲呀!"她说。

死神把手伸向这朵柔弱的小花,母亲紧紧地用双手抱住它不放。此时,她非常焦急,唯恐弄坏了它的一片花瓣。死神朝着她的手吹气。比寒风还要冷;于是她的手变得没有一点儿力气,垂了下来。

"你无论如何也反抗不了我的!"死神说。

"不过我们的上帝可以!"她说。

"我只是遵照他的命令办事!"死神说。"我是他的园丁,要把他所有的花和树种植到天国,到那个神秘国土里的乐园中去。不过它们在那里怎样生长,怎样生活,我可不敢讲给你听!"

"请把我的孩子还给我吧!"母亲苦苦哀求着。忽然她抓住旁边两朵美丽的花,大声对死神说:"我要把你所有的花都拔掉,现在我已经走投无路了"

"不准动它们!"死神说。"你说你很痛苦;但是现在你却要让另外一个母亲也像你一样感到痛苦!"

"另外一个母亲?"这个善良的母亲犹豫了。她立即将那两棵花松开。

"这是你的眼珠,"死神说。"我已经从湖里把它们捞出来了;我不知道原来这就是你的。现在它们比以前更加明亮收回去吧。请你朝你旁边的那个井底望一下。如果告诉你刚才你想要拔掉的那两棵花的名字,那么你就会知道它们的整个的未来,整个的人间生活;那么你就会知道,你所要摧毁的究竟是什么东西。"

她朝井底下望去。忽然感到莫大的愉快,因为她看到一个多么幸福的生命,看见它的周围是一派欢乐、愉悦、祥和的景象。她又看那另一个生命:它是那么忧愁,它是贫穷、苦难和悲哀的化身。

"这两种命运完全是上帝的意志!"死神说。

"它们之中哪一朵是苦难之花,哪一朵是幸福之花呢?"她问。

"我不能告诉你。"死神回答说。"不过你可以知道一点:你自己的孩子就在这两朵花之中。你刚才所看到的就是你的孩子的命运——你亲生孩子的未来。"

母亲惊恐地叫起来。

"它们之中哪一朵是我的孩子呢?请您告诉我吧!求您救救我的孩子吧!请把我的孩子从苦难中救出来吧!你还是把他带走吧!带他到上帝的国度里去!请忘记我的眼泪,我的哀求,原谅我刚才所说的和做的一切事情吧!"

"我不明白你的意思!"死神说。"你是想抱走你的孩子呢,还是让我把他带到一个你并不知道的地方去呢?"

这时母亲痛苦地扭着双手,向我们的上帝跪下双膝祈祷:

"您的意志永远是好的。请不要理我所做的违反您的意志的祈祷!请不要理我!请不要理我!"

于是她把头低低地垂下来。

于是死神把她的孩子带走飞到那个不知名的国度里去了。

(1844 年)

犹太女子

有一个犹太小女孩在一所慈善学校学习,里面有许多孩子。

她既聪明,又善良,算得上是所有孩子之中最聪明的一个孩子。但是有一门课程她却不能听,这就是宗教这一课。是的,她是在一个基督教的学校里念书。

她可以把上这一课程的时间利用起来去温习地理,或者准备算术。但是很快这些功课就完成了。书摊在她面前,她并没有读。而是在坐着静听。她比其他的孩子都听得专心,老师马上就注意到这一点。

"读你自己的书吧,"老师温和而热情地对她说。女孩用她那又黑得发亮的眼睛望着他。当女孩她提问题的时候,她比所有的孩子都回答得要好。她听懂了全部课程,并且领会记住了。

女孩的父亲是一个穷苦而正直的人。他曾经向学校请求不要让这孩子听基督教的课程。不过如果她在上这门功课的时候走开,那么就会引起学校里别的孩子的很反感,甚至会让他们胡思乱想。所以她上课时就留在教室里,但一直这样下去总是不对头的。

老师去拜访她的父亲,要求他把女儿接回家去,或者干脆让萨拉做一个基督徒。

"她的那对明亮的眼睛和她的灵魂表现出的对教义的热诚和渴望,实在叫我不忍看上去!"老师说。

父亲禁不住哭起来,说:

"对于我们自己的宗教我懂得并不多,但是她的妈妈是一个犹太人的女儿,而且对教有很深的信仰。当她躺在床上要断气的时候,我答应过她,决不会让我们的孩子受基督教的洗礼。我必须遵循我的承诺,因为这相当于是跟上帝订下一个约定。于是,犹太女孩就从这个基督教的学校离开了。

又过去了许多年。在尤兰的一个小市镇里,有一个人家有些贫微,里面住着一个穷苦的信仰犹太教的女佣人。她就是萨拉。她有一头像乌木一样的黑发;一对深暗的眼睛,像所有的东方女子一样,它们射出闪亮清朗的光辉。现在她虽然已是一个成年的女佣人,但是儿时的表情在她脸上仍然可见——那种孩子般的单独坐在学校的凳子上、睁着一对大眼睛听课时的天真表情。

每个礼拜天教堂奏出风琴的声乐,做礼拜的人齐声歌唱。这些声音飘到街上,飘到对面的一个屋子里去。这个犹太女子正辛勤地、忠诚地在屋子里劳作着。

"记住这个安息日,把它当作一个神圣的日子!"这是她的信条。但是对她来说,这个安息日却是为基督徒劳作的一个日子。她只有在心里默默地记住这个神圣的日子,不过她觉得这样还不太够。

在上帝的眼中,日子和时刻,会有哪些分别呢?从她的灵魂里产生了这个想法。在这个基督徒的礼拜天,她也可以找到她能够安静祈祷的时候。只要风琴声和圣诗班的歌声能传到厨房污水沟的后边来,那么她会把这块地方看作是安静和圣洁的地方。于是,她就开始读她族人留下的唯一宝物和财产——《圣经·旧约全书》。她只能读这部书,因为她父亲所说的话深深地印在她的心中——父亲领她回家时,曾对她和老师讲过:就在她的母亲快要断气的那个时刻,他答应过她,不让萨拉违背对祖先的信仰而成为一个基督徒。

对于她来讲,《圣经·新约全书》是一部禁书,而且也应该是一部禁书。但是她对这部书很熟悉,因为它从童年的记忆中射出光芒。

有一天晚上,她在房间的一个角落里坐着,听她的主人高声地读书。她听一听当然也没有什么妨碍,因为这并不是《福音书》——不是的,他正在读一本旧的故事书。所以她可以在旁听。书中描写了一个匈牙利的骑士,被一个土耳其的高级军官俘获去了。军官让他同牛一起工作,把他套在轭下犁田,身上挨着鞭子,被军官赶着工作。他所受到的侮辱和痛苦是无法形容的。这位骑士的妻子变卖了她所有的金银首饰,同时把堡寨和土地也都典当出去,他的许多朋友也募捐了大量金钱,因为那个军官所提出的赎金非常高,超乎人的意料。终于凑齐了这笔款项。骑士总算是从奴役和屈辱中获得了解脱。等他回到家来时已经病得卧床不起。

但是没过多久,又下来了另外一道命令,征集大家去跟基督教的敌人作战。病人一听到这道命令怎么也安静不下来,无法休息。他叫人把他扶到战马上,他的脸上又充满了血色,他感觉恢复了活力。他向胜利驰去。现在那位把他套在轭下、羞辱他、使他遭受痛苦的将军,成了他的俘虏。这个俘虏被带到骑士的堡寨里来,还不到一个钟头,他出现在俘虏面前。他问道:

"你想你将得到什么待遇呢?"

"我知道!"土耳其人说。"报复!"

"一点也不错,你会得到一个基督徒的报复!"骑士说。"基督的教义告诉我要宽恕我们的敌人,爱我们的同胞。上帝本身就是爱!你可以平安地回到家里,回到你的亲爱的人中间去吧。不过请你记住,将来要温和地对待受难的人,对他们仁慈一些吧!"

这个俘虏忽然哭起来:"我做梦也不会想到能得到这样的待遇。我想我一定会受到极刑和苦痛。因此我已经服了毒,过不了多久毒性就会发作。我只有一死,没有办法!不过在我死以前,请把这种充满了爱和仁慈的教义讲给我听一次吧。它是那么的伟大和神圣!让我拥有着这个信仰死去吧!让我作为一个基督徒死去吧!"

人们满足了他的这个要求。

刚才所读的是一个传说,一则故事。大家都听到并听明白了。不过坐在墙角里的那个女佣人——犹太女子萨拉是他们之中最受感动的,这个故事给她留下极深的印象。大颗的泪珠在她乌黑发亮的眼睛里闪动。她怀着孩子般的心情坐在那里,正如从前她坐在教室的凳子上一样。她感受到了福音的伟大。泪珠滚落到她的脸上。

"我的孩子不能成为一个基督徒!"这是她的母亲在临死去前说的最后一句话。这句话在她的灵魂和心里像一条戒律发出回音:"你必须尊重你的父母!"

"我不受洗礼!虽然人们把我叫作犹太女子。上个礼拜天,一些邻家的孩子就这样嘲讽过我。那天教堂的门开着,我站在外面,望着里面祭坛上燃烧的蜡烛和唱着圣诗的人们。从我在学校的时候起,一直到现在,都觉得基督教有一种神奇力量。这种力量就像太阳光,总能照射到我的灵魂中去而不管我怎样努力闭起眼睛。但是妈妈,我决不会让你在地下感到心痛!我决不违背爸爸对你所做的承诺!我决不读基督徒的《圣经》。祖先的上帝是我终生的倚靠!"

主人去世了,女主人的境况非常糟糕。她只得解雇了女佣人,但是萨拉却没有离开。她在困难中撑起一只手臂维持这整个的家庭。她从早工作到晚直到深夜,用勤劳的双手来赚取面包。没有任何亲戚顾及这个家庭,女主人的身体变得一天天衰弱下去——她躺在病床上已经好几个月了。温柔真诚的萨拉看护病人,照料家事,辛勤操劳着。她成了这个贫寒家庭的一个福星。

"《圣经》就在那儿!"病人说。"夜太长了,请念几段给我听听吧。我非常想听听上帝的话。"

于是萨拉低下头。她打开《圣经》,双手捧着,开始为病人念起来。她的眼泪涌出来了,乌黑的眼睛变得分外明亮,而变得更加明亮是她的灵魂。

"妈妈,你的孩子不会接受基督教的洗礼,不会和基督徒一起参加集会。这是你的叮嘱,我决不会违背你的意愿。在这个世界上我们是一条心,在这个世界以外——在上帝面前更是一条心。'他指引我们逃出死神的境界'——'当土地因他而变得干燥以后,他就会降临到下来,让它变得更加富饶!'我现在懂得了,我自己也不知道自己是怎样懂得的! 这是通过他——通过基督我才认识到了真理!"

当她念出这个神圣名字的时候,就颤抖一下。一股经受洗礼的火从她的全身经过,她支持不住,倒了下来,身体衰弱得比她所看护的那个病人还要严重。

"可怜的萨拉!"大家说,"她日夜照料、辛勤劳作,身体已经累坏了。"

人们把她抬到慈善医院去。她死在了那里。于是,人们埋葬了她,但是并没有埋葬在基督徒的墓地里,因为那里面没有犹太人的位置。不,人们把她的坟墓掘在墓地的墙外。

上帝的太阳普照大地,既照在基督徒的墓地上,也在墙外犹太女子的坟墓上洒满阳光。基督教徒墓地里的赞歌声,也盘旋在她坟墓的上空。同样,相同的话语也传到了她的墓上:"救主基督复活了;他对他的门徒说:'约翰用水来使你接受洗礼,我用圣灵来使你接受洗礼!'"

(1856 年)

牙痛姑妈

你想知道我们是从哪里把这个故事搜集来的吗？

我们是一只从桶里搜集来的，里面装着许多的旧纸。有很多珍贵的好书都跑到熟菜店和杂货店里去了；它们在那里不是作为读物，而是被当作必需品。杂货店需要用纸来包淀粉和咖啡豆，咸青鱼、黄油和奶酪也需要用纸。那些写着字的纸也可以派上用场。

桶里面有些本不应该待在里头的东西却都来了。

我认识一个杂货店的学徒——他是熟菜店老板的儿子。是刚刚由地下储藏室里上升到店面上来的人。他读过很多东西——印在或写在货物纸包上的那类东西。他收藏了一大堆有意思的物件，其中包括一些主要文件，是由于忙碌和粗心大意被公务员扔到字纸篓里去，这个女孩子写给那个女孩子的秘密信，造谣诽谤的报道——这种东西是不能传播，而且任何人也不能谈论的。他是一个有生命的，专门收集废物的机构；他收集的作品可不算少数，而且他的工作范围也很广。既要看管他父母的店，还要管理他主人的店。在他收集的东西中，有大量值得反复阅读的书或书中的散页。

他曾经把他从桶里——大部分是熟菜店的桶里——收集得来的抄本和印刷品拿给我看。有两三张散页是从一个较大的作文本子上扯下来的。在它们上面写着一些十分美丽和隽秀的字体，我的注意力立刻集中在上面。

"这是住在对面的一个大学生写的！"他说。"但是他在一个多月以前死去了。人们可以看出，很厉害的牙痛病曾经困扰过他。这篇文章读起来倒是挺有趣儿的！不过这几页只是他所写的一小部分。原来它是满满的一本，还要多一点。我父母为了从这学生的房东太太那里得到这些花了半磅绿肥皂的代价。这就是我救出来的几页。"

我把这几页借来读了一下。现在我将它发表出来。

它的标题是：牙痛姑妈

姑妈在我小时候，经常给我糖果吃。我的牙齿应付得了，没有坏掉。现在我已经长大了，成为一个学生。她依然还用甜东西来宠坏我，并且说我像一个诗人似的。

我有点诗人气质，但是还不够。当我走在街上的时候，常常感觉像是在一个大图书馆里散步。房子就像是书架，放着书的格子就是每一层楼。书架上有日常发生的故事，有一部古老的精彩喜剧，有关各种学科的学术著作；那边儿还有黄色书籍和优秀的刊物。我所有的幻想都来源于这些作品,它们引发我富于哲学意味的深思。

我有点诗人气质,但是还不够。许多人肯定也会像我一样,具有相同程度的诗人气质;但"诗人"这个字眼并没有写在他们戴着的徽章或领带上。

他们和我都得到了上帝的一件礼物——祝福。这对于自己已经足够了,但是若要再转送给他人却又显得很不足。它来时像具有灵魂和思想的阳光。它来时像花儿的芳香,像一支动听的歌曲;我们知道它,并记得住它,但是却不知道它从什么地方来。

前天晚上,我坐在我的房间里盼望着读一些东西,可是我既没有书,又没有报纸。这时,从菩提树上飘落下一片鲜活的绿叶。风把它从窗口吹进来,落到了我的身边。我望着分布在绿叶上面的许多叶脉有一只小虫在上面爬,好像要对这片叶子做一番深入研究似的。这时我情不自禁地想起人类的智慧。其实,我们也在叶子上爬,而且也仅仅对这叶子有了解,但是却喜欢对整棵大树、树根、树干、树顶来一番高谈阔论。这整棵大树包括上帝、世界和永恒,而在这一切之中我们只知道这一片不起眼的叶子!

当我正坐着沉思的时候,米勒姑妈来看我。

我把这片叶子和上面的小爬虫指给她看,同时又告诉她我的感触。她的眼睛立刻就亮起来。

"你是一个诗人!"她说,"也许是我们的一个最伟大的诗人!如果我能活着看到的话,死也瞑目了。自从造酒人拉斯木生人葬以后,我总是被你的丰富的想象所震惊。"

米勒姑妈说完这话,在我脸颊上吻了一下。

米勒姑妈是谁呢?造酒人拉斯木生是谁呢?

我们小孩子把妈妈的姑妈也叫作"姑妈";我们找不到其他的称谓来叫她。

她给我们果子酱和糖吃,虽然这些对我们的牙齿没有什么害处。不过她说,她的心肠在可爱的孩子面前,是很软的。孩子是那么喜爱糖果,不让他们吃一点是很残酷的。

因为这事,我们喜欢上姑妈。

她是一个老小姐;在我的记忆中,她永远是那么老!她的年纪是不变的。

早年,她常常受牙痛的困扰。她经常谈起这件事,所以她的朋友造酒人拉斯木生就幽默地把她叫作"牙痛姑妈"。

最后几年造酒人拉斯木生没有再酿酒,而是靠利息过日子。他的年纪比姑妈大一点,经常来看望姑妈;他的牙齿已经脱落,只剩几根黑黑的牙根。

他对我们孩子说,小时候他糖吃得太多,因此现在就变成了这个样子。

姑妈有非常可爱的白牙齿,因为她小时候没有怎么吃过糖。

她的这些牙齿保养得非常好。造酒人拉斯木生说,她从不带着牙齿一起去睡觉!

我们孩子们都知道,这么说话太不地道;不过姑妈说他并没什么其他的用意。

一天上午吃早饭的时候,她讲起晚上做的一个噩梦:她掉了一颗牙齿。

"这就是说,"她说,"我要失去一个真正的朋友。"

"那是不是一颗假牙齿?"造酒人说着微笑起来。"若是这样的话,那么应该说你失去了一个假朋友!"

"你这个老头儿真是没有礼貌!"姑妈生气地说——以前我从没有看到过她像这样,后来也没有。

之后她说,这只不过是她的老朋友和她开的一个玩笑罢了。在这个世界上他是最高尚的人;他死去以后,一定会变成上帝的一个小安琪儿。

我对他以后的这种变化想了很久;我还想,在他变成安琪儿以后,我还会不会再认识他。

那时候姑妈和他两个都很年轻,他曾向姑妈求过婚。但是她花了很长时间来考虑,她坐着不动,结果坐得太久了,终于她成了一个老小姐,不过她永远是一个真诚的朋友。

不久造酒人拉斯木生死去了。

他躺在一辆最华贵的枢车里被运到墓地上去。有许多戴着徽章和穿着制服的人为他送葬。

姑妈和我们孩子们都肃立在窗口,为他哀悼,只有那个一星期以前被鹳鸟送来的小弟弟没有在场。

枢车和送葬人已经走了过去,街道上的人也都去了,姑妈要走,但是我却不走。我等待造酒人拉斯木生变成安琪儿。他既然变成了上帝的一个有翅膀的孩子那么他一定会出现的。

"姑妈!"我说。"你想他现在会来吗?当鹳鸟再送给我们一个小弟弟的时候,也许它带给我们的是安琪儿拉斯木生吧?"

我的幻想令姑妈感到震惊;她说:"将来这个孩子会成为一个伟大的诗人!"在我读小学的整个期间,她反反复复地说这句话,甚至当我接受了坚信礼,进入大学以后,她还说这句话。

过去和现在,不论在"诗痛"方面或在牙痛方面,她总是最同情我的朋友。这两种病我都有。

"你只需把你的思想写下来放在抽屉里,"她说,让·保尔曾经做这样的事情;后来他成了一个伟大的诗人,我并不是很喜欢他,因为他不能够让人感到兴奋!"

和她进行一番交谈话之后;有一天夜里,我躺在苦痛和渴望中经久煎熬,我迫不及待地想成为姑妈在我身上发现的那个伟大诗人。我现在躺着害"诗痛"病,不过比这更厉害的是牙痛。我简直被它折磨死了。我好似一条蠕虫痛得到处打滚,脸上贴着一包草药和一张膏药。

"这味道我知道!"姑妈说。

一个悲哀的微笑出现在她的嘴边;她的牙齿白得泛光。

不过我要在姑妈和我的故事中翻开新的一页。

我搬进一个新的住处,在那儿住了一个月。我跟姑妈谈起这事情。

"我是住在一个安静的人家里。即使我按三次铃,他们也不理我。除此以外,这个房子倒真是挺热闹的,充满了风声雨声和人的吵闹声。我的房间是在门楼上的那一间。每次车子进来或者出去,挂在墙上的那幅画就会随之震动起来,门也吱吱作响,房子也摇摇晃晃的,好像发生了地震一样。假如我在床上躺着的话,震动就流过我的全身,不过,据说这样可以锻炼我的神经。当有风吹来的时候——这地方风是很常见的——窗钩就摆来摆去,敲打在墙上。风每吹来一次,邻居的门铃就响一下。

"我们屋子里的人是分批回来的,而且总是在晚上很晚的时候,甚至深夜以后才回来。在我上面那层楼住的房客白天在外面教低音管;他最后一个回来。而且睡觉以前他还要在深更半夜做一回散步;他迈出的脚步很沉重,还穿着一双有钉的靴子。

"这里没有双层的窗子,但是破碎的窗玻璃倒是有的,房东太太在它上面糊一层纸。风就从隙缝里吹进来,像牛虻一样发出嗡嗡声。这真是一首催眠曲。最后等我睡着了,马上又被一只公鸡给吵醒了。关在鸡棚里的公鸡和母鸡在喊:住在地下室里的人,天就要快亮了。因为没有马厩,小矮马就被系在楼梯底下的储藏室里。它们一转动就和门和门玻璃碰在一起。

"门房跟他一家人一起睡在顶楼上;现在天亮了,他噔噔地走下楼梯来。他的木鞋发出呱达呱达的响声,门也跟着在响,屋子摇晃起来。这一切刚刚结束,楼上的房客就开始做早操。他每只手举起一个铁球,可是球在他手里不稳当一次一次地滚落下来。与此同时,屋子里的小家伙又叫又跳地跑下楼来,他们要出去上学校。我走到窗前,把窗子打开,渴望能呼吸到一点新鲜空气。当我能呼吸到一点的时候,当屋子里的少妇们没有在肥皂泡里洗手套的时候(她们靠这过生活)感到非常的愉快。除此之外,这是一座可爱的房子,我是跟一个安静的家庭住在一起。"

这就是我对姑妈所讲的关于我的住房的故事。它在我的口中被描写得较为生动;口头的叙述比书面的表述更能够产生新颖的效果。

"你是一个诗人!"姑妈大声说。"你只需写下这些话来,就会跟狄更斯一样有名。是的,你使我感到兴趣盎然,你讲的话就像绘出的画!人们好像亲眼看见过你所描写得那间房子!这真叫人发抖!请继续把诗写下去吧!请再放进一点有生命的东西进去吧——人,可爱的人,特别是那些不幸的人!"

我把这座房子仔细地描写出来,描述出它的响声和闹声,不过只有我一个人在文章里,而且没有一点动作——到后来才有了一些。

正是冬天,天气恶劣得让人害怕,夜戏散场了。大风雪几乎使人无法向前迈一步。

姑妈在戏院里,我要把她送回家去。一个人单独走路都很困难,更不要说出来陪伴别人了。大家一下子把出租马车都抢光了。姑妈在离城很远的地方住,而我却住在戏院附近。若不是由于这个原因，我们倒可以先在一个岗亭里待一待，等等再说。

我们在很深的雪里蹒跚前进，雪花在四周满天乱舞。我搀着她，扶着她，背着她往前走。我们只跌下两次，每次都跌得很轻。

我们走进我屋子的大门。我们在门口把身上的雪拍了几下，又在楼梯上拍了几下；不过我们身上的雪还不够把房前的地板铺满。

我们脱下大衣和下衣以及一切可以脱掉的东西。房东太太借给姑妈一双干净的袜子和一件睡衣穿。房东太太说这是必要的；她还说——而且说得很对——这个晚上姑妈不可能回到家里去，所以她可以住在客厅里。把沙发当作床睡觉。这沙发就在通向我的房间的那个门口，而这门经常被锁着。

事情就这么办了。

我的炉子里烧着火，桌子上摆着茶具。这是小小的很舒适的房间——虽然比不上姑妈的房间那样舒服，在她的房间里，冬天门上总是挂着很厚的帘子，窗子上也挂着很厚的帘子，地毯是双层的，下面还铺着三层纸。人坐在屋子里面就好像坐在装满了新鲜的空气、被塞得紧紧的盒子里一样。刚才说过了的，我的房间也很舒服。风在外面怒吼。

姑妈很健谈。关于青年时代、造酒人拉斯木生和一些旧时的记忆，现在都涌现出来了。

她还记得我的第一颗牙齿是什么时候长出来的，家里的人又是怎样的欢腾。

第一颗牙齿！这是天使的牙齿，就像一滴白牛奶闪闪发亮——它叫作乳牙。

一颗出来之后，接着出来好几颗，最后一整排都出来了。一颗挨一颗，上下各一排——这是最可爱的童齿，但还不能算是前哨，这牙齿并不是真正能够使用一生的。

它们都长出来了。接着智齿也生了出来——它们守在两翼，而且是从苦痛和艰难中长出来的。

接着，它们又都一颗一颗地落掉了！在服务期还没有结束的时候就落掉了，甚至最后一颗也落掉了。这不是欢乐的节日，而是悲哀的日子。

于是一个人变老了——即使他依然有着年轻的心境。

这种想法和谈话是不愉快的，然而我们却还是谈论着这些事情，我们回到孩提时代，交谈着，交谈着……时钟敲响12下，姑妈还没有回到隔壁的那个房间里去睡觉。

"我甜美的孩子，晚安！"她高声说。"现在我要去睡觉了，好像我是在我自己的床上睡觉一样！"

于是她就休息去了，但是屋里屋外却没有休息。窗子被狂风吹得来回摇动，打着垂下来的窗钩，接着邻家后院的门铃响起来了。楼上的房客也回来了。他走来走去，在半夜里做了一番夜半的散步，然后将靴子扔下，爬到床上去睡觉。他打着如雷的鼾声，耳朵尖的人隔着楼板都能听见。

我无法入睡，一直没有安静下来。风暴也没有平静下来的意愿：它是十分的活跃。风套用那一套老的办法不停地吹着、唱着；我的牙齿也不得安息开始活跃起来：它们也用它们的那套老办法唱着、吹着。这带来一阵阵牙痛。

从窗子外吹进来一股阴风。地板上洒满月光。云块地怒吼的风暴中影影绰绰，月光也时隐时现。月光和阴影也是不安静的。不过阴影最后在地板上形成一件东西。我望着这件不断晃动着的东西，感觉到从外面袭来一阵寒冷的风。

一个瘦长的人形在地板上坐着，它很像是小孩子用石笔在地板上涂鸦的那种东西。身体由一条瘦长的线表示；两条线代表两条手臂，一划就是一条腿，头是多边形的。

这形状立即就变得更清晰了。它很瘦身穿着一件长礼服，晃得很秀气的样子。这说明它应该是一位女性。

我听到有嘘嘘声传出。这是她发出的呢，还是窗缝里的牛虻在嗡嗡作响呢？

不，这是她自己——牙痛太太——发出来的！她这位令人发指的魔天皇后，愿上帝保佑，请她不要来拜访我们吧！

"这里很好！"她发出嗡嗡声音说。"这块地方真的是很好——潮湿的，青苔满地的地带！长着毒针的蚊子，嗡嗡地在这儿叫；现在我也有这针了。只有用人的牙齿才能把这种针磨快。牙齿从床上睡着的这个人的嘴里发出白光。它们既不怕甜，又不怕酸；热和冷也不畏惧；还不怕硬果壳和梅子核！但是我却要把它们摇动，把阴风灌进它们的根里去，让脚冻病侵扰它们！"这些话真是令人惊骇，这个客人简直太可怕了。

"哎，你是一个诗人！"她说"我将以痛苦的节拍作诗给你，我要把铁和钢放进你的身体去，还在你的神经里装上线！"

这时好像有一根灼热的锥子正钻进我的颧骨去。我痛得不住打滚。

"一次出色的牙痛！"她说，"简直像钢琴奏乐，像堂皇的口琴合奏曲，其中有铜鼓、喇叭、高音笛和智齿里的低音大箫。伟大的诗人，伟大的音乐！"

她弹奏起来了，她的模样十分可怕——虽然人们只能看见她的手：灰暗和冰凉的手；它的指头又瘦又长，每个指头却是一件酷刑的工具。在拇指和食指上有一个刀子和螺丝刀；中指上是一个尖锥子，无名指是一个钻子，小指沾有蚊子的毒液。

"你向我学习诗的韵律吧！"她说。"大诗人应该有大牙痛；小诗人应该有小牙痛！"

"啊，还是让我做一个小诗人吧！"我央求着。"请不要让我是什么吧！我真的不是一个诗人。我只不过是有作诗的阵痛，正如我的牙齿时而阵痛一样。请走开吧！请走开吧！"

"诗、哲学、数学和所有的音乐都不及我的力量大。"

她说。"我比任何画出来的形象和用大理石雕出的形象都有力量！我比这一切都古老。我在天国的外边生长——风在那里呼啸，毒菌在那里成长。在天冷时我让夏娃和亚当帮我穿衣服，你可以相信，最初的牙痛威力可是不小呀！"

"我相信你说的一切！"我说。"请走开吧！请走开吧！""当然可以，只要你不再写诗,永远不要在纸上、石板上,或者其他一切可以写字的东西上写诗,我就可以放过你。但是如果你还写诗,我就又会回来的。"

"我发誓!"我说,"请永远不要让我再看见你和想起你吧!"

"看是会看见我的,不过那时我的样子比现在会更丰满、更亲切些罢了!你将看见我是和善的米勒姑妈,而我肯定会说:'作诗吧。可爱的孩子,你是一个杰出的诗人——或许是我们所有的诗人之中最杰出的一个诗人!'不过你要相信我,如果你作诗,我就会为你的诗配上美妙的音乐,同时在口琴上吹奏出来!你这个可爱的孩子,当你看见米勒姑妈的时候,请记住我!"

说完她就消失。

我们分手之际,我的颧骨上重重地挨了一锥,好像被一个烫热的锥子狠狠钻了一下。不过忍着很快就过去了。我仿佛漂在轻柔的水面上;我看见长着宽大绿叶子的白睡莲在我下面弯下腰、沉了下去,渐渐凋谢和消逝了。我和它们一起沉下去,在平静和安逸中消逝了。

"死去吧,像雪那样地融化吧!"水里传出歌声和响声,"蒸发成为水汽,像冰一样地消逝吧!"

那些伟大和显赫的名字,飘动着的胜利的旗子和写在蜉蝣翅上的永恒的专利证书,都在水里映到清晰地映到我的眼前来。

睡眠昏昏沉沉的,是一个没有梦的睡眠。呼啸的风声、呼呼作响门声以及邻居的铃声都没有传进我的耳朵,我也没有听见房客沉重地做体操的声音。

多么幸福啊!

这时忽然吹来一阵风,姑妈没有上锁的房门一下子敞开了。姑妈从床上跳起来,披上衣服,把鞋穿好,跑过来找我。

她说,我睡得像上帝的安琪儿,她不忍心叫醒我。

我主动地醒来,睁开眼睛。姑妈在这屋子里,被我忘得一干二净。不过我马上就想起来,我记起了牙痛的幽灵。梦境与现实混为一团。"昨夜我们道别以后,你写了一点东西没有?"她问。"我倒希望你写点呢!你是我的诗人——你永远是这样!"

我好像看见她在轻轻地微笑。我不知道,这是爱我的那个好姑妈呢,还是在夜里我向她作承诺的那位可怕的姑妈。

"亲爱的孩子,你有没有写诗?"

"没有!没有!"我大声说。"你确实是米勒姑妈吗?"

"还有什么其他的姑妈呢?"她奇怪地问。

这真是米勒姑妈。

她吻别了我,坐进一辆回家马车,离去了。我写下了所有能够写的东西,这不是用诗写的,而且永远也不能印出来……

稿子就中断到这里。

我的这位年轻朋友——未来的杂货店员——再也无法找到那些遗失的部分。

它们包着熏鲭鱼、黄油和绿肥皂从这个世界上消失了。它的任务已经完成了。

造酒人死了，姑妈死了，学生也死了——他的才华全被送进了桶里：这就是故事的结局——关于牙痛姑妈的故事的结尾。

（1872 年）

金色的宝贝

教堂里来了一位鼓手的妻子。

她看见许多画像和雕刻的安琪儿摆在新的祭坛上面,那些像在布上套上颜色并且罩着光圈看起来是那么美,那些被着了色和镀了金的木雕像也显得那么美。他们的头发如同金子和太阳光一般,可爱极了。不过上帝的太阳光比那更加可爱。当太阳快要落山的时候,它照在郁郁葱葱的树丛中,显得更红更亮。能够直接看到上帝的脸孔是很幸福的一件事。鼓手的妻子久久凝望着鲜红的太阳,她陷入深思之中,想起了鹳鸟将会送来的那个小家伙。于是她就马上变得高兴起来了。她仔细地看了又看,希望她的小孩也能带来这种漂亮的光辉,至少要像祭台上那个发着光的安琪儿。

当她把一个小孩子抱在手里举向爸爸的时候,他的样子真像教堂里的那个安琪儿。他满头金发——落日的光辉柔和地附着在他的头上。

"我的金发的宝贝,我的财富,我的太阳!"母亲说着。禁不住去吻他闪着金色光亮的头发。她的吻好像鼓手房中传出的动听音乐和歌声;快乐、生命和行为都包含在里面。鼓手于是敲了一阵鼓——一阵快乐的鼓声。这只鼓——一只火警鼓——就说:

"红头发!小家伙长了一头的红发!请相信鼓所说的,不要相信妈妈讲的话吧!咚——隆咚,隆咚!"

城里所有的人像火警鼓一样,叙述着同样的话。

这个孩子到教堂里去;接受了洗礼。至于他的名字,没有什么话可说;他叫彼得。全城的人,连这个鼓儿,都把他叫作"鼓手的那个红头发的孩子彼得"。不过他的母亲在他的红头发上吻着,叫他金发的宝贝。

许多人把自己的名字刻在那崎岖不平的路上,刻在那粘土的斜坡上,作为纪念。

"让自己出名是一件有价值的事情!"鼓手说。于是他把自己的名字和小儿子的名字也刻了下来。

燕子飞来了;在长途跋涉中它们看到石壁上、印度庙宇的墙上刻有更耐久的字:强盛帝王的丰功伟绩,不朽的名字——它们是那么的远古,现在没有人能够把它们认清,也无法念出来。

真是声名显赫! 永垂千古!

燕子把巢筑在路上的洞穴里,又在斜坡上挖出一些洞口。不久降下来阵阵细雨和薄雾，那些名字都被冲洗掉了。鼓手和他小儿子的名字也随之不见了。

"可是彼得的名字却被保留了一年半！"父亲说。

"傻瓜！"那个火警鼓心里想；不过它说出来的只是："咚，咚，咚，隆咚咚！"

"这个鼓手的红头发的儿子"是一个充满了活力和快乐的孩子。他有一副甜美嗓音；他很会唱歌，唱得非常好就像森林里的啼鸣一样动听；他的声音里有一种特别的调子，但又似乎没有。

"他完全可以成为圣诗班中的一员！"妈妈说。"他可以站在和他一样美的安琪儿下面，在教堂里歌唱！"

"简直是一头长着红毛的猫！"城里一些人物幽默地说。鼓儿从邻家的主妇那里听到了这句俏皮话。

"彼得，你可不能回到家里去！"街上的野孩子对他喊着。"倘若你睡在顶楼，屋顶就一定会着火，火警鼓也会敲响火警。"

"你要当心鼓槌！"彼得说。

虽然他的年纪还很小，却勇敢地冲向前去，用拳头朝离他最近的一个野孩子的肚皮挥去，这家伙站立不稳，摔倒了。其他的孩子们赶紧飞快地四处逃去。城里有一个乐师是皇家一个管银器的人的儿子，他非常儒雅并且很有声望。他对彼得十分喜爱，有时还把他带到家里去，教他学习拉提琴。在这个孩子的手指上仿佛扎根着整个艺术。他希望做比鼓手大一点的事情——他希望成为城里的乐师。

"我想成为一名兵士！"彼得说。他还只不过是一个不懂事的孩子，觉得背着一杆枪齐步走口中喊着"一、二！一、二！"是世界是最美的事情。而且还要穿一套漂亮的制服在身上佩戴一把剑。

"啊，你最好学会听鼓手的话！隆咚，咚，咚，咚！"鼓儿说。

"是的，盼望着他能一步登天，成为将军！"爸爸说。"不过，若要让这个目的达到，那就非得有战争不可！"

"愿上帝来阻止吧！"妈妈说。

"我们不会有什么损失的！"爸爸说。

"会的，我们会失去我们的孩子！"她说。

"但是，如果他回来时已经是一个将军呢！"爸爸说。

"回来就会没有了手和腿！"妈妈说。"不，我情愿要完完整整的金发宝贝。"

隆咚！隆咚！隆咚！火警鼓响了起来了。战争终于爆发了。兵士们都出发了，鼓手的儿子也跟随他们一起出发了。"红头发，我金发的宝贝！"妈妈放声大哭。爸爸在睡梦中看到儿子"成名"了。城里的乐师认为他去参战是很不应该的，而是应该耐心安静地待在家里学习音乐。

"红头发！"兵士们大声喊，彼得笑。不过，他们还有人称他为"狐狸毛"每当听见这些他就把牙齿咬得紧紧地，转移自己的视线——望那个广茂的世界，他不去理会这种嘲讽的话语。

这孩子具有活泼，勇敢的性格，而且也很幽默。一些比他年龄大的兄弟们说，在行军中这些特点是最好的"水壶"。

许多晚上,他不得不以辽阔的天空为被,睡在下面。浑身被雨和雾打得冰冷透湿。不过他的幽默感并没有因此而减弱。鼓槌敲着:"隆咚——咚,大家起床呀!"是的,他天生就是一个好鼓手。

这是一个战斗的日子。太阳还没有出来,只微微露出一丝晨曦,空气冰冷,战争打得火热。空中迷漫着一层雾,但是火药味比雾还重。枪弹和炮弹从脑袋旁飞过,有的穿过脑袋,穿过身体和四肢。但是大家依然朝前走。他们中有的倒下了,鲜血从太阳穴流出,面孔像粉笔一样的惨白。这个小小的鼓手仍然保持着他健康的颜色;他丝毫没有受伤;他面带着欢快望着团部的那只狗儿——它在他面前跳着,高兴得不知所以,好像这一切的存在都是为了它的消遣,而因为它的好奇所有的枪弹才会飞来飞去。

冲!前进!冲!这是鼓儿所接到的命令,而这命令是收不回来的。不过人们可以后退,而且这样做或许还是聪明的办法呢。事实上就有人喊:"后退!"当我们小小的鼓手在敲着"冲!前进!"的时候,他懂得这就是命令,而兵士们都必须服从这个鼓声。这是一阵很好的鼓声,而且也是号召人们走向胜利的,虽然兵士们已经支持不住了。

许多人在这一阵鼓声中失去了生命或肢体。血肉被炮弹炸成碎片。草堆也被烧掉了——本来伤兵可以艰难地拖着步子到那儿躺几个钟头,或许就在那儿躺一生。想这件事情有什么用呢?但是人们却抑制不住地去想,无论他们是住在离此地很远或是很近的城市里,都禁不住去想。那个鼓手和他的妻子也在想这件事情,因为他们的儿子彼得在作战。

"这种牢骚我厌烦透了!"火警鼓说。

现在又到了作战的日子。虽然已经是早晨了,可太阳还没有出来,鼓手和他的妻子正在睡觉——他们几乎一整夜都没有睡;他们在谈论着他们的孩子,在战场上、"在上帝手中"的孩子。父亲做了一个梦,在梦中战争已经结束,兵士们都回到家里来了。一个银十字勋章挂在彼得的胸前。不过母亲的梦却是她到教堂里面去,看到了那些画像和那些雕刻成的、金发的安琪儿,她看到了亲生的儿子——她心爱的金发的宝贝——正站在一群身穿白衣的安琪儿中间,唱着只有安琪儿才唱得出的动听的歌,随后他跟他们一起儿向太阳光飞去,平静地对妈妈点点头。

"我的金发的宝贝!"她大声叫喊,就醒了。"他被我们的上帝带走了!"她说。于是她双手合着,把头埋在床上的布幔帐里,哭起来。"现在他安息在哪里?是在人们专为埋葬死者而挖的那个大坑里面吗?也许是躺在沼泽地的水里吧!谁也不知道他的坟墓在哪里;也没有谁在他的坟墓上做过祈祷!"于是从她的嘴里默默地念出主祷文来。她把头垂下来,她是那么困倦,于是便昏睡过去。

日子在日常生活中,在梦里,一天一天地过去!

正当黄昏的时候,战场上出现了一道长虹——它挂在森林和低洼的沼泽地之间。在民间的信仰中流传着这样一个传说:凡是被虹触及的地面,它的底下一定埋藏着宝贝——金色的宝贝。现在这里也有这样一件宝贝。除了他的母亲以外，这位小小的鼓手不会被任何人想到；母亲在梦中见到了他。

日子在日常生活中，在梦里，一天一天地过去！他头上的每一根头发——金色的头发——都没有受到损伤。

"隆咚咚！隆咚咚！他来了！他来了！"鼓儿可能这样说，如果妈妈看见他或梦到他的话，或许也会这样唱。

大家在欢呼和歌声中，带着绿色的胜利的花环回家了，此时战争已经结束，和平已经到来了。团部的那只狗在大家面前来回转着、舞着，好像要把原有的路程弄长三倍似的。

过去了太多日子、太多的星期。彼得又走进了爸爸和妈妈的房间里。他像个野人一样肤色变成了棕色的，眼睛闪闪发亮，面孔射出太阳一样的光芒。妈妈将他揽入怀中，吻他的嘴唇，他的眼睛，吻他的红头发。她的孩子重新回到了她的身边。虽然他并不像爸爸所梦见的那样，胸前挂着银质徽章，但是他的四肢完整无损——这与妈妈在梦中所见的是不同的。他们欢天喜地，他们笑，他们哭。彼得拥抱着那个古老的火警鼓。

"这个老古董还在这儿没有动！"他说。

他的父亲就在它上面敲了一阵子。

"这儿倒好像发了大火呢！"火警鼓说。"火在屋顶上起来了火！心里也烧着了火！金发的宝贝！烧呀！烧呀！烧呀！"

后来怎样呢？后来怎样呢？——让这城里的乐师告诉你吧。

"彼得长得已经比鼓还大了，"他说。"彼得快比我还大了。"然而他是皇家银器保管人的儿子。彼得用了半年时间就学到了他花费一生的光阴所学到的东西。他具有一种勇敢、纯真善良的品质。他的眼睛闪烁着光芒，他的头发光辉闪耀——谁也不能不承认这一点！

"他应该把头发染一染，这样会更好！"邻居一位主妇说。"警察的那位小姐这样做过，你看她收到了多好的效果；立刻就订了婚。"

"不过因为她经常染，她的头发很快就变得像青草一样的绿。"

"她的钱有的是呀，"邻居的主妇说。"彼得也能够做得到。他来往于一些有声望的家庭——甚至他还和市长相识，教洛蒂小姐弹钢琴呢。"

他竟然会弹钢琴！他能够把从心里涌出来的、最优美的、还没有写在乐谱上的音乐弹出来。他既在月朗星稀的夜里弹，也在黑暗的夜里弹。邻居们和火警鼓说：这真叫人受不了！

他弹着，最终他的思想也被弄得奔腾起来，形成了对未来的计划："成名！"

市长先生的洛蒂小姐坐在钢琴旁边。她纤细的手指轻快地跳跃于琴键之上，在彼得的心里引起阵阵回响。这超出了他心里所能容下的程度。这样的情形已经发生不止一次，而是发生过许多次！终于有一天他忍不住捉住那只漂亮的手，在纤细的手指上吻了一下，并且盯着她那对棕色的大眼睛。只有上帝知道他要说什么话。不过我们可以猜想出来。洛蒂小姐的脸立刻红了,连脖子和肩膀也随之红了起来,她并没有回答一句话。后来有些不相识的客人到她房间里来,政府高级顾问官的少爷就是其中之一,他的前额宽阔、光亮,而且他把头仰得高高的,几乎要跑到颈后去了。彼得跟他们在一起坐了很久;洛蒂小姐望着他,眼神很温柔。

那天晚上他在家里谈论宽广的世界,谈到藏在他提琴里的金色的宝贝。

扬名!

"隆咚,隆咚,隆咚!"火警鼓说。"彼得的理智完全丧失了。我猜这屋子肯定会起火。"

第二天,妈妈到市场上去。

"彼得,有一个消息我得告诉你!"她一回到家里就说。"一个好消息。市长先生的女儿洛蒂小姐和高级顾问官的少爷订婚了。这是昨天发生的事情。"

"我不信!"彼得大声说到,同时从椅子上跳起来,但是妈妈一再坚持:是真的。她是从理发师的太太那儿听来的,而市长亲口告诉的理发师。

彼得坐了下来,脸色变得像僵尸一样惨白。

"我的老天爷! 你这是怎么了?"妈妈问。

"请你别再管我吧!"他说,眼泪顺着他的脸颊淌下来。

"我亲爱的孩子,我的金发的宝贝!"妈妈说,也跟着哭起来。不过火警鼓儿唱着——它是心里在唱,没有发出声音。

"洛蒂死了! 洛蒂死了!"一支歌现在也完结了!

歌并没有结束。还有许多的词儿,许多很长的词儿,许多最美丽的词儿——生命中的金色的宝贝,在歌曲里面。

"她简直像一个疯子一样!"邻居的主妇说。"大家要来看她金色的宝贝给她寄的信,要来读报纸上记载的有关他和他的提琴报道。他还寄钱给她——她非常需要,因为现在她是一个寡妇。"

"他为皇帝和国王演奏!"城里的乐师说。"这样的幸运从来没有降临到我的头上。不过他是我教出来的学生;他不会把他的老师忘记的。"

"爸爸曾经做过这样的梦",妈妈说,"他梦见彼得戴着银十字章从战场上回来。而在战争中他却没有得到它;现在比在战场上更难的时候,他得到了象征荣誉的十字勋章。如果爸爸还活着的话,能看到它多好!"

"成名了!"火警鼓说。城里的人也都这样说,那个鼓手的红头发的儿子彼得——小时候人们亲眼看着他拖着一双木鞋跑来跑去、后来又成为一个鼓手而为跳舞的人伴奏的彼得——现在成名了!

"在他还没有为国王演奏以前,就已经为我们演奏过了!"市长太太说。"那时候他对洛蒂十分喜欢。他向来是很有抱负的。他那时是既胆大,又荒谬! 当我的丈夫听到这件傻事的时候,曾经大笑过! 现在我们洛蒂是一个高级顾问官的夫人了!"

这个穷苦孩子的心里藏着一个金色的宝贝——他，曾经作为一个小小的鼓手，在战场上击鼓："冲！前进！"这鼓声对于那些差一点就要撤退的人来说，是一种胜利的召唤。他的胸怀中有一个金色的宝贝——声音的力量。这种力量爆发于他的提琴之上，好像一个完美的风琴嵌在里面，就像仲夏夜里的小精灵在提琴的弦上舞动似的。人们从琴声里听出画眉的欢唱和人类的清亮歌声。每一颗心都为它而狂喜，于是，彼得的名字扬名在整个国家里。这是伟大的火焰——热情的火焰。

"他简直太可爱了！"少妇们说，老太太们也这样说。她们之中一位最老的妇人弄来了一本纪念簿专门收藏名人的头发，她的目的纯粹是想求得这位年轻的提琴家的一小绺浓密而美丽的头发——那个宝贝，那个金色的宝贝。

儿子回到鼓手的那个简陋的屋子里来了，他就像一位王子那样漂亮，像国王那样快乐。他的眼睛那么明亮，他的面孔如同太阳闪着光辉。他双手抱着他的母亲。她亲吻着他温暖的嘴，快乐得哭泣起来，像每一个由于快乐而哭泣的人一样。他向房间里的每件旧家具点点头，对盛着茶碗和花瓶的碗柜也点点头。他又冲那张睡椅点点头——小时候他曾经在上面睡过觉。那个古老的火警鼓也被拖到屋子的中央，他对火警鼓和妈妈说：

"看到今天这样的场景，爸爸可能会敲一阵子的！现在得由我来敲了！"

说完，他就在鼓上敲起来，响起一阵雷吼一般的鼓声。鼓儿感到非常的光荣，就连它上面的羊皮也都高兴得裂开了花。

"他真是一个击鼓的神手！"鼓儿说。"我将永远铭记住他。我想，这个宝贝也会让他的母亲高兴得笑破肚子的。"

这就是那个金色的宝贝的故事。

唱民歌的鸟儿

现在正是冬天,大地覆盖着一层白茫茫的雪,看起来好像一块从石山雕刻出来的大理石。高高的天,十分晴朗。寒风刺骨如同一把由妖精炼出的钢刀,异常尖锐。树木看起来就像珊瑚或开满杏花的杏树枝子。这里的空气非常清新,好像来到了阿尔卑斯山上。

北极光和天上无数闪耀着的星星,令这一夜变得美丽非凡。

一阵狂风吹过来。飘浮的云块撒下一片天鹅的绒毛。漫天飞舞的雪花,将静寂的小路、房子、辽阔的田野和空无一人的街盖满了。然而我们正坐在暖和的房间里,围着熊熊的火炉,谈论着古代的事情。于是我们听到了一则故事:

大海的边上,有一座坟墓,埋葬着一位古代战士。这位被埋在地下的英雄的灵魂。坐在坟墓上面。他曾经是一个国王。一道金色的光圈,从他的额上射出,长发在空中飘动,全身披挂铠甲。他低垂着头,看起来十分悲伤,而且总是痛苦地叹气——好像一个没有得救的灵魂。

这时,有 艘船从旁边驶过。水手们抛下锚,来到了陆地上。他们中间有一个歌手。他走近这位皇家的幽灵,问道:

"为什么你这样的悲伤和痛苦呢?"

幽灵回答道:

"没有一个人为我一生的功绩歌唱过。现在这些事迹死去了,消失了。没有首歌能让它们在全国传播,把它们送到人民的心里去。因此我总是不得安宁,不能够休息。"

于是这个人就谈起他的事业和他的伟大功绩。与他的同时代的人都了解这些事情,但是它们没有被谁唱出来过,因为他们之中不存在歌手。

这位年老的弹唱诗人将他琴上的琴弦轻轻拨动。他歌唱着这个英雄年青时代的勇敢和壮年时代的英武,歌唱他一生伟大的功绩。灵魂的面孔散发出光彩,像反射着月亮的光彩。灵魂怀着欢快和幸福的心情在华丽灿烂的景象中,站起来,然后就像一道北极光忽地逝去了。除了一座铺满了绿草的土丘之外,现在什么也没有了——连一块刻有龙尼文字的石碑也没有了。但是当最后的声音从琴弦传出的时候,忽然飞出来一只歌鸟——好像是从竖琴里直接飞出来似的。这是一只异常漂亮的会唱歌的鸟。它有画眉一样响亮的音调,搏动的人心似的颤音和那种令人思乡的、候鸟所带来的家乡的歌谣。这只歌鸟越过高山和幽谷,越过田野和森林,向远处飞去了。它是一只唱民歌的鸟,永远也不会消亡。

我们听到它的歌唱是在一个冬天的夜晚。我们在房间里，听到了它的歌。这只鸟不只唱着关于英雄的赞歌，还唱着甜美的、温柔的、丰富多彩的爱情歌曲。它还歌颂北国的淳朴的民风。它可以用许多的词语和曲调讲出动人的故事。它知道很多谚语和诗一般的语言。这些语言，就像藏在死人舌头底下的龙尼文字一样，让它非得唱出来不可。这样，我们就从"民歌的鸟儿"身上认识到我们的祖国。

在异教徒的时代，在威金人的时代，它把巢建在竖琴诗人的竖琴上。在武士的时代，公理的尺度，由拳头掌握，武力代表着正义，农民和狗处在相等的地位——在这个时代里，这只歌鸟的避难所到底在哪里呢？暴力和愚昧根本不考虑它的这个问题。

彼士堡寨里的女主人坐在堡寨的窗前，她回忆起旧时的时光，把它们编写故事和歌写在面前的羊皮纸上。在一个茅草屋里，一个旅行的小贩坐在一个农妇人身旁的凳子上讲故事。正在这时候，这只歌鸟飞翔在他们头上，喃喃地鸣叫，歌唱。只要大地上还有一块山丘可以让它有立足之地，这只"民歌的鸟儿"就永远不会死亡。

现在，外面是狂风暴雪和漆黑长夜，而"民歌的鸟儿"正为我们坐在屋子里的人唱歌。它把龙尼文的诗句放在我们的舌头底下，使我们认识了我们祖先的国土。上帝通过"民歌的鸟儿"的歌曲，向我们讲述祖国母亲的语言。旧时的记忆复活了，黯淡的颜色重新发出光彩。传说和民歌像幸福的美景，陶醉了我们的心灵和思想，这个夜晚变成了一个耶稣圣诞的节日。

空中飞舞着雪花，冰块在破裂。外面的风暴横扫着大地，它拥有巨大的威力，它主宰着一切——但它不是我们的上帝。

这正是冬天。寒风像妖精磨出的一把锐利钢刀。雪花乱舞——在我们看来，好像已经飞了许多天和好几个星期了。它压迫着整个城市，像一座巨大的雪山，像一个沉重的梦在冬夜里沉睡。它把地上所有的东西全遮住了，只有教堂的金十字架——这是信心的象征——高高地耸立在这个雪冢上，在湛蓝的空中，在闪亮的太阳光里，射出光芒。

大大小小的太空的鸟儿飞翔在这个已经被埋葬了的城市的上空，每一只鸟都展开歌喉，尽情地欢唱，尽情地欢唱。

一群麻雀最先飞来：大街小巷里、巢里和房子里的所有的小事情都被他们讲了出来。它们知道前屋里和后屋里的一切事情。

"我们知道在这个被埋葬了的城市里面居住的人，"它们说。"所有的人都在吱！吱！吱！"白雪上飞过黑色的大渡鸦和乌鸦。

"呱！呱！"它们叫着。"还有一些东西在雪底下，一些能够吃的东西——这是最关键的事情。这是下面众多人的建议。而这意见是对——对——对的！"

野天鹅飕飕地飞来拍打着翅膀。它们歌唱着伟大和宝贵的情感。这种感情将在人的思想和灵魂中产生出这种感情——现在这些人住在被雪掩埋的城里。

城市里面并没有死亡，那里面仍然有生命存在。我们可以从歌调中听出来这一点。歌调像是从教堂的风琴中发出来的；它像妖山上的吵闹声，像奥仙的歌声，瓦尔古里的扑扑的拍翅声，我们的注意力被吸引住。多么优雅的声音啊！这种声音渗进我们心灵的深处，我们的思想由此变得高明——这就是我们听到的"民歌的鸟儿"的歌声！就在此时，天空上面吹来温暖的气息。雪山裂开了，太阳光从裂缝里射进去。春天到来了；鸟儿也回来了；新的一代，心里充满了同样的乡音，也回来了。请听听这一年的故事吧：暴虐的风雪，冬夜的噩梦！一切都会逝去，一切都将从不灭的"民歌的鸟儿"的悦耳的歌声中重新获得新的生命。

（1865 年）

接骨木树妈妈

很久以前,有个小小的孩子患了伤风病倒在床上。

他到外面去,不知怎么地打湿了一双脚。没有人知道他是怎样弄湿的,因为天气很干燥。现在他妈妈脱掉他的衣服,让他上床去睡觉,同时又叫人拿进开水壶来,给他泡了一杯飘出浓香的接骨木茶,因为茶可以让人感到温暖。这时有一个很有趣的老人来到门口;他一个人在这屋子的最高一层楼上住,他没有太太,也没有孩子,非常孤独。但是他却很喜欢小孩,并且肚子里有很多童话和故事。听他讲故事是一件令人很愉快的事。

"你现在必须先喝茶,"母亲说,"然后才可以听一个故事。"

"哎!我只希望我能讲一个新的故事!"老人说,冲他和气地点点头。"不过这小家伙的一双脚是在哪里弄湿的呢?"他问。

"不错,在什么地方呢?"妈妈说,"谁也想象不出来。"

"请给我讲一个童话听吧?"孩子请求。

"好,不过我必须先了解一件事情:你能不能如实地告诉我,你上学校时经过的那条街有一道阴沟,它有多深。"

"假如我把脚伸到那条阴沟最深的地方,"孩子回答说,"我的小腿恰恰被水淹到。"

"你看,就这样我们的脚被弄湿了,"老人说。"现在我确实应该给你讲一个童话听;不过我把童话全都讲完了。"

"你可以立即编出来一个,"小孩说。"妈妈说,你所看到的一切都能被你编成童话,你也能把你所摸过的东西都变成一个故事。"

"不错,可是这些童话和故事全都算不了什么!不,真正的故事是自己走出来的。它们在我的前额敲击着,说:'我来了!'"

"它们会不会立刻就来敲一下呢?"小孩问。妈妈大声笑了一下,在壶里放进接骨木叶,然后倒进开水。

"讲呀!讲呀!"

"对,如果童话主动来了的话。不过这种东西拿着很大的架了;只有在它高兴的时候才来——等着吧!"忽然他大声叫起来,"现在它来了。请看吧,它现在就在茶壶里面。"

于是,小孩赶紧向茶壶望去。茶壶盖慢慢地自动竖立起来,从茶壶里冒出来好几朵又白又新鲜的接骨木花。它们长出又壮又长的树枝,从茶壶嘴向四处伸展,越展越宽,最后一个最漂亮的接骨木丛形成了——实际上它是一棵完整的树。这棵树甚至延伸到床上来,帐幔被它向两边分去。它是那么的香,它的花开得多么茂盛啊!一个很亲切的老太婆端坐在这棵树的正中央。她身穿着奇装异服——它是绿色的,像接骨木叶子一样,上面还缀着大朵的白色接骨木花。没有人第一眼就能看出来,这衣服究竟是用布做的呢,还是鲜活的绿叶和花朵。

"这个老太婆叫什么名字呢?"小孩问。

老人回答说:"她被罗马人和希腊人称作树仙。不过我们太了解这一套:我们住在水手区的人给她取了一个更好听的名字。'接骨木树妈妈'。对她应该特别注意:现在,你注意听着并看着这棵美丽的接骨木树吧。"

"水手住宅区里就有这么一棵开着花的大树。在一个简陋的小院里的角落它默默地生长着。一天下午,当阳光普照大地十分美好的时候,两个老人就坐在这棵树下。他们一个是很老很老的水手;另一个是他很老很老的妻子。他们已经当曾祖父母了;过不了多久他们就要庆祝他们的金婚。不过具体日子他们记不清楚了。接骨木树妈妈坐在树上,很高兴的样子,正如她在这儿一样。'我知道金婚应该是在哪一天,'她说,可是这句话他们没有听到,他们在谈着他们一些过去的日子。

"'是的,'老水手说,'你还记得吗,在我们小时候,常常一起跑来跑去,一起玩耍!就是在这个院子里,我们就坐在现在的这个院子里。在这里我们种过许多树苗,它已经被变成一个大花园。'

"'是的,'老太婆回答说,'我很清楚记得:我们给那些树苗浇过水,它们之中有一根就是接骨木树。这树枝生了根,长出了绿芽,变成了现在这样一棵大树——现在我们就在它下面坐着。'

"'没错,'他说,'有一个水盆在那里的角落里;我把我自己剪的一只船放在那上面飘浮着——它很好地向前航行!但是不久我自己也去航行了,只不过方式不同罢了。'

"'是的,首先我们进了一所学校,学习一些东西,'她说,'后来我们接受了坚信礼;两个人全都哭了。不过在下午我们就手挽着手爬到圆塔上去,久久地凝望着哥本哈根和大海之外的这个广阔的世界。然后我们又来到佛列得里克斯堡公园——国王和王后经常驾着华丽的船在这里的运河上航行。'

"'可是,我去航行却采用了另一种方式,而且一去就是几年,那是很遥远的长途旅行。'

"'对,因为想你我常常伤心地哭起来,'她说,'我以为你死了,消失了,躺在深水底下,跟波浪一起嬉戏。有无数个夜晚我爬起床来,去看风信鸡是否还在转动。是的,它在转动,可是你却没有回来。我很清楚地记得,有一天下着倾盆大雨。我主人的门口来了那个收垃圾的人。我提着垃圾桶走下来,刚到门口我就站着不动了。——天哪这是多么糟糕啊!当我正站在那儿的时候,邮差来到了我的身边,递给我一封信。这是你写来的信啊!这封信该是行走了多少路途啊!我立即撕开它,念着。我笑着,哭着,我是多么的高兴呀。我现在终于知道了,你在一个盛产咖啡豆的温暖国度里正生活着。那个国度一定是十分温和美丽的！你在信上讲了很多的事情，我站在一个垃圾桶旁边，在大雨倾盆的时候读它，就在这时候，来了一个人，他双手将我拦腰抱住！'——

"'——一点也不错，于是他就结结实实地挨了你一记耳光——一记很脆响的耳光。'

"'我真的不知道那人就是你啊。你来得像你的信一样快。那时你是一个美男子——现在仍然这样。一条丝织的长手帕，装饰着你的口袋，你头上戴着一顶光亮的帽子。你是那么的英俊！天啦，那时的天气真糟，街上灰暗一片！'

"'后来我们就结婚了，'他说，'你记得吗？然后我们就有了第一个孩子，玛莉，接着尼尔斯，接着彼得和汉斯·克利斯仙都出生了。'

"'他们都成长得那么好，是那么的善良，备受大家的喜爱！'

"'后来他们的孩子又有了他们自己的孩子，'老水手说。

"'是的，那些都是孩子们的孩子！他们都健康地茁壮成长。——假如我没有记错的话，正是在这个季节里我们结婚的。'

"'是的，今天就是你们的结婚纪念日，'接骨木树妈妈说着，把她的头伸到这两个老人的中间来。他们还以为这是隔壁的一位太太在向他们点头呢。他们彼此望了一眼，互相握着对方的手。不多时，他们的儿子和孙子都来了；他们知道今天是老人们的金婚纪念日。早晨他们就已经来祝贺过一次，不过这日子却被这对老夫妇忘记了，虽然他们还能很清楚地记得许多年以前发生的所有事情。从接骨木树散发出浓浓的香气。正在落下去的太阳照着这对老夫妇的脸庞，以至于他们的双颊都泛起了一阵红晕。他们最小的孙子们把他们围起来，在周围跳舞，异常兴奋地叫喊着，说有一个宴会将在今晚举行——到那时他们会吃到热乎乎的土豆！接骨木树妈妈在树上点点头，跟大家一起喊着：'好！'"

"但是这并不是一个童话呀！"小孩听完了说。

"唔，如果你能够把它听懂的话，"讲这段故事的老人说。"不过还是让我来听听接骨木树妈妈的意见吧。"

"这并不算一个童话，"接骨木树妈妈说。"可是现在它来了；现实的生活里会产生出最奇异的童话故事，否则美丽的接骨木树丛就不会从茶壶里冒出来了。"

于是她从床上把孩子抱起来，揽到自己的怀中，开满了花的接骨木树枝向他们合拢过来，他们好像坐在浓密的树荫里一样，而后随着这片树荫被它带着在空中飞行。这真是无法言述的美丽！接骨木树妈妈立即变成了一个漂亮的少女，不过她仍然穿着用缀满白花的绿色料子做成的衣服，与接骨木树妈妈所穿的一样。她的胸前佩戴着一朵真正的接骨木花，金黄色的卷发上套着一个接骨木花扎成的花环；她有一双蓝蓝的大眼睛。啊，她是多么美丽的女孩。啊！她和这个男孩互相亲吻着，现在他们是同龄的人，感觉到同样的快乐。

他们手挽着手从这片树荫走出来。现在他们正在家中美丽的花园里面。爸爸的手杖系在鲜嫩草原旁边的一根木桩上。它在这个孩子的眼中，变成了有生命的东西。当他们触摸到它的时候,它这晶晶的头便变成了一个漂亮的嘶鸣的马首,长长的黑色马鬃披在上面,它还长出了四条细长而结实的腿。这牲口既健壮又有精神。他们骑着它在这草原上驰骋——真叫人喝彩!

"现在,我们要骑到离这有无数里的地方去,"这孩子说,"我们要骑到一位贵族的庄园里去!——我们去年去过那里。"

他们骑着马在草原上不停奔驰。那个小女孩子——我们知道她就是接骨木树妈妈——一直在叫着:

"现在我们来到乡下了!你看到那种田人的房子吗?它的那个大面包炉,从墙壁里凸出来,看起来就像路旁边一只巨大的蛋。在这屋子上面接骨木树伸展着枝权,公鸡在走来走去,为它的母鸡扒土。你看它那副昂首阔步的神情!——现在我们就要到教堂附近了。它在一座山丘上高高地耸立,在一丛栎树的中间——其中有一棵马上就要死了。——现在我们来到了熔铁炉旁边,燃烧的火非常剧烈,赤膊的人正用劲儿挥着锤子打铁,火星四处迸发。去啊,去啊,到那位贵族的华贵的庄园里去啊!"

在他后面的那个坐在手杖上的小姑娘所讲的事物,都一一呈现在他们眼前。虽然他们仅仅是骑在一个草棍上兜圈子,但是这男孩子却能清清楚楚地看到这些东西。他们在人行道上玩耍,还在地上划出一个小花园来。于是她把接骨木树的花朵从她的头发上取出来,栽下它们,后来它们就开始长大,正如那对老年夫妇小时候在水手住宅区里所栽的树一样——我们已经讲过这事了。他们手拉着手走着,与那对老年夫妇儿时的情形完全一样,不过他们不是走向圆塔,也不是走向佛列得里克斯堡公园去。——不是的,这小女孩子抱着这男孩子的腰,他们在整个丹麦上空飞来飞去。

那时是春天,接着夏天来了,然后是秋天,最后冬天也到来了。成百上千的景象在这孩子的眼睛里和心灵上映着,这小姑娘也不停地对他唱:"你永远也忘记不了这些东西!"

在他们飞行的整个过程中,接骨木树始终散发出甜蜜和芬芳的气味:玫瑰花和新鲜的山毛榉的气味他也闻到了,可是接骨木树的芳香比它们要美妙得多,因为它的花朵就挂在这小女孩子的心上,而且在他们飞行的时候,他的头经常靠着这些花朵。

"在这儿,春天是多么美丽啊!"小姑娘说。

他们站在长满了新鲜叶子的山毛榉林里。在他们的脚下,绿色的车叶草散发出清香;浅红色的秋牡丹在这一片绿色中被衬得格外艳丽。

"啊,但愿春天永远驻留在这芳馨的丹麦山毛榉林中!"

"在这儿,夏天是多么美丽啊!"她说。

于是他们走过武士时代的那些古宫。古宫的红墙和锯齿的山形墙倒映在小河中——许多天鹅在河里游着,望着那古老的林荫大道,望着田野里泛起层层波浪的小麦,好像这里变成了海洋一般。田沟里开满了白色和红色的花,野蛇麻和繁盛的牵牛花也爬上了篱笆。黄昏的时候月亮升了起来,看起来又圆又大;草堆上的干草散发出甜蜜的香味。"人们永远也不会忘记这些东西!"

"在这儿,秋天是多么美丽啊!"小姑娘说。

于是天空显得比以前更加广阔,更加的湛蓝;树林染上了最华贵的红色、黄色和绿色。猎犬在追逐着;成群的雁儿从古老的坟墓上飞过,发出凄凉的叫声;荆棘丛在古墓碑上缠做一团。海是深蓝色的点点白帆点缀在上面。老太婆、少女和小孩坐在打麦场上,摘下蛇麻的果穗,扔进一只大桶里。这时年轻人哼着山歌,老年人讲着关于小鬼和妖精的童话。哪里都没有这个地方好。

"在这儿,冬天是多么美丽啊!"小姑娘说。

于是所有的白霜降落到树上,远远望去像白色的珊瑚。雪被踩在人们的脚下发出清脆的响声,好像人们全穿上了新靴子似的。从天下落下来一个又一个的陨星。屋子里面,圣诞树上的小灯全亮起来了。这儿有礼物,充满了快乐。在乡下,农人在屋子里演起小提琴,人们在做着抢水果的游戏;即使是最穷苦的孩子也说:"冬天是美丽的!"

是的,那是美丽的。小姑娘把每样东西都指给这个孩子看;接骨木树永远散发出香味;白十字架上的红旗永远飘扬着——住在水手区的那个老水手就是在这个旗帜下出外航海的。这个小孩子长成了一个年轻人,他必须要到广阔的世界里去,到那些生长咖啡的遥远的热带国度里去。离别之际,小姑娘把戴在她胸前的那朵接骨木花取下来,送给他作为纪念。它被夹在一本《赞美诗集》里。在外国,每当他打开这本诗集的时候,总是翻到夹有这朵纪念花的地方。他看得越久,这朵花就显得越发的新鲜,他感觉到好像呼吸到了丹麦树林里的新鲜空气。这时候他就清楚地看到,那个小姑娘正在花瓣之间睁着那双明亮的蓝眼睛,向外面凝视。她低声地说:"在这里春天、夏天、秋天和冬天都是多么美丽啊!"于是,在他的思想中浮过去成百上千的画面。

就这样,过去了许多年;现在他成了一个老头儿,和他年老的妻子一起坐在一棵开满鲜花的树下:他们两人手挽着手,正如以前住在水手区的高祖母和高祖父一样。也像这对老祖宗一样,谈论着他们过去的时光,谈着金婚。有一位小姑娘在树上坐着,她长着一双蓝眼睛、头上戴着接骨木花,正朝这对老夫妇点着头,说:"今天是你们金婚的日子啦!"于是她从她的花环上取下两朵花,吻了它们一下;它们便散发出光芒来,起初像银子的光辉,后来像金子的。当它们被戴到这对老夫妇的头上时,每朵花就变成了一个金色的王冠。他们两人坐在棵飘散着香气的树下,像国王和王后一样。这棵树的形状与接骨木树完全一样。他对他年老的妻子讲着有关接骨木树妈妈的故事,他把他小时候从别人那里听到的全都讲出来。他们觉得这故事和他们自己的生活有很多相似之处,而这相似的一部分就是整个故事中他们最喜欢的一部分。

"是的,事情的确是这样!"坐在树上的那个小姑娘说。"有人称我为接骨木树妈妈,也有人把我叫作树神,不过我真正的名字是'回忆'。我就坐在树上,不停地生长；我能够回忆过去的时光，我能讲出以前的故事。让我看看，你是不是仍然保留着你的那朵花。"

老头儿把他的《赞美诗集》翻开；那朵接骨木花依然夹在里面，十分新鲜，好像才放进去似的。于是"回忆"姑娘点点头。这时那对头戴金色王冠的老夫妇坐在红色的斜阳里，闭起眼睛，于是——于是——童话结束了。

躺在床上的那个小孩子，不知道自己是在做梦呢，还是有人给他讲了这个童话。茶壶仍然在桌上：但是它里面并没有长出接骨木树丛。讲这童话的那个老人正向门外走去——事实上他已经走了。

"那简直太美了！"小孩子说。"妈妈，我刚刚去过一趟热带的国度！"

"是的，我相信你去过！"妈妈回答说。"当你喝完了两大杯滚热的接骨木茶以后，你会很容易走到热带国度里去的！"——于是她给他盖好被子，以免受到寒气。"当我坐在那里、跟他争论那究竟是一个故事还是一个童话的时候，你睡得香极了。"

"那么接骨木树妈妈到底在什么地方呢？"小孩子问。

"她在茶壶里面，"妈妈回答说，"而且她尽可以在那里面住下去！"

（1845 年）

沙丘的故事

这个故事是发生在尤兰岛众多沙丘山的一个故事,不过,它并不是在那里开始的,唉,是在遥远的、南部的西班牙发生的。海成为国与国之间的公路——请你幻想着你已经到了那里,到了西班牙吧!那儿是温暖的,那儿是美丽的;在那儿浓密的月桂树之间开着火红的石榴花。山上吹下来一股清凉的风,吹到橙子园里,吹到摩尔人居住的有着金色圆顶和彩色墙壁的辉煌的大殿里。孩子们举起蜡烛和飘扬的旗帜,在街道上游行;在他们的头上高阔的青天闪耀明亮的星星。歌声和响板声在四处响起来,年轻的男女在开满槐花的槐树下跳舞,而乞丐则坐在雕花的大理石上吃着水汪汪的西瓜,然后在昏睡中把日子打发掉。这一切就像一个美丽的梦!就这样日子一天天地过去了……是的,一对新婚夫妇正是如此;此外,他们享受着人世间一切美好的事物:健康、快乐的心情、财富和荣誉。

"我们快乐得无法再快乐了!"他们在内心深处这样说。但是他们的幸福还可以再向前迈一步,而这也是有可能的,上帝只需赐给他们一个孩子——无论在精神上还是在外貌上都像他们的一个孩子。

他们将会以最大的欢愉来迎接这个幸福的孩子,用最多的关怀和爱来养育他;让他能享受到一个有名望、富有的家族所能提供他的一切好处。

日子一天一天地过去,如同过节一般。

"生活像一件礼物,它充满了爱、大得难以想象!"年轻的妻子说,"完美的幸福只有在死后的生活中才能得到不断地发展! 这种思想我不理解。"

"毫无疑问,这是人类一种狂妄的表现!"丈夫说。"有人相信人会像上帝那样永久地活下去——这种思想,归根到底,就是一种自大狂。这也就是那条蛇——谎言的祖宗——听说的话!"

"对于死后的生活你不会有任何怀疑的吧?"年轻的妻子说。看起来现在,在她光明的思想领域中,第一次飘来了一道阴影。

"牧师们说过,只有信心才能使死后的生活得到保证!"年轻人回答说。"不过在我的幸福之中,我觉得,同时也认识到,倘若我们对死后的生活还有什么要求——幸福永恒——那么我们就未免太过丁大胆和犯妄了。在 生中我们所得到的一切还不够多吗? 对于此生我们应该,而且必须感到满意。"

"是的,我们确实得到了许多东西,"年轻的妻子说。"但是对于千千万万的人来讲,他的一生不是一个很苦难的考验吗?多少人来到这个世界上,难道就是专门为了得到贫穷、屈辱、疾病和不幸吗?不,如果此生以后再没有另外的生活,那么所有世界上的东西就分配得太不平均,上天也就太不公平了。"

"街上的那个乞丐有他自己的快乐,对他说来,他的快乐并不比住在华丽皇宫里的国王少多少,"年轻的丈夫说,"难道你认为那些辛勤劳作的牲口,天天挨打受饿,直累到死,自己生命的痛苦会感觉到吗?难道它也会要求一个未来的生活,也会埋怨上帝的不公正的安排,没有把它列入高等动物之中吗?"

"基督说过,天国里有许多房间,"年轻的妻子回答说。"天国是无边无际,上帝的爱也是没有边际的!哑巴动物也是有生命的呀!我相信,没有哪一种生命会被忘记:每个生命都会得到自己可以享受的、适合于自己的一份幸福。"

"不过我认为,我对这世界已经感到相当满意了!"丈夫说着。同时伸出双臂来,拥抱着他美丽的、温柔的妻子。然后拿出一支香烟他就在这开阔的阳台上抽起来。这里清爽的空气中洋溢着橙子和石竹花的香味。从街上飘来一阵阵音乐声和响板声;天上的星星闪耀。一双充满了爱恋的眼睛——他的妻子的眼睛——带着一种永不熄灭的爱情的火焰,在凝视着他。

"这样的一瞬间,"他说,"让生命的诞生、生命的享受和它的灭亡都存在价值。"于是他微笑起来。妻子举起手,做出一个温柔的责备的姿势。那阵阴影又消失了;他们真是太幸福了。

似乎一切都是为他们而安排的,荣誉、幸福和快乐他们都能享受到。后来生活发生了一些变化,但这仅仅是地点的变动而已,他们享受生活的幸福和快乐没有丝毫影响。年轻人被国王派到俄罗斯的宫廷去当大使。这是一个荣耀的职务,和他的出身及学识都很相配。他有众多的资产,他的妻子更带来了与他同样多的财富,因为她是一个富有的、有地位的商人的女儿。这一年,这位商人恰好有一条最大最美的船要开到斯德哥尔摩去;于是这对亲爱的年轻人——女儿和女婿——将要随船同去圣彼得堡。船上陈设着许多非常华美的东西——柔软的地毯铺在脚下,四周是丝织物和奢侈品。

有一支很古老的战歌几乎每个丹麦人都会唱,这就是《英国的王子》。王子也乘着一条华丽的船:赤金镶在它的锚里,每根缆索里都夹着生丝。当你看到这条从西班牙开出的船,你一定会联想到那条船,因为那条船同样豪华,同样也充满了的离别思绪:

愿上帝祝福我们在快乐中团聚。

顺风从西班牙的海岸轻快地吹过来,别离只不过是短暂的事情,因为几个星期以后,他们将会到达目的地。不过当他们来到海面上的时候,风就停住了。海是那样的平静而光滑,水波闪着亮光,天上的星星也在闪烁发光。华丽的船舱里每晚都充满了欢乐的气氛。

最后,人们开始祈盼风能吹过来,盼望有一股清凉的顺风。但是却没有风吹来。而当它吹起来的时候,却朝着相反的方向吹。这样,过去了许多个星期,甚至过去了两个月。终于,顺风总算是吹起来了,它从西南方向吹过来。现在他们是在苏格兰和尤兰之间航行着。正如在那支古老的《英国的王子》歌中唱的一样,风越

吹越大:

>它吹起一阵暴风雨,云块异常黑暗,
>
>无法找到陆地和隐蔽处所,
>
>于是他们只好抛出他们的锚,
>
>但是风却向西吹,直吹到丹麦的海岸。

从此以后,过去了很长一段时间。国王克利斯蒂安七世坐上了丹麦的王位;那时他还是一个年轻人。从那时候起就发生了许多事情,有很多东西发生了变化,或者已经改变过了。海和沼泽地变成了繁茂的草场;荒地成了耕地。苹果树和玫瑰花在那些西尤兰的茅屋的遮掩下,都长出来了。当然,你需仔细看才能发现它们,因为为了躲避刺骨的东西,它们全都藏了起来。

在这个地方,人们可能会认为回到了远古时代——比克利斯蒂安七世统治的时代还要早。现在的西尤兰仍然和过去一样,它深黄色的荒地,它的古冢,它的海市蜃楼和它的一些相互交错的、多沙的、崎岖不平的道路,向天边伸展开去。朝西走,许多河流流向海湾,延展成为沼泽地和草原在它们周围。环绕着一片沙丘,就像峰峦起伏的阿尔卑斯山脉一样,立在海的四周,只有那些粘土形成的高高的海岸线才能把它们分割开来。每年浪涛都在这儿咬去几口,使得那些悬崖峭壁下陷,好像被地震摇撼过一次似的。它就是这样;在很多年以前,当那幸福的一对乘着华美的船沿岸航行的时候,它也是这样。

那是9月的最后的一天——是个星期天,一个阳光明媚的日子。教堂的钟声,就像一连串的音乐似的,飘向尼松湾沿岸。所有的教堂在这里都像整齐的巨石,而每一所教堂就是一个石块。即使西海在它们上面滚过来,它们依然可以屹立不动。这些教堂绝大部分都没有尖塔;钟总是在空中的两根横木之间悬挂着。做完礼拜以后,信徒们就从上帝的屋子里走出,走到教堂的墓地里去。在那个时候,正如现在一样,没有一棵树,一个灌木林。没有人在这儿种过一株花;没有人在坟墓上放过一个花圈。粗糙丑陋的土丘恰恰说明这是埋葬死人的地方。整个墓地上只有那些在风中零乱飘摇的荒草。在每一处有一个纪念物偶尔会从墓里露出来:它是一块半朽的木头,曾经做成一个类似棺材的东西。这块木头是从西部的森林——大海——里运来的。大海为那些沿岸的居民盛产出大梁和板子,托着它们像柴火一样漂到岸上来;这些木块很快就被腐蚀掉了,一个小孩子的墓上就有这么一个木块;有一位从教堂里走出的女人向它走去。她站着不动,呆呆地望着这块半朽的纪念物。过了不一会儿,她的丈夫也来了。他们一句话也没有讲。他挽着她的手,从这座坟墓离开,一同走过那深黄色的荒地,走过沼泽地,走过那些沙丘。他们默默地走了很久。

"今天牧师的讲道很不错,"丈夫说。"假如我们没有上帝,我们就会一无所有的。"

"是的,"妻子回答说。"他给予我们快乐,也带给我们哀愁,而他是有这种权利给我们这些的!到明天,我们亲爱的孩子就满五周岁了——如果上帝允许我们保留住他的话。"

"不要这样痛苦吧,那不会带来任何好处的,"丈夫说,"现在他一切都好!他现在居住的地方,正是我们希望去的地方。"

他们没有再说什么别的话,只是继续向前走,回到他们在沙丘之间的屋子里去。忽然间,一股浓烟从一个沙丘旁,从一个没有被海水挡住的流沙的地带升起来。这阵狂风是吹进沙丘里去的,在空中许多细沙被卷了起来。接着另一阵风又横扫过来,挂在绳子上的鱼开始乱打着屋子的墙。接着一切又沉寂下来,太阳依旧射出炽热的光。

丈夫和妻子走进屋子里去,立即把星期日穿的整齐的衣服换下来,然后他们急忙朝那沙丘走去。这些沙丘似乎忽然之间停止了滚动的浪涛。白沙被海草淡蓝色的梗子和沙草染成各种颜色。有好几个邻居上来一同把众多船只拖到沙上更高的地方。风吹得更厉害。天气冰冷得刺骨;当他们再回到沙丘间来的时候,无数的沙和小尖石子向他们的脸上打来。浪涛卷起白色的泡沫,而风却把浪头截断,使泡沫向四周飞溅。

黑夜降临了。空中充斥着呼啸,准备时刻扩大开来。它哀鸣着,怒号着,好像一群失望的精灵要把一切浪涛的声音淹没掉——虽然渔人的茅屋就紧贴在近旁。沙子敲打在窗玻璃上。忽然,袭来一股狂风,撼动了整个房子。天漆黑一片,可是到半夜的时候,月亮就要升起来了。

空中很晴朗,但是风暴仍然保持汹涌的势头,在这深沉的大海上扫着。渔人们早已上床了,但在这样的天气中,是不可能合上眼睛的。不一会儿,他们就听到有人在敲窗子。门打开了,传来一个声音:

"在最远的那个沙滩上有一条大船搁浅了!"

渔人们立即跳下床来,穿好衣服。

月亮已经升起来了。它的光亮足以使人看清东西——只要他们能在风沙中睁开双眼。风真是够猛烈的;简直可以把人们卷起来。人们得费很大的气力才能在阵风的间歇间爬过那些沙丘。带咸味的浪花像羽毛似的从海里向空中飞舞,而海里的波涛则像喧嚣的瀑布冲击着海滩。只有具备丰富经验的眼睛才能看到海面上的那只船。这是一只漂亮的二桅船。它被巨浪簸出了平时航道的半海里以外,送到一个沙滩上去。它继续向陆地行驶,但立刻又撞着第二个沙滩,搁了浅,不能移动。不太可能救它了。海水非常暴虐,拍打着船身,横扫着甲板。岸上的人似乎听到了痛苦的呼喊,临死时的挣扎声。人们可以看到船员们的忙碌地付出努力却没有丝毫收获。这时有一股巨浪袭来;它像一块毁灭性的石头,向牙樯打去,接着就把它折断,于是船尾高高地翘在水上。两个人同时跳进海里,消失了——这只不过是在一瞬间发生的。一股巨浪向沙丘袭来,一具尸体被卷到岸上。这是一个女人,看样子已经死了;但是几个妇女翻动她时似乎感觉到她还有生命的气息,因此就把她从沙丘抬过去,送到一个渔人的屋子里去。她是多么美丽啊!一定是一个富贵的妇人。

大家把她放在一张简陋的床上,上面几乎没有一寸被单,只有一条毛毯足可以裹住她的身躯。这已经很温暖了。

她又恢复了生命,重新活过来,但是她在发烧;她对所发生的事情一点也不知道,也不知道自己现在身处什么地方。这样倒也很好,因为她喜欢的东西现在都被埋葬在海底了。正如《英国的王子》中的那支歌一样,这条船也是:

这情景真使人感到悲哀,

这条船全部都成了碎片。

船的一些残骸和碎片漂到岸上来;它们中间唯一的生物就算她了。风仍然在岸上呼啸。她休息了没有多久就开始痛苦地叫喊起来。她睁开一双美丽的眼睛,说了几句话——但是谁也听不懂说的是什么。

现在她所受的痛苦和悲哀得到报偿,她怀里抱着一个新生的婴儿——一个本应该睡在豪华的公馆里、睡在华美的、周围围着绸帐了的床上的婴儿。他本应该到欢乐中去,到拥有世界上一切美好东西的生活中去。但是上帝却让他降临在一个寒微的角落里;甚至他还没有得到母亲的一吻。

渔人的妻子把孩子放到他母亲的怀里。于是他躺在了一颗已经停止跳动的心上,她死了。这孩子本来应该成长在幸福和奢华中;但是现在却来到了这个位于沙丘之间被海水冲洗着的人世,和穷人遭受同样的命运,分担艰苦的日子。

这时我们禁不住又要记起那支古老的歌:

王子的眼泪从脸上滚滚流下

我来到波乌堡,愿上帝保佑!

但现在我来得恰恰不是时候;

如果我来到布格老爷的领地,

我就不会被男子或骑士所欺辱。

船搁浅的地方是在尼松湾南边的海滩,那个海滩曾被布格老爷宣称为自己的领地。据传说,沿岸的居民经常对遇难船上的人做一些坏事,不过这样艰难和黑暗的日子早已经过去了。现在遇难的人可以得到温暖、怜悯和帮助,在我们这个时代应该也有这种高尚的行为。这位垂死的母亲和不幸的孩子,不管"他们被风吹到哪里",总会得到保护和救助的。不过,在其他别的地方,他们不会得到比在这渔妇的家里更热情的照料。昨天这个渔妇还带着一颗沉痛的心,站在她儿子埋葬的墓旁。如果上帝把这孩子留给她的话,那么他现在应该有五岁了。

没有人知道这位死去的少妇是谁,或是从什么地方来的。在这一点上那只破船的残骸和碎片不能说明任何问题。

在西班牙的那个富豪之家,一直没有收到有关他们女儿和女婿的信件或消息。这两个人没有到达他们的目的地;过去几星期猛烈的风暴一直在吹。大家等了好几个月:"沉入大海——全部遇难。"他们清楚这一点。

然而就在胡斯埠的沙丘旁边,在渔人的茅屋里,现在他们有了一个小小的男孩。

两个人吃到上天给的粮食的时候,第三个人也能够吃到一点。大海供给饥饿的人吃的鱼不仅仅只有一碗。这孩子有了一个名字:雨尔根。

"他应该是一个犹太人的孩子,"人们说,"他长得那么黑!"

"或许他是一个意大利人或西班牙人!"牧师说。

不过,对那个渔妇讲来,这三个民族都是一样的。她已经很高兴这个孩子能受到基督教的洗礼。孩子很健康的成长。他流着温暖的贵族的血液;家常的饮食使他成为一个健壮的人。在这个卑微的茅屋里他生长得很快。西岸人所讲的丹麦方言也是他的语言。西班牙土地上一棵石榴树的种子,在西尤兰海岸上成为一棵耐寒的植物。一个人的命运可能就是这样!他整个生命的根深深地扎在这个家里。他将会体验到饥寒交迫,体验到与那些卑微的人们一样的不幸和痛楚,但是他也会品尝到穷人们的快乐。

对任何人来说童年时代都有它快乐的一面;这个阶段的记忆会永远在生活中射出光辉。他的童年该是充满了多少快乐和玩耍啊!沿海岸线许多英里的东西都是可以玩耍:一片片图案由卵石拼成,——它们像珊瑚一样红,像琥珀一样绿,像鸟蛋一样白,五光十色,由海水送来,又被海水磨光。还有漂白了的鱼骨,风吹干了的水生植物,洁白的、发光的、在石头之间漂动着的、像布条一样的海草——眼睛和心情从这一切之中得到快乐和欢娱。在这孩子身上潜藏的非凡智慧,现在都活跃起来了。他能记住很多的故事和诗歌!他有非常灵巧的手脚他能够用石子和贝壳拼成完整的图画和船;这些东西他用来装饰房间。他的养母说,他可以把他的思想奇妙地绘在一根木棍上,虽然他的年纪还是那么小!他有动听的声音;他的嘴一动就能唱出各种不同的歌调。许多琴弦张在他的心里:倘若他生在别的地方、而不是生在北湾旁一个渔人家的话,整个世界都可能流传这些歌调。

有一天,另外一条船也在这儿遇了难。有一个匣子,里面装着许多稀有的花根漂上了岸。有人取出几根,放在菜罐里,人们以为这些东西是可以吃;另外的花根则被扔在沙上,干枯了。它们没有完成它们的使命,没有把藏在身上的那些美丽的色彩开放出来。雨尔根的命运会比这好一些吗?花根的生命很快就完结了,但是他的还只不过是刚刚开始。

他和他的一些朋友从来没有想到日子过得有多么的孤独和单调,因为他们要玩的东西、要听的东西和要看的东西是那么多。海就像一本大的教科书。每天它翻开新的一页:时而平和,时而涨潮,时而清静,时而狂暴,船只的遇难是它的终点。做礼拜是一种欢乐拜访的场合。不过,在渔人的家里,有一种特别受欢迎的拜访。这种拜访一年只有两次:那就是雨尔根养母的弟弟的拜访。他住在波乌堡附近的菲亚尔特令,以养殖鳝鱼为生。他总是坐着一辆涂了红漆的马车来,里面装满了鳝鱼。车子像一只箱子似的被紧紧地锁起来;它上面绘满了蓝色和白色的郁金香。两匹暗褐色的马拉着这辆车的。雨尔根有驾驶它们的权力。

这个养鳝鱼的人是一个滑稽幽默的人物,一个令人愉快的客人。他总是带来一些烧酒。每个人可以喝到一杯——如果酒杯不够的话,可以喝到一茶杯。雨尔

世界经典文库

世界二十大名著

安徒生童话

图文珍藏版

根年纪虽小,也能喝到一点点儿,目的是用它来帮助消化那肥美的鳝鱼——这位养鳝鱼的人总是喜欢讲这套理论。人听到后而笑起来的时候,他立即又对同样的听众再讲一次。——爱好闲扯的人总是这样的!雨尔根长大以后,以及成年时期,经常喜欢引用来自养鳝鱼人所讲故事是许多句子和说法。我们也不妨听听:

湖里的鳝鱼走出家门。鳝鱼妈妈的女儿想要跑到离岸不远的地方去,妈妈对她们说:"不要跑得太远!那个丑陋的叉鳝鱼的人就要来了,把你们统统都捉去!"可是她们走得太远了。在八个女儿之中,只有三个回到鳝鱼妈妈身边来。她们哭诉着说:"我们离开家门没走多远,那个可恶的叉鳝鱼的人立刻就来了,我们的五个姐妹全被他刺死了!"……"她们会回来的,"鳝鱼妈妈说。"不会!"女儿们说,"因为他剥了她们的皮,把她们切成两半,烤熟了。"……"她们会回来的!"鳝鱼妈妈说。"不会的,因为她们被他吃掉了!"……"她们会回来的!"鳝鱼妈妈说。"不过,他吃了她们以后还喝了烧酒,"女儿们说。"噢!噢!那么她们永远也不会回来了!"鳝鱼妈妈哀号一声,"烧酒埋葬了她们!"

"所以吃了鳝鱼后喝几口烧酒总是对的!"养鳝鱼的人说。

这个故事就像一根光辉的牵线,贯穿着雨尔根整个的一生。他也想从大门走出去,"到海上去走一下",这个意思是说,乘船去看看世界。他的养母,像鳝鱼妈妈一样,经常说:"坏人太多啦——全是叉鳝鱼的人!"然而他总得离开沙丘到内地看看去;而他真的走了。四天令人愉快的日子——这要算是他儿时最快乐的几天——展现在他的面前;整个尤兰的美、内地的快乐和阳光,都要集中地在这几天表现出来;他要去参加一个宴会——虽然是一个送丧的宴会。

一个有钱的渔家亲戚去世了,这位亲戚住在内地,"向东,稍稍偏北",正如俗话所说的。养父养母都要到那儿去;雨尔根也要跟着去。他们从沙丘出来走过荒漠和沼泽地,来到翠绿的草原。斯加龙河在这里流淌——河里有许多鳝鱼、鳝鱼妈妈和那些被坏人捉去、切成几段的女儿。不过,人类对自己的同胞所实施行为比这也好不到哪里。那只古老的歌中所提到的骑士布格爵士不就是被坏人谋害的吗?而他自己,虽然人们夸他的好处,不是也想把那位为他建筑了厚墙和尖塔堡寨的建筑师杀掉吗?现在雨尔根和他的养父养母就站在这儿;斯加龙河也从这儿流到尼松湾里去。

现在,这里还残留着护堤墙;红色崩塌的碎砖散在四周。在这块地方,骑士布格在建筑师离去以后,告诉他的一个下人:"快去追上他,对他说:'师傅,那个塔儿有点歪。'如果他将头转起来,你就杀掉他,从他那里拿回我付给他的钱。但是,假如他不掉转头,那么就放他走吧。"这人遵从了他的命令。那位建筑师回答说:"塔并不歪呀,不过有 天会有 个人人身穿蓝大衣从西方来;他能让这个塔倾斜!"100年以后,果然发生了这样的事情;西海打进来,塔就倒了。那时堡寨的主人叫作卜里边·古尔登斯卡纳。他在草原尽头又建立起一个更高的新堡寨。现在它还存在着,叫作北佛斯堡。

雨尔根和他的养父养母走过这座堡寨。在这一带地方,在漫长的冬夜里,他曾听人们给他讲过个故事。现在他亲眼看到了这座堡寨、它的双道堑壕、树以灌木林。从堑壕里冒出来长满了凤尾草的城墙。不过最好看的还要数那些高大的菩提树。它们有屋顶那么高，一阵阵清香散发到空气中。花园的西北角有一个大灌木林开满了花。它仿佛夏绿中的一片冬雪。像这样的一个接骨木树林，雨尔根有生以来还是第一次看到。在他的记忆中永远都会存住它和那些菩提树、丹麦的美和香——这些东西在他稚弱的灵魂中已经为"老年而保存下来"。

再向前走，到那开满了接骨木树花的北佛斯堡，路就变得好走得多了。他们遇到许多乘着牛车去参加葬礼的人。他们也坐上牛车。是的，他们得坐在后面一个钉有铁皮的小车厢里，不过，不知要比步行好多少。就这样他们在崎岖不平的荒地上继续前进。那几条负责拉这车子的公牛，不时地要在石楠植物中间长着青草的地方停一下。温暖的阳光普照大地；一股烟雾从远处升起，在空中翻腾。但是它是透明的，比空气还要清，而且看起来像一道道光线是在荒地上跳着滚着。

"那就是赶着羊群的洛奇，"人们说。这话足够激发起雨尔根的幻想。他觉得现在他正在向一个神话的国度走去，虽然一切还都是现实的。这儿是多么平静啊！

荒地向四周拓展开去，像一张珍贵的地毯。石楠开满了花，深绿的杜松和细嫩的小栎树仿佛从地上长出来的花束。若不是这里有许多毒蛇，人们倒真想在这块地方留下来玩耍一番。可是这些毒蛇常常被旅客们提起，而且他们也谈到在此做威的狼群——因此这地方仍旧被叫作"多狼地带"。赶着牛的老头说，他父亲活着的时候，马儿常常要跟野兽打恶仗——现在已经不存在这些野兽了。他还说，有一天早晨，他亲眼看见他的马踩着一只被它踢死了的狼，不过这匹马儿腿上的肉也都被咬掉了。

在崎岖的荒地和沙子上的旅行，很快就宣告结束。他们在停尸房前面停下来；客人把屋里屋外都挤满了。车子一辆接着一辆地并排停着，马儿和牛儿来到贫瘠的草场上去吃草。像在西海滨的故乡一样，巨大的沙丘在屋子的后面耸立着，并且向四周绵延地拓展开去。它们怎样扩展到这块又宽又高的延进内地几十里路的地方，这块像海岸一样空旷的地方呢？是风把它们吹到这儿来的；它们的到来将被载入史册。

大家唱着赞美诗。有几个老年人在流着眼泪。除此之外，在雨尔根看来，大家倒是挺高兴的。酒菜也很丰盛。鳝鱼是又肥又鲜，吃完以后再喝几口烧酒，正如那个养鳝鱼的人说的一样，"把它们埋葬掉"。在这儿他的名言毫无疑问地成为事实。

雨尔根一会儿在屋里待着，一会儿又跑到外面去。到了第三天，他就在这儿住得有些熟悉了；这儿就好像他曾经度过童年的地方，好像沙丘上那座渔人的屋子一样。这片荒地上长满了另外一种丰富的东西：石楠花、黑莓和覆盆子。又大又甜；一旦行人的脚踩着它们，红色的汁液就像雨点似的滴下来。

这儿有一个古坟，那儿也有一个古坟。一根一根的烟柱升向寂静的天空：人们说这是荒地上的野火。在黑夜里它绽放出艳丽的光彩。

现在是第四天了。入葬的宴会结束了。他们要从这土丘的地带回到沙丘的地带去。

"还是我们的地方最好，"雨尔根的养父说。"这些土丘看起来没有气魄。"

于是他们就谈起沙丘是如何形成的。事情似乎非常容易理解。有一具尸体出现在海岸上；于是它就被农人们埋在教堂的墓地里面。后来沙子开始飞起来，大海开始疯狂地打进内地。教区的一个聪明人叫大家赶紧把坟挖开，看看那里面的死者是不是躺着舔自己的拇指；如果他是在舔，那么说明他们埋葬掉的就是一个"海人"了；海在没有把他收回来以前，是决不会安静的。所以人们挖开了这座坟，"海人"躺在那里面舔大拇指。他们立刻把他放进一部牛车里，那两头拖着牛车的牛好像是被牛虻刺着似的，拖着这个"海人"，越过荒地和沼泽地，一直向大海走去。这时沙子停止了飞舞，然而沙丘依旧在原地停着没有动。他在儿时最快乐的时光里、在一个人葬的宴会的期间所听来的这些故事，雨尔根都将它们牢牢存在他的记忆中。

到门外去走走、看看新的地方和新的人，这些事情全都是令人愉快的！他还要走得更远。尽管他不到 14 岁，还是一个孩子。他乘着一条船出去看世界，看看这世界可以让他看到的一切东西：他经历了恶劣的天气、阴郁的海和人间的恶意以及硬心肠的人。他成了船上的一个侍役。他必须忍受粗糙的伙食和寒冷的夜、拳打和脚踢。这时在他的体内有某种东西在高贵的西班牙的血统里沸腾着，恶毒的字眼爬到他嘴唇边上，但是最聪明的办法还是将这些字眼吞下去为好。这种感觉和鳝鱼被剥了皮、切成片、放在锅里炒的时候是完全一样。

"我要回去了！"有一个声音从他身体里传出来。

他看到了西班牙的海岸——他父母的祖国；甚至还看到了他们曾经幸福和快乐地生活过的那个城市。不过对于他的故乡和族人他一无所知，而他的族人更不知道有关他的事情。

这个可怜的小侍役没有得到许可，是不能上岸的；不过在他们停泊的最后一天，总算到岸上去了一次，因为有人买了许多东西，他得帮着拿到船上来。

雨尔根穿着破旧的衣服。这些衣服像是在沟里洗过、在烟囱上晒干的；他——一个在沙丘里居住的人——总算第一次看到了一个大城市。房子是那么高大，街道是那么窄，人又是那么的拥挤！有的人朝这边挤，有的人向那边挤——简直像是由市民和农人、僧侣和兵士形成的一个大蜂窝——叫声和喊声、驴子和骡子的铃声、教堂的钟声混杂一团；歌声和鼓声、砍柴声和敲打声，形成乱糟糟的一片，每个行业手艺人的工作场所就设在自己的门口或阶前。太阳热烈地照耀大地，空气是那么闷，人们好像是走进一个挤满了嗡嗡叫的甲虫、金龟子、蜜蜂和苍蝇的炉子。雨尔根不知道自己在哪里，在往哪一条路上走。这时一座主教堂的威严的大门出现在他面前。灯光在教堂阴暗的走廊上照着，一股香烟向他飘来。即便是最穷苦的衣衫褴褛的乞丐也爬上石级，到教堂里去。雨尔根跟着一个水手走进去，站在这圣洁的屋子里。彩色的画像从金色的底上射出光来。圣母抱着幼小的耶稣立在祭坛上，一片灯光和鲜花围在四周。牧师穿着节日的衣服在唱圣诗，歌咏队的孩子穿着漂亮的服装，在摇晃着银香炉。这里呈现一片华丽和肃穆的景象。这情景渗进雨尔根的灵魂，令他神往。他被他的养父养母的教会和信心所感动，他的灵魂受到了触动，泪珠滚出了他的眼睛。

大家走出教堂，来到市场上人们买了一些厨房的用具和食品，让他送回船上。回船上去的路并不短，他感到极度疲倦，便在一幢有大理石圆柱、雕像和宽台阶的华丽的房子面前休息了一会儿。他把背着的东西靠在墙上。这时有一个穿制服的仆人走出来，举起一根包着银头的手杖，将他赶走。本来他是这家的一个孙子。可是没有人不知道，当然他自己更不知道。

他回到船上来。这儿有的只是谩骂和鞭打，睡眠不足和繁重的工作——他必须得忍受这样的生活！人们说，青年时代受些苦不是没有好处的——是的，如果年老可以得到一点幸福的话。

他的雇佣合同到期了。船又在林却平海峡停下来。他走上岸，回到胡斯埠沙丘上的家里去。不过，在他航行的期间，养母已经去世了。

接下来是一个寒冷的冬天。暴风雪扫过陆地和海上；这样子是难出门去的。世界上的事情被安排得多么不平均啊！当这儿正是寒风刺骨和狂风暴雪之际，西班牙的天空上正悬挂着炽热的太阳——是的，太热了。然而在这里的家乡，只要一出现晴朗的下霜天，雨尔根就能够看到成群的天鹅在海上飞来，越过尼松湾向北佛斯堡飞去。他觉得在这儿可以呼吸到最新鲜的空气，这儿将会有一个美丽的夏天！在想象中他看到了石楠植物开花，成熟的、甜蜜的浆果结满了枝头；看到了北佛斯堡的接骨木树和菩提树开满了花朵。他决定再回到北佛斯堡去一次。

春天来了，捕鱼的季节又开始了。雨尔根也参加到这项劳动中去。在过去一年中他已经变成了一个成年人，做起活来非常敏健。他充满了活力，他能游水，踩水，在水里自由翻腾。人们经常告诫他要当心大群的青花鱼：即使最能干的游泳家也免不了被它们捉住，被它们拖下去吃掉，因此一个人的生命就此完结。但是雨尔根的命运却不是这样。

沙丘上的邻居家里有一个男子名叫莫尔登。雨尔根和他非常要好。他们一起工作在开往挪威去的同一条船上，他们还要一同到荷兰去。他们两人之间一直没有闹过别扭，不过这种事也并不是不会发生的。因为如果一个人的脾气急躁，他是很容易采取激动行为的。有一天雨尔根就做出了这样的事情：他们两人在船上没有缘由地吵起来了。他们坐在一个船舱口后边，正在吃放在他们之间、用一个土盘子盛着的食物。雨尔根拿着一把小刀，在莫尔登的面前把它举起来。与此同时，他的脸上呈现出死人一样的惨白，双眼露出难看的神色。莫尔登只是说：

"嗨，你也是那种喜欢耍刀子的人啦！"

话还没有说完，雨尔根的手就垂了下来。他没有说一句话，只是继续往下吃。然后他走开了，去做他的工作。当他把工作做完回来后，就到莫尔登那儿去说：

"请你打我的耳光吧！我应该受到这种惩罚。好像有一只沸腾的锅在我的肚子里。"

　　"别再提这件事了，"莫尔登说。于是他们成了更要好的朋友。后来当他们回到尤兰的沙丘中去、谈到他们航海的经历时，也同时提到了这件事。雨尔根确实可以沸腾起来，不过他仍然是一个诚实的锅。

　　"他的确不是一个尤兰人！人们不能待他当作一个尤兰人！"莫尔登的这句话说得很幽默。

　　他们两人都很年轻和健壮。但雨尔根却是最活跃的。

　　在挪威，农人爬到山上去，在高地上寻找放牲畜的牧场。在尤兰西岸一带，人们把茅草屋建在沙丘之间。茅屋是用沉船的材料搭起来的，在顶上盖上草皮和石楠植物。睡觉的地方就是屋子四周沿墙的地方；初春的时候，渔人也在这儿生活和睡觉。每个渔人都有一个所谓"女助手"。她的工作是：帮助渔人把鱼饵安在钩子上；当渔人回到岸上来的时候；准备好热啤酒来迎接他们；当他们进到茅屋里来，感觉疲倦的时候，再递给他们饭吃。除此之外，她们还要把鱼运到岸上来，把他们剖开，以及做许多其他的工作。

　　雨尔根和他的养父养母以及其他几个渔人和"女助手"都住在一间茅屋里。莫尔登则在隔壁的一间屋子里住。

　　"女助手"之中有一个姑娘叫爱尔茜。她与雨尔根从小就认识。他们的交情很好，而且在性格等很多方面都相差不多。不过从表面上看，他们彼此却不相同：他的皮肤是棕色的，而她则是雪白的；她有亚麻色的头发，她的眼睛蓝得像在阳光中闪动的海水。

　　有一天，他们在一起散步，雨尔根紧紧地、热烈地握着她的手，爱尔茜对他说：

　　"雨尔根有一件事情藏在我的心里，请让我作你的'女助手'吧，因为你就像我的一个弟兄一样。莫尔登只不过和我订过婚——他和我只不过是爱人罢了。但是这话对别人没有必要讲！"

　　雨尔根似乎觉得他脚下的一堆沙在往下沉。他说不出来一句话，只是点着头，好像在说："好吧。"其他的话不值得再说了。不过他心里忽然觉得，他瞧不起莫尔登。他越往这方面想——因为他以前一直没有想到过爱尔茜——他就越明白；他认为他唯一心爱的人被莫尔登偷走了。现在他懂得了，爱尔茜就是他所爱的人。

　　一阵不大不小的波浪，自海面上掀起来，渔人们都驾着船回来；他们摆脱重重暗礁的技术，真是很值得一看：一个人笔挺地立在船头，其他的人则紧握着桨坐着，专注地看着他。他们在礁石的外沿，向着海倒划，直到船头上的那个人亮出一个手势，预示有一股巨浪到来时为止。船被浪涛托起来，它越过了暗礁。船升得那么高，以至于岸上的人可以清晰地看见船身；接着整条船就消失在海浪后面——船桅、船身、船上的人都看不见了，好像海已经把他们吞噬了似的。可是不一会儿，他们又像一个庞大的海洋动物，又爬到浪头上来了。划动着的桨，像是这动物的灵活肢体。于是他们像第一次那样，又越过第二道和第三道暗礁。这时渔人们就跳到水里去，把船拖到岸边来。在海浪的帮助下，他们的船一步步向前推进，直到最后他们把船拖到海滩上为止。

如果号令在暗礁前稍有错误——稍有迟疑——船儿就会被撞得粉身碎骨。

"那么我和莫尔登也就完了!"雨尔根来到海上的时候,忽然心中升起了这样一个念头。他的养父这时在海上病得很厉害,浑身烧得发抖。他们离开礁石还没有多远,只有数桨距离。雨尔根跳到船头上去。

"爸爸,让我来吧!"他说。他向莫尔登和浪花看了一眼。不过,当每一个人都在使出浑身气力划桨,当一股最大的海浪向他们袭来的时候,他看到了养父的惨白的面孔,于是他再也不能控制住他心里那种不良的动机。船安全地越过了暗礁,到达了岸上,但是他的血液里仍然存留着那种不良的思想。在他的记忆中,自从跟莫尔登做朋友时起,他就心怀一股怨气。现在这些怨恨的纤维都被这种不良的思想掀动起来了。但是他不能把这些纤维织到一起,所以也就只好让它去。莫尔登毁掉了他,他已经感觉到了这一点,而这足以使他憎恨莫尔登。有好几个渔人已经注意到了这一点,但是莫尔登却没有注意到。他仍然像以往一样,喜爱帮助,喜爱聊天——的确,他太喜欢聊天了。

雨尔根的养父只能躺在床上。而这张床也成了给他送终的床,因为他在下个星期就死去了。现在雨尔根成为沙丘后面那座小屋子的继承人。的确,这仅仅是一座简陋的房子,但毕竟它还有点价值,而莫尔登却连这点东西也没有。

"雨尔根,你不需到海上再找工作吧?现在你可以永远地跟我们住在一起了。"一位年老的渔人说。

雨尔根却从没有这么想过。他还想看一看世界。那位年老的法尔特令的养鳝鱼的人在老斯卡根有一个舅父,他也是一个渔人。不过同时他还是一个有财富的商人,拥有一条船。他是一个非常可爱的老头儿,帮他做事倒是很不坏的。老斯卡根是在尤兰的北部,离胡斯埠的沙丘很远——远得无法再远。但是这正符合雨尔根的意愿,因为他不愿看见莫尔登和爱尔茜结婚:几个星期之后,他们就要举行婚礼了。

那个老渔人说,现在要离开这地方是一件傻事,因为雨尔根已经有了一个家,而且可以肯定爱尔茜是愿意和他结婚的。

雨尔根胡乱地应付了他几句话;谁也弄不清楚。他的话里究竟包含什么意思。不过老头儿把爱尔茜带来看他。她没有说什么话,只说了这一句:

"现在你有一个家了,你应该仔细考虑考虑。"

于是雨尔根就考虑了好长时间。

海里的浪涛很大,而人心里翻腾着更大的浪涛。许多思想——坚强的和脆弱的思想——都汇集到雨尔根的脑子里来。他问爱尔茜:

"如果莫尔登和我一样也有一座屋子,你情愿嫁给谁呢?"

"可是莫尔登并没有一座屋子呀,而且也不会有。"

"不过让我们假设他有一座屋子吧!"

"嗯,那么我当然会跟莫尔登结婚了,因为现在我就是这样的心情! 不过人们的生活不能只靠这个呀。"

世界经典文库

世界二十大名著

安徒生童话

图文珍藏版

这件事雨尔根想了整整一夜。有一件东西压在他的心上——他自己也说不出一个道理来；但是他产生一个思想，一个比喜爱爱尔茜还要强烈的思想。因此他就去找莫尔登。他所说的和所做的事情都是经过认真考虑的。他将他的屋子以最优惠的条件租给了莫尔登。自己则到海上去找工作，因为这是他的志愿。爱尔茜听到这事情的时候，高兴地吻了他的嘴，因为她还是最爱莫尔登的。

一大清早，雨尔根就动身走了。在他离开的头一天晚上，夜深的时候，他想再去看一看莫尔登。于是他就去了。在沙丘上他碰到了那个老渔夫：他对他的远行颇不以为然。老头儿说，"一定有一个鸭嘴缝在莫尔登的裤子里"，因为所有的女孩子都爱他。这句话雨尔根没有在意，只是说了声再会，就径直朝着莫尔登所住的那座茅屋走去了。他听到里面有人在大声说话。莫尔登并不是一个人在家。雨尔根在门外犹豫了一会儿，他不愿意再碰到爱尔茜。他考虑了一会儿之后，觉得最好还是不要再一次听到莫尔登对他表示感谢的话，于是转身就走了。

第二天早晨天还没亮，他就捆好背包，拿着饭盒，沿着沙丘向海岸走去。这条路比那沉重的沙路容易走些，而且还要短得多。他先到波乌堡附近的法尔特令去，因为那个养鳝鱼的人就住在那儿——他曾经答应过去拜访他一次。

海是那么的清净和湛蓝的；黑蚌壳和卵石把地铺满了——儿时的这些玩物在他脚下发出响声。当他向前走的时候，血忽然从鼻孔里流出来：这不过是一点意外的小事，然而小事可能具有重大的意义。有好几大滴血落到他的袖子上。他擦掉了血，并且止住了流血。随后他觉得流出来一点血之后，头脑倒是舒服多了，也清醒多了。矢车菊花在沙子里面开放着。他折了一根梗子，把它插在帽子上。他要显得快乐一些，因为现在他正要走到广茂的世界里去。——"走出大门，到海上去走一下！"正如那些小鳝鱼所说的。"当心坏人啦。他们叉住你们，剥掉你们的皮，把你们切成碎片，放在锅里炒！"这几句话一再地在他心里出现，他不禁笑起来，因为他觉得他在这个世界上决不会吃亏——勇气是一件很锐利的武器呀。

当他从西海走到尼松湾那个狭窄的入口时候，太阳已经高高地升起来了。他掉转头来，远远地看到两个人骑着马——后面还跟着许多人——正在急急忙忙地赶路。不过这与他无关。

渡船停在海的另一边。雨尔根把它喊过来，登了上去。然而他和船夫还没有渡过一半路的时候，在后面赶路的那些人就大声叫喊起来。他们以法律的名义向船夫威胁着。雨尔根不明白其中的意义，不过他知道最好的办法还是把船划回去。因此他就把一只桨拿起来，将船划回来。船一靠岸，这几个人就跳了上来。在他还未曾觉察以前，他的手已经被他们用绳子把绑住了。

"你必须用命来抵偿你的罪恶，"他们说，"幸而你被我们抓住了。"

他是一个谋杀犯！这就是他所得到的罪名。人们发现莫尔登死了；有人用一把刀插在他的脖子上。昨天晚上很晚的时候，有一个渔人看见雨尔根向莫尔登的屋子走去。人们知道，雨尔根在莫尔登面前并不是第一次举起刀子。因此他肯定就是谋杀犯；现在必须把他关起来。关人的地方是在林却平，但是路途很远，而西风却正在吹向相反的方向。不过,渡过这道海湾向斯卡龙去用不了半个钟头;从那儿到北佛斯堡去,也只有几里路。这儿有一座很大的建筑物,外面有围墙和壕沟。船上有一个人就是这幢房子的看守人的兄弟。这人说,雨尔根可以暂时被监禁在这房子的地窖里。这里曾经囚禁过吉卜赛人朗·玛加利,一直到执行死刑的时候为止。

没有人理睬雨尔根的辩白。他衬衫上的几滴血成为对他十分不利的证据。不过雨尔根知道自己是无辜的。既然他现在没有机会来为自己洗清,也就只好听天由命了。

这一行人马上岸的地方,正是骑士布格的堡寨所在的处所。雨尔根在那儿时最快乐的四天里,曾经和他的养父养母去参加一个宴会——入葬的宴会,途中从这儿经过。现在也又被牵着在草场上向北佛斯堡的那条老路走去。这里的接骨木树又开花了,高大的菩提树散发出清香。他仿佛觉得他只不过在昨天才离开这地方。

在这幢牢固的楼房的西厢,在高大的楼梯间的下面,有一条通向地窖的低洼的、拱形圆顶的地道。朗·玛加利就是从这儿被押到刑场上去的。有五个小孩子的心曾经被他吃掉过:她有一种错觉,认为假如她再多吃两颗心的话,就可以隐身飞行,没有一个能看见她。地窖的墙上有一个狭小的通风眼,但是没有玻璃。鲜花盛开的菩提树不能够把香气送进来安慰他;这里是阴暗的,充斥了霉味。这个因牢里只有一张木板床;但是"清白的良心是一个柔暖的枕头",所以雨尔根睡得很好。

粗厚的木板门锁上了,并且插上了铁插销。不过迷信中的小鬼既然可以从一个钥匙孔钻进高楼大厦,也能钻进渔夫的茅屋,更能够钻进这儿来——雨尔根正坐在这里,想着朗·玛加利和她的罪恶。这整个房间充满了她被处决的头天晚上所有临终的思想。雨尔根心中记起那些魔法——在古代,斯万魏得尔老爷住在这儿的时候,它曾经被人使用过。大家都知道每天早晨总有人发现,吊桥上的看门狗,被自己的链子吊在栏杆的外面。雨尔根一想这些事,心里就变得寒冷。不过这里有一丝阳光射进他的心:这就是他对于盛开的接骨木树和芳馨的菩提树的记忆。

在这儿他囚禁没有多久,人们便把他移送到林却平。在那里,监禁的生活也是同样艰苦。

那个时代跟我们的时代不同。平民的日子十分艰苦。贵族们把农人的房子和村庄拿去作为自己的新庄园,当时还无法制止这种行为。在这种制度下,贵族的马车夫和仆人成了地方官。因一点小事他们有权宣布一个穷人的罪,使他的财产全部丧失财产,让他戴着枷,受鞭打。现在这一类法官还能找到几位。在离京城和开明的、善意的政府较远的尤兰,人们经常滥用法律。雨尔根的案子被拖了下去——这还算是不坏的呢。

他在监牢里感觉异常的凄凉——什么时候这些才能结束呢?他没有犯罪而却受到伤害的苦痛——这就是他的命运!在这个世界上为什么会成为这样呢?现在他有时间好好把这个问题思索一下了。为什么他有这样的遭遇呢?"这只有在等待着我的那个'来生'里才可以弄清楚。"当他住在那个穷苦渔人的茅屋里的时候,这个信念就在他的心里扎下了根。在西班牙的奢华生活和太阳光中,在他父亲的心里这个信念从来没有闪耀过;而现在在凄冷和黑暗中,却成了他的一丝安慰之光——上帝仁慈的一个标记,而这是永远不会欺人的。

春天的风暴开始了。只要风暴稍稍平静一点,在内地许多英里路以外都可以听到:西海的呼啸声。它像几百辆载重车子,在崎岖不平的路上奔驰。雨尔根在监牢里听到这声音——对于他说来这也算是寂寞生活中的一点消遣。任何古老的音乐也比不上这声音更能直接引起他心里的共鸣——这个呼啸的、自由的海。你可以跟随着它到世界各地去,乘风飞翔;你可以带着你自己的房子,像蜗牛背着自己的壳一样,又走到它上面去。即使在陌生的国家里,一个人也永远是在自己的故乡。

他静听着这深沉的呼啸,心中涌起了许多回忆——"自由!自由!哪怕你没有鞋穿,哪怕你的衣服破烂,自由就是你的幸福!"有时他的心里闪过这种思想,于是他就握紧拳头,向墙上打去。

好几个星期,好几个月,一整年过去了。有一个恶棍——小偷尼尔斯,别名叫"马贩子"——也被抓进来了。这时情况才开始有所好转;人们可以看出,雨尔根蒙受了多么大的冤屈。

那桩谋杀案是在雨尔根离家后发生的。在头一天的下午,小偷尼尔斯在林却平湾附近一个农人开的啤酒店里遇见了莫尔登。他们喝了几杯酒——这还不足以使哪一个人的头脑发昏,但却足够让莫尔登的舌头放肆。他开始夸夸其谈起来,说他得到了一幢房子,打算结婚。当尼尔斯问他计划到哪里去弄钱的时候,莫尔登高傲地拍拍衣袋。

"钱在它应该在的地方,就在这里。"他回答说。

他的生命丧失在这种吹嘘里。他回到家里,尼尔斯就跟在跟他的后面,用一把刀子刺进他的喉咙里去,然后把他身边所有的钱劫走了。

这件事情的前因后果后来总算是水落石出了。对于我们来说,我们只需知道雨尔根获得了自由就够了。不过他在监狱和凄冷中受了整整一年的罪,和所有的人断绝来往,他这种损失拿什么可以赔偿呢?是的,人们告诉他,说他能被宣告无罪已经是很幸运的了,他应该离开。于是,市长给了他10个马克,作为旅费,许多市民送给他食物和啤酒——世界上总是有些好人的!并不是所有的人都把你"叉住、剥皮、放在锅里炒"!然而最幸运的是:斯卡根的一个商人布洛涅——一年以来雨尔根一直想去帮他工作——这时却由于一件生意来了到林却平。他了解到这整个案情。这人有一个副好心肠,他知道雨尔根吃过许多苦头,因此就想给他一点帮助,让他知道,世界上还有好人。

从牢狱走向自由,仿佛就是走向天国,走向同情和爱。现在他就要体会到这种心境了。生命的酒并不完全都是苦的:没有一个好人会把这么多的苦酒向他的同类倒出来,代表"爱"的上帝又怎么会呢?

"把过去的一切都埋葬掉和忘记掉吧!"商人布洛涅说:"划掉过去的一年吧。

日历可以被我们烧掉。两天以后,我们就可以到达那亲爱的、和善的、平静的斯卡根去。人们称它是一个偏僻的角落,然而它却是一个暖和的、有火炉的角落:它的窗子向广大的世界开放。"

这才算得上是一次真正的旅行呢!这等于又呼吸到了鲜美的空气——从那寒冷、阴湿的地牢中走向温暖的太阳光!盛开的石楠和无数的花朵铺满了荒地,牧羊的孩子坐在坟墓上吹着笛子——他自己用羊腿骨雕成的短笛。海市蜃楼,沙漠上美丽的天空幻景,悬在空中的花园和摇曳的树林都展露在他的面前;空中也同样地出现了一股奇特的气流——人们把它叫作"赶着羊群的湖人。"

他们走过温德尔人的土地,越过林姆湾,向斯卡根前进。留着长胡子的人——隆巴第人——就是从这里迁移出去的。在那饥荒的岁月里,国王斯尼奥下命令,要夺掉所有的小孩和老人,但是那个拥有许多土地的贵族妇人甘巴鲁克提议让年轻的人离开这个国家。雨尔根的知识很丰富,他知道这故事的全部内容。即使他没有到过在阿尔卑斯山后面的隆巴第人的国度,他多多少少也知道他们是个什么样子,因为童年时候他曾经到过西班牙的南部。他记起了那儿成堆的水果,鲜红的石榴花,蜂窝似的大城市里的嗡嗡声、叮当声和钟声。然而那毕竟是最美丽的地方,而丹麦是雨尔根的家乡。

最后他们到达了"温德尔斯卡加"——这是斯卡根在古挪威和冰岛文字中的名称。那时候在沙丘和耕地之间,老斯卡根、微斯特埠和奥斯特埠,延绵数英里路远,一直到斯卡根湾的灯塔那里。那时房屋和田庄与现在一样,零零散散地遍布在被风吹到一起的沙丘之间。这是风和沙子在一起嬉戏的沙漠,这个地方充满了刺耳的海鸥、海燕和野天鹅的叫声。在西南 30 多英里的地方,就是"高地"或老斯卡根。商人布洛涅就住在这里,雨尔根也将要住在这里。大房子都涂上了柏油,小屋子的屋顶是一个翻过来的船;猪圈是由沉船的碎片拼成的。这儿没有篱笆,因为的确这儿也没有任何东西可围。不过绳子上吊着长串的、剖开的鱼。它们一层比一层挂得高,被风吹干了。腐朽的鲱鱼堆满了整个海滩。这里有很多这种鱼,网一下到海里去就可以拖上来成堆的鱼。这种鱼是太多了,渔人们不得不再把它们扔回到海里去,或堆在那儿任凭它们腐烂。

商人的妻子和女儿,甚至他的仆人,都兴高采烈地出来欢迎父亲的归来。大家互相握着手,闲谈着,讲许多事情,而那位女儿,她有一幅可爱的面孔和一双美丽的眼睛!

房子宽大又舒适的。许多盘的鱼摆在了桌子上——令国王都认为是美味的比目鱼。这儿还有斯卡根葡萄园产的酒——这也就是说:从海里产出的酒,因为葡萄从海里运到岸上来时,早就被酿成酒了,并且装进了酒桶和酒瓶里。

当母亲和女儿了解了雨尔根是什么人、无辜地受过多少劫难,她们用更加和善的态度来招待他;而女儿——漂亮的克拉娜——她的一双眼睛则是最善良的。在老斯卡根雨尔根总算找到了一个幸福的家。这对于他的心灵是有好处的——他已经承受过痛楚的考验,饮过可以令心肠变硬或变软的爱情苦酒。雨尔根的一颗心并不是软的——它还年轻,还有闲暇。三星期以后,克拉娜要乘船到挪威的克利斯蒂安桑得去拜访一位姑母,并在那里度过冬天。大家都认为这个机会很好。

在她离开之前的那个星期天,所有的人都到教堂去参加圣餐礼。教堂宽大而壮观;它是许多世纪以前是苏格兰人和荷兰人建造的,离城市不太远。然而它显得有些颓败,那条通向教堂的路深深地陷在沙里,非常的难走。不过人们很情愿地忍受困难,走到神的屋子里去,唱圣诗和听讲道。沙子在教堂的围墙堆积起来,但是人们还没有让它淹灭教堂的坟墓。

这是林姆湾以北的一座最大的教堂。祭坛上的圣母玛利亚,头上罩着一道金光,怀中抱着年幼的耶稣,这个样子看起来真是栩栩如生。唱诗班所在的高坛上,刻着圣洁的 12 使徒的画像。壁上挂着斯卡根过去一些老市长和市府委员们的肖像,以及他们的图章。宣讲台也雕着花。太阳荣耀地照进教堂里来,照在发亮的铜蜡烛台上和那个悬在圆屋顶下的小船上,

雨尔根觉得他的全身笼罩着一种神圣的、纯真的感觉,跟他小时候站在一个华美的西班牙教堂里一样。不过在这儿他感受到他是信徒中的一员。

讲道完毕以后,接着就是领圣餐的仪式。他和别人一道去领取面包和酒。很凑巧的是,他恰好跪在克拉娜小姐的身边。不过在他的心里深深想着的是上帝和这神圣的礼拜;只是在他站起来的时候,才注意到旁边的人是谁。他看到眼泪从她脸上滚落下来。

两天以后她就动身到挪威去了。雨尔根在家里做些杂活或出去捕鱼,而且那时的鱼多——比现在要多许多。在夜里鱼发出亮光,因此它们的行踪也就暴露出来。鲂鱼在咆哮着,被捉住的墨鱼不停地发出哀鸣。鱼并不像人那样没有声音。雨尔根比一般人更要沉默,他把心事闷在心里——但是总会有一天要爆发出来的。

每个礼拜天,当他坐在教堂里、凝视着祭坛上的圣母玛利亚的像的时候,他的视线也停留在克拉娜跪过的那块地方。于是他就想起来曾经她对他是多么的温柔。

秋天带着冰雹和冰雪到来了。水漫到斯卡根的街道上来,因为水不能被沙子全部吸收进去。人们得在水里行走,甚至于还得乘船。船只不断地被风暴吹到那些危险的暗礁上撞坏。暴风和飞沙袭来,把房子都埋掉了,居民只能从烟囱里爬出来。但这种事情并没有什么稀奇的。屋子里是舒适和令人愉快的。泥炭和破船的木块烧得噼啪地响起来;商人布洛涅高声地诵读着一本旧的编年史。他读着丹麦王子哈姆雷特如何从英国赶来,如何在波乌堡登陆作战。他的坟墓就在拉姆,离那个养鳝鱼的人所住的地方只有几十英里的路。数以百计的古代战士的坟墓,散布在荒地上,像一个广阔的教堂墓地。商人布洛涅曾经亲自到哈姆雷特的墓地去看过。大家都在谈论着关于那远古的时代、邻居们、英格兰和苏格兰的事情。雨尔根也唱着那支关于《英国的王子》的歌,关于那条富贵的船只和它的装备:

金叶贴满了船头和船尾,

上帝的教诲写在船身上。

这是船头图画里的情景：

王子在拥抱着他的恋人。

当雨尔根唱这支歌的时候显得异常激动，眼睛里射出光辉，他的眼睛与生俱来就是乌黑的，因而就更加明亮。

屋子里有人读书，有人歌唱，享受着很富裕的生活，甚至家里的动物也过着这样的家庭生活。铁架上的白盘子闪着亮光；香肠、火腿和丰饶的冬天食物挂在天花板上。这种情况，现在依然在尤兰西部海岸的许多富裕的田庄里可以看到：丰富的食物、漂亮的房间、机智和聪明的幽默感。在我们这个时代，这一切都恢复过来了；像在阿拉伯人的帐篷里一样，人们都非常热情好客。

自从他儿时参加过那四天的葬礼宴会以后，雨尔根始终有再经历过这样欢愉的日子；可是克拉娜却不在这儿，她只存在于思想和谈话中。

四月间有一条船要开到挪威去，雨尔根也得跟着一起去。他的心情分外好，精神也很愉快，所以布洛涅太太说，看他一眼感觉都是舒服的。

"看你一眼也是同样的高兴啦，"那个老商人说。"雨尔根令冬天的夜晚变得活泼，也让得你变得活泼！今天你变得年轻了，看起来是那么健康、美丽。不过你早就是微堡的一个最美丽的姑娘呀——这是一个极高的评价，因为很早我就知道世界上最美的人儿就是微堡的姑娘们。"

这话对雨尔根并不适当，因此他不发表意见。他心中在想着一位斯卡根的姑娘。他现在要驾着船去看这位姑娘了。在克利斯蒂安桑得港船将要抛下锚。不到半天的时间，他就被一阵顺风吹到哪里去了。

有一天早晨，商人布洛涅到离老斯卡根很远、在港湾附近的灯塔那儿去。信号灯早已熄灭了；当他爬上灯塔的时候，太阳已经高高地升起来。沙滩伸到水里延绵几十英里远。这天，在沙滩外边出现许多船只，他用望远镜从这些船中认出了他自己的船"加伦·布洛涅"号。是的，它正在开过来。雨尔根和克拉娜都在船上。在他们看来，斯卡根的教堂塔楼和灯塔就像漂浮在蓝色的水面上的一只苍鹭和一只天鹅。克拉娜坐在甲板上，看到沙丘远远地从地面露出：假如风向不变的话，她可能在一点钟以内就要到家。他们是这么地接近家和快乐——但同时又是这么地接近死亡和死亡的可怕。

船上有一块板子松了，水不断地涌进来。他们收下帆忙着堵漏洞和抽水，同时发出了求救的信号旗。但是他们离岸仍然有10多里路程。他们可以看见一些渔船，但是仍然和它们相距很远。风正在吹向岸边，潮水也对他们有帮助；但是这一切已经来不及了，船在向下沉。雨尔根伸出右手，抱着克拉娜。

当他呼唤着上帝的名字和她一起跳进大海的时候，她是用怎样的视线在凝视着他啊！她大声叫喊，但是仍然感到安全，因为他决不会让她沉下去的。

在这恐怖和危难的时刻，雨尔根体会到了那支古老的歌中的词句：

这是船头图画里的情景：

王子在拥抱着他的恋人。

他是一个游泳的高手，现在这对他发挥了很大作用。他用一只手和双脚划着水，用另一只手紧紧地抱着这年轻的姑娘。他在波浪上浮着，踩着水，尽力采用他知道的一切技能，希望能保持足够的力量到达岸边。从克拉娜那里他听到一声叹息，感觉她身上起了一阵痉挛，于是他把她抱得更加牢固。海水向他们身上袭来，他们被浪花托起，水是那么深，那么透明，在转瞬之间他似乎看见一群青花鱼从下面射出亮光——这也许就是"海中怪兽"，要来吞噬他们。在海上云块撒下阴影，之后耀眼的阳光又射出来了。成群的惊叫着的鸟儿，在他头上飞过去。在水上漂浮着的、昏睡的胖野鸭突然惊恐地在这位游泳家面前起飞。他觉得他的气力在慢慢地衰竭下去。他距离海岸还有不短的距离；这时有一只船影影绰绰驶近来救援他们。不过在水底下——他能够清清楚楚看见——有一个白色的动物在注视着他们；当一股浪花把他托起来的时候，这动物就更向他逼近：他感到一阵巨大的压力，于是四周变得漆黑一片，所有的东西都从他的视线中消失了。

沙滩上有一条被海浪冲上来的遇难船。那个白色的"波浪神"倒在一只锚上；锚的铁钩微微地从水面露出。雨尔根触到它，而浪涛以更巨大的力量推着他朝它撞去。他昏过去了，跟他的重负同时一起下沉。接着袭来第二股浪涛，又把他和这位年轻的姑娘托了起来。

渔人们把他们捞起来，抬到船里去；血沿着雨尔根的脸颊流下来，好像他死去了一样，但是他仍然紧紧地抱着这位姑娘，大家只能使出很大的气力才能他们俩分开。克拉娜躺在船里，面色惨白，没有一丝生命的气息。现在船正向岸边划去。

他们想尽一切办法来使克拉娜复苏；可是她已经死了！他始终是抱着一具死尸在水上游泳，他为了这个死人而把自己累得精疲力竭。

雨尔根仍然有呼吸。他被渔人们抬到离沙丘上最近的一间屋子里去。这里只有一位类似外科医生的人，同时他还是一个铁匠和杂货商人。他把雨尔根的伤裹好，以便等到第二天到叔林镇上去找一个医生。

病人的脑子受了重创。他在昏迷不醒中发出狂喊。但是在第三天，他倒下去，仿佛昏睡过去了一样。他的生命好像是牵在一根线上，而这根线，按医生的说法，还不如让它断掉的好——这是人们对于雨尔根能够做出的最好的祈盼。

"我们祈求他赶快让上帝接去吧；他决不会再是一个正常的人！"

不过生命却不肯离他而去——那根线并没有断，可是他的记忆却中断了：他的所有理智的联系都被切断了。最可怕的是：他仍然有一个活生生的身体——一个即将恢复健康的身体。

雨尔根住在商人布洛涅的家里。

"他是为了救我们的孩子才得了这种病，"老头子说；"现在他要算是我们的儿子了。"

雨尔根被人们称为白痴；然而这并不是一个合适的名词。他只是像一把松了弦的琴，再也发不出任何声响罢了。这些琴弦只在偶然间紧张起来，发出一点声音：几支旧曲子，几个老调子；画面刚刚展开，但又马上被烟雾所笼罩；于是他又呆呆地坐着朝前面望去,没有一点思想。我们可以相信,他并没有感到苦痛,但是他乌黑的眼睛失去了神采,看起来像朦胧的黑色玻璃。

"可怜的白痴雨尔根!"大家说。

他,从他的母亲的怀里出生以后,本来是注定要享受丰富多彩的幸福的人间生活的,所以对他来说,假如他还祈盼或相信来世会有更好的生活,那么他简直是"傲慢,可怕的狂妄"了。他心灵中的一切力量难道都全部丧失了吗?现在他的命运只剩下一连串艰苦痛苦和失望的日子。仿佛他是一个美丽的花根,有人把它从土壤里拔出来,扔在沙子上,任凭它腐烂下去。不过,难道按照上帝的形象造成的仅仅有这点价值吗?难道一切都凭命运在那儿摆布吗?不是的,对于他所受过的苦难和他所失去的东西,仁慈的上帝一定会在来生给他补偿的。"上帝对有的人都很善良;他的工作充满了仁慈。"这是大卫《圣诗集》中的话语。这商人的年老而虔诚的妻子,满怀耐心和希冀,将这句话念出来。在她心中只祈求上帝能尽早把雨尔根召回去,使他能走进上帝的"慈悲世界"和永恒的生活中去。

沙子快把教堂墓地的墙埋掉了;克拉娜就葬在这个墓地里。雨尔根好像对这件事一无所知——这并不属于他的思想范畴,因为他的思想只包括过去的一些片段。每个礼拜天他都和家人去做礼拜,但他只是静静地坐着在教堂里发呆。有一天正在唱圣诗的时候,他沉重地叹了一口气,眼睛闪着亮光,凝视着那个祭坛,凝视着他和已去世的女朋友曾经多次在一起跪过的那块地方。他把她的名字喊了出来,他的面色苍白,顺着脸颊眼泪流了下来。

他被人们扶出教堂。他对大家说,他的情绪很好,他并没有觉得有任何不妥之处。上帝所给予他的考验与遗弃,他全然不记得了——而上帝,我们的造物主,是聪明、慈爱的,有谁会对他产生怀疑呢?我们的心,我们的理智都承认这一点,《圣经》也证实这一点:"他的工作充满了仁慈。"

在西班牙,和煦的微风吹到摩尔人的清真寺圆顶上,从橙子树和月桂树上吹过;歌声和响板声到处传扬。就在这里,有一位没有孩子的老人,一个拥有许多财富的商人,坐在一幢富丽的房子里。这时街上有许多孩子拿着火把和飘动着的旗子在游行过去了。这时老头子真愿意拿出无数的金钱再把她的女儿找回来:他的女儿,或者女儿的孩子——或许这孩子从来就没有见过这个世界的阳光,因而也不能走进永恒的天国。"可怜的孩子!"

是的,可怜的孩子!他确实是一个孩子,虽然他已经有 30 岁了——这就是老斯卡根的雨尔根的年龄。

流沙盖满了教堂墓地的坟墓,一直盖到墙顶那么高。即使如此,在这里死者还得和比他们先逝去的亲族或亲爱的人葬在一起。商人布洛涅和他的妻子,现在就和他们的孩子一起,躺在这白沙的下面。

现在是春天了——是暴风雨的季节。沙上的沙丘粒飞到空中,形成烟雾;汹涌的波涛在海面翻腾;鸟儿就像暴风中的云块一样,在沙丘上成群结队地盘旋和尖鸣。在沿着斯卡根港汊到胡斯埠沙丘的这条海岸线上,接二连三地有船只触到礁石上发生事故。

有一天下午雨尔根独自在房间里坐着,忽然他的头脑好像清醒过来;他产生出有一种不安的感觉——这种感觉,在他小时候,经常驱使他向荒地和沙丘之间走去。

"回家啊!回家啊!"他说。没有任何人听到他说话。他走出屋子,向沙丘走去。沙子和石子在他的周围旋转吹到他的脸上来。他向教堂走,墙上堆积着沙子,快要盖住窗子的一半了。可是人们把门口的积沙铲掉了,所以教堂的入口是敞开的。雨尔根走进去。

风暴在斯卡根镇上作威作福。这般的风暴,如此吓人的天气,从未在人们记忆中出现过。可是雨尔根是在上帝的屋子里。当外面正是一片晦暗的时候,一道光明出现在他的灵魂里——一道永不会熄灭的光明。他感觉一块压在他头上的沉重的石头猛然破裂了。他似乎听到了风琴的声音——可是这不过是风暴和海的啸声。在一个座位上他坐下来。看啊,蜡烛一根根地点起来了。现在这里显现了一种华美的景象,好似他在西班牙所看到的一样。市府老参议员们和市长们的肖像此刻全被给予了生命。他们从被挂过的很多世纪的墙上走下来,坐到唱诗班的席位上去。教堂的大小门全自动打开了;所有死去的人,身着他们活着那个时代的节日礼服,随着动听的音乐声中走进来了,坐在凳子上。于是圣诗的歌声,洪亮地唱起来了,如同汹涌的浪涛一般。住在胡斯埠的沙丘上的他的养父养母都来了;商人布洛涅和他的妻子也来了;在他们的身旁、紧挨着雨尔根,坐着他们温柔的、美丽的女儿。她向雨尔根伸出手来,他们一起走向祭坛;他们曾经在这儿一起跪过。牧师将他们的手拉到一块,让他们结为爱情的终身伴侣。于是喇叭声响起来了——就如同一个充满了愉悦和期待的小孩子的声音那样悦耳。它慢慢地扩大成为风琴声,最后变成由充盈了嘹亮的高贵的音色所组成的暴风雨,让人听到感觉十分快乐,可是它却是非常的强烈足以让坟上的石头被击碎。

那只挂在唱诗班席位顶上的小船,此刻落到他们两人面前来了。它变得非常巨大和美丽;它的帆是绸子做成的,帆桁上镀了金。它的锚是赤金的,每一根缆索,如同那支古老的歌中所唱,是"掺杂着生丝"。这对新婚夫妇走上这条船,全部做礼拜的人也随着他们一起走上来,因为在这儿大家都能找到属于自己的位置和快乐。教堂的墙壁和拱门都盛开出花朵,如同接骨木树和芬芳的菩提树一般,它们的枝叶在摇动着,散发出一种芬芳的气味;接着它们弯下腰来,朝两边分开;这时船起锚,从中间开过去,朝向大海,朝向天空;教堂里的每一根蜡烛是一颗星,一首圣诗的调子自风中吹出,接着大家便跟着风一起唱:

"在爱情中走向愉悦!   所有生命都不会消亡!永恒的幸福!哈利路亚!"

这也是雨尔根在这个世界里所说的最后的话。那根连接着不灭灵魂的线现在断了;唯有一具死尸在这个昏暗的教堂里——风暴在它的四周呼啸,散沙将它掩埋住。

次日清晨是礼拜天;教徒和牧师全来做礼拜。到教堂去的那条路十分不好走,几乎没有办法从沙子上通过。当他们最后到来的时候,高高的一座沙丘已经堆在教堂的入口。牧师念了一个简短的祷告,说:上帝封上了自己的屋子的门,大家可以走开,到其他的地方去建立一座新的教堂。

于是他们唱了一首圣诗,就自顾自回到自己的家里去了。

在斯卡根这个镇上,雨尔根早已消失了;即便人们在沙丘上找也找不到他。传闻他被滚到沙滩上来的汹涌的浪涛卷走了。

他的尸体被埋进一个最大的石棺——教堂——里面。在风暴中,上帝亲手把他的棺材用土盖住;那上面压着大量的沙子,现在上面依然被压着。

那些拱形圆顶都被飞沙盖住了。现在教堂上长出不少山楂和玫瑰树;行人可以在那上面散步,一直走到从沙土冒出的那座教堂塔楼。这座塔楼好比一块巨大的墓碑,在方圆十多里地都可以看得见。没有哪一个皇帝会有这样漂亮的墓碑!谁也不来打扰死者的安息,因为在此以前谁也不知道有这件事情;这个故事是沙丘间的风暴对我吟唱的。

(1860年)